# 巨鯨の海

伊東　潤

光 文 社

目次

# 巨鯨の海

# 旅刃刺《はざし》の仁吉《にきち》

一

厠《かわや》の戸を開けると、浜辺の光景は一変していた。

大納屋の掃除をしていた者も、外で網を干していた者も、何をするでもなく、ぶらぶらしていた者も、一斉に波打ち際まで駆けつけ、そろって沖を見つめている。

午後の鈍い陽光を受け、気だるげに輝く油凪《あぶらなぎ》の海には、何一つ見えないが、男たちは沖を指差し、口々に何か言い合っている。

彼らが時折、右手に延びる燈明崎《とうみようざき》を見上げるのは、山見番の指示を待っているからである。

「どした」

走り来た一団の中に、同年配の者を見つけた音松《おとまつ》は、その背に声をかけた。

「山に旗が揚がたで」

それだけ言うと、少年は皆のいる方に駆け去った。

「よっしゃ」

戸のない厠から出た音松は、赤い褌《まわし》を強く締めながら気合いを入れた。

音松が波打ち際に向かう頃には、浜にいた人々の動きが、さらに慌《あわ》ただしくなっていた。鯨船の乗組員である沖合衆も、引き上げられた鯨を解体する納屋衆も、何事か喚《おめ》きながら波打ち際まで駆け出していく。

本方《ほんかた》と呼ばれる鯨組棟梁《とうりょう》の太地《たいじ》角《かく》右衛門《えもん》頼盛《よりもり》の屋敷で、寄合《よりあい》をしていた刃刺《はざし》たちも浜に現れた。

刃刺とは、鯨に銛《もり》を打ち込む勢子船《せこぶね》の頭《かしら》のことである。

ようやく音松が波打ち際に近づいた時、そこにいた男たちが一塊《ひとかたまり》となって引き返してきた。

「勢子采《せこさい》が振られた。沖立《おきだち》や！」

——そう騒ぐな。獲物の種類や大きさが分かるまで慌てることはない。

音松は、燈明崎の山見番所に揚がる旗を待っていた。

鯨を見つけたからといって、太地鯨組はすぐに沖立《おきだち》しない。鯨の種類や大きさによって持っていく道具が変わるので、山見番所の指示を受けてから動くのである。

音松は十五歳にすぎないが、鯨取りに関する様々なことを知っていた。というのも音松の父は、かつて刃刺をやっており、音松は子供の頃から、その話を聞いて育ったからである。

目を細めて山見番所の望楼を眺めていると、一丈（約三メートル）余の勢子采《せこさい》が振られた。

勢子采とは、出漁を命じる合図旗のことで、無数の白天目《しろてんもく》の吹き流しが付けられている。

空を見ると、日はやや傾き、燈明崎の内懐《うちぶところ》に濃い影を作っていた。

太地は紀伊《きい》半島南端の潮岬《しおのみさき》から東北四里（約十六キロメートル）、那智《なち》の滝で有名な那智勝浦《かつうら》のすぐ南に位置している。それゆえ気候は温暖で、冬でも過ごしやすい。

その中心の太地湾は、北東に向かって開いている懐の深い湾である。その東側に燈明崎、西側に鷲《わし》の巣崎《すざき》という岬が延びているので、まるで蟹がはさみを広げたような格好をしている。

湾内には向島《むこうじま》という小島が鎮座し、鯨漁にかかわる諸施設や倉庫、さらに鯨取りたちの居住区である寄子路《よろこじ》を大波から防いでくれている。

——もう八つ（午後二時頃）を回った。日没《まじみ》までいくらもない。

午後遅くに見つけた鯨は、日没との勝負になるので厄介である。

「黒地に白一本縞。あっ、大印も付いたで」

山見番所の吹き流しを眺めていた誰かが声を上げた。

黒地に白一本縞は背美《せみ》鯨を意味し、大物の時だけ大印が付く。

燈明崎に設けられた山見番所の合図旗には、鯨の種類・頭数・出現場所などの情報が含まれており、山見番所の責任者である山旦那の和田金右衛門《わだきんえもん》は、それらの情報に、天候・潮・時刻等の諸状況を加味し、沖立、出待ち（支度して待機）、見送りの断を下す。

その時、納屋の軒端《のきば》に掛かった半鐘《はんしょう》が鳴らされた。

慌てて山見番所の方を見ると、沖立の旗が揚がっている。

砂に食い込む足をもどかしげにかきながら、納屋まで引き返した音松は、その前に片膝をつき、皆と一緒に沖合と親父を待った。

沖合とは船団の指揮を執る役、親父とは一番船から三番船刃刺のことである。

四方から集まってきた船子たちが次々に控えると、白黒だんだらの平袖半繻袢《ひらそではんじゅばん》に袖を通しつつ、沖合の若太夫《わかだゆう》が現れた。目立つ格好をしているのは、遠目からでも沖合と識別できるようにするためである。

その背後には、一番船を預かる筆頭刃刺の勘太夫《かんだゆう》を先頭に、二番船刃刺と三番船刃刺が付き従っている。

長い髷《まげ》を誇らしげに風になびかせた刃刺たちは、平袖半繻袢に晒褌《さらしふんどし》姿である。

熊野《くまの》太地の鯨組では、刃刺に昇進すると、それまでの名を捨て、鯨組棟梁から、それぞれにちなんだ太夫名が下賜《かし》される。

その名とは裏腹に、若太夫はすでに齢《よわい》六十を超えた老練の沖合である。

一方、勘太夫以下は三十代半ばの働き盛りである。

ちなみに沖合とは沖旦那とも呼ばれる、鯨漁の宰領役のことである。

「これから沖立する。皆、気い抜かんとな」

潮錆びた声で若太夫が告げると、その後を勘太夫が引き継いだ。

「大印が揚がったで、出せる船はすべて出す。網代《あじろ》をどこに打つかは座敷に出てから決める。網船の衆は合図旗をよう見てな」

座敷とは、漁場となることが多い海域のことである。

「応！」

「そいじゃ、皆、気張るで！」

最後に気合いを入れて、一同はそれぞれの乗り組む船に向かった。浜が最も活気に溢れる瞬間である。しかしその反面、浜には緊張感も漂っている。今日が、自分の命日になるかもしれないからだ。

音松の気持ちも徐々に高ぶってきた。常は戯《ざ》れ言《ごと》を言い合っている伊豆《いず》から来た旅水主《たびがこ》たちも口を閉ざし、真剣な顔をしている。

水主《かこ》とは鯨船の漕ぎ手のことだが、空前の豊漁を迎えた江戸《えど》中期の太地では、地生えの者だけでは水主の手が足らず、東国からも水主を募っていた。その船が伊豆下田《しもだ》から出るので、旅水主は伊豆衆と総称されるが、実際は東国全域から集まってきていた。

音松が船納屋に駆けつけると、執刀《しっとう》の仁吉《にきち》が煙管《きせる》を吸っていた。執刀とは四番船刃刺のことで、瀕死の鯨にとどめを刺す役割から、そう呼ばれている。

「遅かぞ」

その痩せぎすの頬に皺を寄せて笑うと、仁吉は紫煙を吐き出した。

仁吉は肥前国大村《ひぜんのくにおおむら》の産で、旅刃刺として雇われている。そのため今でも、肥前弁が出てしまう。

水主同様、刃刺の数も足りなくなった太地では、各地から理由《わけ》あって流れてくる刃刺経験者を迎え入れていた。

二人して船の苫《とま》を外していると、四番船の水主たちも続々と集まってきた。

「よし、担げ」

ころと呼ばれる船台から担ぎ上げられた勢子船が、波打ち際まで運ばれる。

勢子船の底は、水切りをよくするために幾重にも桐油《とうゆ》（天然植物油）、荏胡麻《えごま》、松脂《まつやに》などが塗られ、滑らかにしてあるので、砂の上でも引きずることはしない。

左右を見ると、ほかの船も同様に運ばれている。

刃刺の仁吉、刺水主《さしがこ》の音松、そして先頭の水主から順に勢子船に乗り込むと、舵《かじ》を握る艫押《ともおし》が、浜から船を押し出した。

刺水主とは刃刺の補助役のことで、刃刺の求める銛を次々と渡したり、追い込み漁の際に、砧《きぬた》で船の側面に付けられた張木《はりぎ》を叩いたりする役割を担う。

外海に出た船団から、まず三組六艘の網船が飛び出していく。迅速に網代を張るために、船足の遅い網船を先に出すのだ。

「よし、気張れ」

仁吉の命と同時に、水主たちが艪《ろ》を漕ぎ始めた。波がそれほど高くないためか、勢子船は滑るように海面を進み、たちまち陸岸《おか》から遠ざかっていく。

長さ六間（約十一メートル）、幅は一間（約一・八メートル）の鋭い槍先のような勢子船が、うねりを切り裂くように進む。

左右を見ると、絵具をこぼしたかのような様々な模様の描かれた勢子船が、負けじと波を蹴立てている。

太地の鯨船は「何《いず》れも皆、龍虎華形《りゅうこはながた》を彩色し五色爛然《ごしきらんぜん》たり」（『紀伊続風土記《きいしょくふどき》』）と謳われるほど、極彩色に彩られていた。

それぞれの船の側面に描かれた絵模様は、一番船が桐に鳳凰《ほうおう》、二番船が割菊《わりぎく》、三番船が松竹梅、四番船が菊流《きくなが》し、五番船が檜扇《ひのきおうぎ》と決まっており、それぞれの役割に起因する意味がある。

艫押《ともおし》が「よおよよい」と音頭を取ると、水主たちが「えーい」と和し、艪を漕ぐ。さらに艫押が「よいかんと（もっと漕がんと）」と気合いを入れると、「えーいよおーよおーよーお」と答え、勢子船は加速していく。

艪は八丁で、水主は左右四名ずつの八名が就く。最後尾の艫押が、舵の役割を果たす艫《とも》艪《ろ》を受け持ち、取付《とりつけ》という雑用係の少年が、脇艪という艫艪の相方を受け持つので、厳密には十丁艪となる。しかし艫艪と脇艪は、最高速で進む時のほかは使われない。

刃刺、刺水主、水主、艫押、取付のほかにも勢子船には、炊事係の炊夫《かしき》が乗っているので、乗員は一艘あたり十三人、最多で十五人ほどになる。

十六艘の勢子船に従うのは、四艘の持双船《もっそうぶね》、五艘の樽船、道具船等で、先に出た網船を含めると、沖合衆だけでも、総勢二百から三百人が漁に携わる。

ちなみに持双船とは鯨を曳航《えいこう》する際に使う船、樽船とは鯨漁で使われる綱・網・浮樽などを回収する船、道具船とは補助の道具や食料を運ぶ母船のことである。

この時、季節は秋真っ盛りで、左手に大きく迫る向島も、右手に延びる燈明崎も、赤や黄の艶《あで》やかな衣をまとい、鯨漁を祝福しているかのように見える。

夏の間、鯨は蝦夷地《えぞち》や千島《ちしま》列島周辺の海でオキアミをたらふく食べ、一尺（約三十センチメートル）を超す皮下脂肪をさらに厚くし、北の海が氷で閉ざされる前に、繁殖のため南に向かう。これを上《のぼ》り鯨と呼ぶ。

上り鯨が太地沖を通過するのは十月から二月で、北に向かう下《くだ》り鯨は、五月から七月に太地沖を通過する。これらの鯨を獲るための漁は、それぞれ冬漕ぎと夏漕ぎと呼ばれ、それ以外の期間は休漁となる。

下り鯨は黒潮に乗っているので瞬く間に通り過ぎてしまうが、上り鯨は逆潮《さかしお》を嫌い、黒潮の強い部分を避けながら泳ぐため、陸岸《おか》に近寄ることが多い。紀伊半島の鯨取りは、そうした寄り鯨を狙うだけで十分に食べていける。

黒潮は太地の四里（約十六キロメートル）から五里（約二十キロメートル）ほど沖を流れているが、まれに支流が一里（約四キロメートル）まで迫ることがあり、そうした折は、鯨の数も多く大漁の可能性も高まるが、深追いすると黒潮本流に乗り入れる恐れがあり、十分な注意を要する。

船首の水押《みよし》に立つ仁吉は、平袖半襦袢を片肌脱ぎし、波よけの立尺《たてじゃく》に片足を掛けて海を見つめていた。

仁吉の盛り上がった肩の筋肉と、頑丈そうな肩甲骨が日差しに反射する。

――いつか、わいも刃刺になりたい。

仁吉のような刃刺になることが、音松の夢だった。

刃刺として勢子船の一艘を任され、太地湾を出ていく己の姿を、音松は幾度も夢想した。しかし刃刺の家に生まれたとはいえ、妾腹《めかけばら》の音松の場合、正室腹の兄にもしものことがあるか、刃刺の家に養子入りでもしない限り、その機会はめぐってこない。

四歳上の石松《いしまつ》は体格も立派な上、胆力にも優れ、いまだ十代ながら、すでに石太夫《いしだゆう》という名をもらい、五番船の刃刺となっていた。石松の将来を嘱望《しょくぼう》した年寄たちからは、先々、親父になるだろうという声も上がっている。

対する音松は小柄で病気がちな上、子供の頃から喧嘩で勝ったこともなく、石松と比較さえされない。

――わしは刺水主のまま隠退して、納屋衆にでもなるんかな。

納屋衆とは鯨の解体から売買まで引き受ける、いわば裏方の仕事に従事する人々のことである。それはそれで重要な仕事なのだが、隠退した水主や体力に劣る者が就くので、若者の目には、どうしても地味に映ってしまう。

やがて三十余艘を超える大船団が、船列を整えつつ太地湾から外洋に漕ぎ出した。

その間も、山見番所からは次々と旗が揚がり、移動する鯨の位置を教えてくる。

さらに船足を上げた船団は、鯨がいる海域に急いだ。

沖に出ると、いったんばらけた船列が徐々に整い始めた。

「一番船に旗が揚がた。二本潮の下りや。これなら網代を打とるぜ」

仁吉がうれしそうに言った。

潮は、その速さにしたがい一本、二本、三本と数える。「二本潮の下り」とは「東北に流れる、やや強い潮」ということになる。

黒潮はその強さから反流を起こしやすく、さらに、太地の六里（約二十四キロメートル）ほど南西にある潮岬によって、熊野灘《なだ》沿岸の潮の流れは複雑化し、日によってめぐるしく変わる。しかも黒潮は、潮岬を通過する辺りが最も速く、一刻（約二時間）で六十里（約二百四十キロメートル）も流されたという記録さえある。

まさに黒潮は海中の大河であり、それが別名、黒瀬川《くろせがわ》と呼ばれる所以《ゆえん》である。

「網代は鰹島《かつおじま》に張るらしかな」

鰹島とは、燈明崎の鼻から北東へ半里（約二キロメートル）ほど行った先にある浅場で、海山《うみやま》の隆起が大きいため、鯨の動きを予想しやすく、網代に追い込みやすい。

若太夫の合図に従い、いったん合流していた網船や持双船が船団から離れていく。

「仁吉どん、日没《まじみ》はすぐら」

「ああ、勝負は一回こっきりやな」

仁吉の顔が引き締まった。

午後遅くから始まる漁は、鯨が網代に向かわず、沖に逃れてしまえば、それであきらめざるを得ない。夜間の鯨漁は遭難の危険を伴うからである。

やがて指示された海域に達すると、空に高々と噴き上がる潮煙が見えてきた。

中空で二つに割れていることから、背美鯨だとすぐに分かる。

その背美鯨は、単独で行動する雄のはぐれ鯨らしく、オキアミを追って、つい沿岸まで来てしまったに違いない。

「八丁切りの旗だ。力ば入れろ」

一番船に八丁切り（全力漕走《こそう》）の旗が揚がった。

勢子船の水押に付けられた茶筅《ちゃせん》という飾りが後方に翻り、各船は白波を蹴立てて鯨に向かう。

こうした場合、鯨に気づかれぬよう、忍び艪（低速漕走）を使う場合もあるが、追いつく自信があれば、鯨に気づかれるのを覚悟の上で、八丁切りに移る。

やがて、黒い岩礁のような背が音松の目にも捉えられた。

つややかに輝くその背は、生命を謳歌しているかのようであり、これから行われようとしている殺戮《さつりく》を、毫《ごう》も予感していないように思える。

――成仏せいよ。

心の中で称名《しょうみょう》を唱えると、音松は仁吉の銛が束ねられた蓆《むしろ》を解いた。銛は一艘の勢子船に二十本ほど積まれている。

鈍色《にびいろ》の秋の日に照らされ、銛の穂先が輝いた。この美しい穂先が生み出す恐怖と苦痛を思うと、音松は暗澹《あんたん》たる気分になるが、鯨を獲らずして、太地の民は食べていけないのだ。

一番船が鯨の背後二町（約二百二十メートル）ほどに迫った時、鯨は、ようやく異変に気づいた。

鯨船に追われたことのない鯨は、警戒心が薄い。逆に、命からがら鯨船から逃れたことのある鯨は、過度に警戒心が強く、捕まえるのは容易でない。それゆえ頭《かばち》に銛傷のある鯨は、鯨取りから避けられる傾向がある。

背美特有の瘤《こぶ》状隆起が少ないことから、まだ若いと思われるその鯨は、こちらに気づいても逃れようとする気配はない。鯨取りのいない北の海で、鮪船《しびぶね》などの漁船に慣れている鯨は、船が近づいても襲われないと高をくくり、網をかぶっても最初の銛が打ち込まれるまで、生命が危機に瀕しているなど思いもしない。いかに賢くとも、それが言葉によって経験を語り継げない鯨の悲しさである。

一番船は半町（約五十五メートル）の距離まで迫っていたが、鰹島の網代は鯨の進行方向と真逆にあり、鯨を反転させねばならない。

「南に出て進路をふさぐで」

一番船から三番船が順次、鯨を追い越していく。

四番船以下は仁吉の指示に従い、そのまま鯨の背後から離れない。

鯨は「何をやっているのだ」と言わんばかりに、一番から三番の三艘の勢子船をやり過ごし、距離を取りながら、前後に分かれた船団の様子をうかがっている。

背美鯨は賢いので、恐怖に駆られて恐慌を来し、無駄に体力を消耗するようなことをしない。

やがて一番から三番の勢子船が、鯨の進路を扼《やく》すような隊形を取ったため、鯨の進路が南から南東、そして東に向いた。さすがに鯨も不穏な空気を感じたらしく、徐々に泳速を上げ始めると突然、尾羽《おっぱ》を振り上げて潜水した。

「はまったで」

太地の沖十里（約四十キロメートル）からでも見える那智妙法山《みょうほうさん》と、燈明崎の位置を確かめた仁吉が言った。

「堀割《ほりわり》に入られましたかの」

「ああ、これで鯨の頭《かばち》は北東に向くやろ」

堀割とは、この付近にある短い海盆のことで、南西から北東に横切っている。ここを進めば、鯨は浅場の岩礁地帯に迷い込む。

「沖に逃げよらせんですかの」

「ああ、あの銀杏《いちょう》の動きからすると、それはないやろう」

音松の問いに、仁吉が自信ありげに答えた。

銀杏とは尾羽のことで、潜る寸前、尾羽が前後左右に傾いていなければ直進することになる。

手練《てだ》れの刃刺は、その微妙な動きから鯨の進行方向を察し、その位置に先回りし、呼吸するために海面に上がってくるところを待つのだ。

二

その日、石松にいじめられた音松が、村外れの寺の境内《けいだい》でしゃくり上げていると、誰かが近づいてくる足音がした。

「ぼん、鯨組本方にはどう行くんやろか」

顔を上げると、若い男が立っていた。

「なんだ、泣いとっとか」

その男は音松の前にしゃがむと、人懐っこい笑みを浮かべた。

「男は、何があっても泣いてはいけん。それとも、太地の男は泣くとかい」

「泣くもんか」

口をついて言葉が出た。

「その意気だ。それでは本方に行く道、教えてな」

「知るか」

旅水主とおぼしき男に敵愾心《てきがいしん》を抱いた音松は、山門に向かって駆け出した。

ところが運悪く、そこに近在の小僧を従えた石松がやってきた。

「音松、こんなところにおったか」

門前に立ちはだかる格好になった石松らに圧迫された音松は、じりじりと後ずさりする。

「この弱虫《あかんつ》が、こそこそしおって」

「わいは、おんしらと遊びとない」

「ああ、ええよ。わがらも同じさ。こんなだずい（情けない）奴と遊びたくないの」

石松が同意を求めると、取り巻きも「そうだ、そうだ」と囃《はや》し立てた。

肩越しに背後を見ると、先ほどの男は、その場に立ったまま様子を見ている。

左右は板塀であり、寺の裏手に逃れるしか手はなくなっていた。しかし石松は足も速く、逃げ切れる可能性は低い。

「おい、待てや」

石松が近づいてきたので、反射的に逃げ出したが、瞬く間に追いつかれ、組み伏せられた。

「わいつの母《かか》は、おとはんをたらし込みよった。そのせいで、おとはんは病になった。その罰をわいつが受けるんや」

石松は馬乗りになると、拳を高く突き上げた。それが振り下ろされた後に襲う痛みを思い、音松は絶望的な気分になった。

しかし、いつまで経っても衝撃は訪れない。

不審に思った音松がこわごわ目を開けると、石松の手首を、黒々とした逞《たくま》しい腕が摑んでいた。

「やめや」

「あんた、誰《だい》ね」

「旅の者《もん》だ」

五つほど年上の男に腕を取られた石松は、明らかに動揺している。

「旅の者なら、構んさ」

石松は「構うな」と言いつつ腕を振り解こうとしたが、男の腕は微動だにしない。

「年下の餓鬼、いじめてなんになっと」

「こいは、わいんとこの弟《おとと》や」

「馬鹿ゆうな。弟なら、なおさらやろが」

男が石松の腕をねじ上げる。

致し方なく立ちあがった石松は、すでに半べそをかいていた。

「わいのおとはんは刃刺じょ」

「そいがどがんした」

「おとはんにゆうて、刃刺集めたる」

「ああ、集めてこい」

男の力が強まったらしく、石松の手首から上は赤く充血し、腕の部分と明らかに異なる色をしている。

たまらず石松が蹴りを入れたが、男の動きは素早く、石松の太い足は空《くう》を蹴った。

それで抵抗が無駄と覚ったのか、細い目からぼろぼろと涙をこぼしつつ、石松は謝罪した。

「堪《こら》えてくんさい」

「聞こえん」

「堪えてくんさい」

「もう、せんか」

「あい」

男が手を放すと、弾けるように飛びのいた石松は、「ゆっちゃら、ゆっちゃら」と叫びつつ、取り巻きと共に駆け去った。

啞然として、その後ろ姿を見ていた音松に、男が声をかけてきた。

「そいで、ぼん、本方にはどう行くんやろか」

本方すなわち鯨組棟梁の太地角右衛門屋敷まで、その男を送った音松は、門前で男を待つことにした。一人でぶらぶら歩いていれば、また石松たちと出会うことも考えられる。そのため今日一日だけでも、この男と親しくしていれば、石松も容易には手が出せないと思ったのだ。

「なんや、待っとったとか」

「うん」

屋敷を出てきた男は、音松の頭を撫でると明るい声で言った。

「わしの名は仁吉。旅刃刺をしておる。棟梁に使《つこ》うてもらうことになった。しばらく太地におる。いろいろ分からなかこともあるで、よろしゅな」

音松は飛び上がらんばかりにうれしかった。仁吉がいれば、石松も少しは大人しくしているという計算もあったが、それ以上に音松は、仁吉のことが好きになっていたからである。

向島の大納屋浜にある水主納屋まで案内する途次、音松は、知る限りの太地の知識を仁吉に語った。

仁吉は「ほほう」と言って相槌《あいづち》を打ってくれるが、どれほど本気で聞いているのかは分からない。

それでも音松はよかった。

——仁吉はんが、わいのあんまだったらな。

仁吉が兄だったらどれほどよかったかと、音松は思った。

向島に住む旅水主たちに仁吉を紹介していると、日が暮れてきた。

慌てて小船《さっぱ》を漕いで自宅に戻ると、義母から「この妾腹の穀つぶしめ」と罵られた挙句、草履でひどく打擲《ちょうちゃく》された。

長患いしている父が、寝床から這い出して止めなければ、怪我をするほどのせちがい(折檻《せっかん》)だった。義母の背後で、にやついている石松が、あることないことを言いつけたに違いない。

ようやく解放された音松は、一人寝起きしている土蔵に閉じこもると、拳を土壁に叩きつけて泣いた。

——おかはん、なといせ去《い》んだんよう。

かつて音松は、この土蔵で母と二人で暮らしていた。

当時、義母から邪険にされた母と音松は、母屋で食べ残した魚や雑穀をもらうだけで食いつないでいた。しかしどんな材料でも、母の煮炊きしたものは、義母の作るものより、はるかにうまかった。

いかに貧しくとも、母と二人の生活は楽しかった。しかしその母も病に倒れ、呆気《あっけ》なくこの世を去った。

母を失ってから三年が経ち、すでに音松は八歳になっていたが、何一つ楽しいことのないこの家から、一刻も早く出ることばかりを考えていた。

三

船の集まる海面に近づくと、その中心に、〝もおじ〟が浮き上がっていた。

〝もおじ〟とは、海面に浮かんでくる水泡のことで、言うまでもなく、その下に鯨がいる。

鯨は、小半刻《こはんとき》(約三十分)に一回は海面に出て呼吸せねばならず、〝もおじ〟の上で待てば、必ず姿を現す。

刃刺たちは、潜る寸前の尾羽の動きから、鯨が浮上するであろう海面の見当をつけ、そこに先回りする。とは言っても、その範囲が広いため、いったん船団をばらけ、おおよその当たりを付けてから水泡を探す。いずれかの船が水泡を見つけると、それを取り巻くように配置に就くのだ。

「ぼちぼちやで」

早銛を小脇に抱え、水押に設けられた壇上に登った仁吉が、誰に言うでもなく呟《つぶや》いた。

船団は緊張に包まれていた。誰一人として口をきく者はなく、ただ風の音が耳朶《じだ》を震わせていく。

その時である。数カ所に上がっていた水泡が、中心の渦に巻き込まれていくと、海面の一部が突然、へこんだ。その中心に黒く大きな突起物が見えるや、それは見る間に海面を突き破り、せり上がってきた。その体からは、滝のような水が流れ落ちている。

どこまで続くのかと思われるほど長い体をくねらせると、中空で鳥のように手羽《たっぱ》（手《て》鰭《びれ》）を広げ、その黒山は、体を横ざまに叩きつけた。

城壁のような水飛沫《しぶき》が上がると、次の瞬間、大きなうねりが押し寄せてきた。

艫押が咄嗟の操船で、水押をうねりに垂直にぶつける。

船はうねりの頂点に登り、ほぼ直角に谷底に突き落とされるが、水主たちが艪で海面を押さえるようにするので、転覆することはめったにない。

海面に現れた鯨は、すぐに状況を察して逃走を開始した。

「追うで」

一番船を軸に馬蹄形を作った十六艘の勢子船が、鯨を包み込むように追い始めた。

赤襷に紺刺子《こんさしこ》の半纏《はんてん》を着た各船の刺水主たちは、砧を手にし、船の側面に張られた張木を打つ。この貫抜《かんぬ》き打ちにより、音に敏感な鯨を網代に追い込むのだ。

しかし鯨も、直線的に網代に向かってはくれない。そのため、鯨が近寄って来た側の勢子船では強く貫抜きを叩き、鯨の進む方角を修正する。こうした微妙な連携が、鯨漁の成否を分ける。

若太夫の右手の采配が上がれば、右翼の船団が貫抜きを強く叩き、逆の場合は左翼が強く叩く。そうした繰り返しにより、鯨は次第に網代の方に導かれていく。

鯨の黒い背と若太夫の采配を交互に見やりつつ、音松も懸命に貫抜き打ちをした。

一方、この窮地から脱すべく、鯨は泳速を上げ、その背にある噴気孔《ふんきあな》から、さかんに潮煙を噴き上げ始めた。

やがて遠方に、網船の船団が見えてきた。

「あと十町（約一・一キロメートル）もないで。まっと気張れ！」

仁吉が肩越しに怒鳴ると、水主たちの艫声《ろごえ》が高まり、船足が一段と速まる。

頃合いよしと見たのか、一番船が飛び出した。一番船は尾尻役《おじりやく》と呼ばれ、勝負所で鯨の背後につき、網代まで追い込むのだ。

一番船の壇上に立つ沖合の若太夫は鉢巻を固く締め、白黒だんだらの平袖襦袢を片肌脱ぎにして、進行風に抗うように立っている。時折、その両手に持つ大ぶりの采配が振られ、隊列が整えられていく。

やがて網代まで五町（約五百五十メートル）ほどになった。

仁吉と音松の乗る四番船は、二、三番船の斜めやや前方を進むことになっているが、左手の五番船が、逸《はや》る気持ちを抑えられないのか、前に出たがる。

「檜（五番船）は、なんしとっとね」

仁吉は舌打ちし、五番船に下がるよう合図するが、五番船刃刺の石松は、それを無視するように突出する。

それに気づいた三番船刃刺が、血相を変えて何事か怒鳴ると、ようやく五番船は下がっていった。

「しょんなか」

五番船は執刀役の四番船刃刺の指揮下にあるが、石松は仁吉の言うことを聞かず、勝手な行動に出ることが多い。これまでは大したことにならなかったが、時と場合によっては、皆の命が危険に晒されることもあり得る。それを常々、仁吉は危惧していた。

「すかたん食ろたで」

仁吉が「当てが外れた」とばかりに舌打ちした。

われに返った音松は一番船を凝視した。

鯨の中でも勘のよいものは、前方に張られた網代の存在にいち早く気づき、脱出を図ろうとする。

この背美もそうらしく、急激に体を沖に転じた。

それをいち早く察した一番船は、背後の位置から八丁切りで飛び出し、その進路を阻もうとする。

鯨と一番船が並走する形になった。

潮を噴き上げながら、その黒い山脈のような背をうねらせ、鯨は海面を切り裂いていく。時折、尾羽の裏がのぞくが、そこには、まがまがしい傷跡がいくつも走り、この鯨が百戦錬磨の成獣であることを示していた。

鯨は、見た目の大きさがさして変わらなくても、生殖能力の発達した成獣か否かで、その気性も力も格段に違う。

音松は気を引き締めた。

やがて鯨は一番船に気を取られ、進路を元に戻していった。

いかに賢くとも、なぜか鯨は一つ事に気を取られると、すぐ前のことを忘れる。この鯨も、先ほど気づいた前方の危険を忘れてしまったかのようである。

すでに一番船の壇上は、沖合の若太夫から筆頭刃刺の勘太夫に替わっている。早銛を左手に持った勘太夫は、その樫のような右手を前方に突き出し、鯨を招くような動作をしている。

命を捧げてくれるよう鯨に頼んでいるのだ。

鯨と一番船の距離は三十間（約五十四メートル）、その向かう先にある網代との距離は百間（約百八十メートル）ばかりである。

やがて儀式を終えた勘太夫は、ゆっくりと銛を右手に持ち替えると腰をため、いつでも銛を投擲《とうてき》できる体勢を取った。

次の瞬間、鯨が半円形の網代の中に飛び込んだ。

網船の水押に取り付けられた細綱が音を立てて外れる。

網船と網代の接合部は細い紐で結んでいるだけなので、容易に解けるようになっている。

鯨が一枚目の網をかぶった。

これだけでは鯨の動きを止めるには不十分だが、網の掛かり方次第で、銛打ちが許可されることもある。つまり網が鼻の中心に掛かっていれば、大鯨でも容易に外せないが、そうでないことが多いからだ。

次の網代を張るため、すぐに網船が散開していく。鯨は、海中で網を外そうともがいているらしい。海面に大小の渦が起こり、勢子船はその作る乱流に翻弄される。

しばらくして、網をかぶった鼻先が海面から突き出された。

網の掛かり具合を瞬時に確認した若太夫が、采配を振り下ろした。銛打ちの許可が出たのだ。

「打つで」

一番船刃刺の勘太夫の手を離れた早銛は、蒼天に大きく弧を描き、鯨の背に突き刺さった。

一瞬後、鯨の雄叫びが響き渡る。その潮声《しおごえ》を聞けば、勘太夫の放った銛が、一尺（約三十センチメートル）余の鯨の皮下脂肪を突き破ったことが分かる。

ようやく命が危機に瀕していることを覚った鯨は、反射的に潜水した。しかしその眼前には、第二の網代が広がり、行く手を遮っている。

そのため鯨は網代に沿って泳ぎ、その切れ目を探そうとするが、すでにその時には、蓋を閉じるように、網船が残る半円の網を張り回したので、鯨は円形の網の中に収まった形になる。

閉じられた網代はすぐに小さな円となり、鯨は成す術もなく二枚目の網をかぶった。衝撃が走り、網船が前後左右に動揺する。鯨が海中で暴れているのだ。

先ほど放った早銛に結ばれている葛《かずら》と呼ばれる浮輪が、踊るように海面に現れては没することを繰り返す。

二枚の網をかぶり、数個の葛を引きずった鯨は、それでも懸命に逃れようとしていた。この状態でも逃げられることがあるため、まだ油断は禁物である。

鯨は怒りをあらわにし、その持てる力のすべてを使って、網を振り解こうとしている。海面は荒れ狂い、次々と大小の山谷を作って鯨船を翻弄する。

鯨は動きすぎて息が苦しくなったのか、息継ぎのために浮上することが多くなってきた。それを見計らい、沖合の若太夫が采配を振るう。それを見た二番船と三番船から、早銛が打ち込まれた。

その二本も見事、鯨の背に突き立った。

鯨は苦痛のいななきを上げて逃げ惑うが、すでにその声には、怒りや驚きよりも悲しみの色が濃くなっていた。

続いて四番船以下も銛打ちに参加する。

初めに太い銛を打ち込むと、鯨は持てる力以上のものを発揮して暴れ狂い、網を切って逃れてしまうことがある。それゆえ銛は細いものから使い、次第に太くしていく。

続いて差添《さしぞえ》銛、下屋《げや》銛、角《つの》銛が立て続けに投じられた。そのうちの多くは海面に落ちるか、表皮の脂肪に引っ掛かるだけだが、それでも鯨の引きずる葛は次第に増えていく。

頃合いよしと見た若太夫が采配を振ると、三百《さんびやく》目《め》銛が投じられた。

この銛は鯨を狙わず、鯨のかぶる網めがけて投じられる。この銛の尻手《しって》には鉤《かぎ》が付いており、この鉤を鯨のかぶる網に引っ掛けることで、銛の重さで網を外れにくくするのである。

ここまできて初めて、刃刺や水主は漁の成功を確信する。

一方、鯨は狂ったように手羽《たっぱ》（手鰭《てびれ》）を振り回し、辺り構わず尾羽を叩きつける。

鯨も、ここが生死を分ける勝負所と気づいたのだ。

勢子船は荒れた海をものともせず、鯨に近づき、至近距離から銛を投じる。そのため、まれに鯨の反撃に遭い、船が転覆することもある。それでも男たちは物怖じせず、至近距離から残る銛を打ち続けた。

すでに第一の網は鼻先から外れ、尾羽に懸かって葛と共に引きずられているだけだが、その重さによる疲労から、鯨の動きが鈍り始めた。

そこに銛が、次々と打ち込まれる。

遂に駄目押しの柱銛《はしら》が打ち込まれた。この銛の矢縄の尻は勢子船の帆柱に結び付けられ、勢子船は鯨に曳航される格好になる。

五十本ほどの銛を針の山のように突き立てられた鯨は、遂に進退窮まった。

その潮声《しおごえ》は、悲しみから憐れみを請うようなものへと転じる。

潮声は喉仏から出る声ではなく、噴気孔から漏れる音だが、これが息苦しくなると、切迫した調子になる。

「死にたくない」と叫ぶかのような断末魔の潮声に耳をふさぎたくなるのは、皆、同じである。しかし刃刺になりたければ、それにも平然としていなければならない。

「よおし、近づけい」

仁吉の眼差しが険しいものに変わった。

いよいよ、執刀すなわち四番船以下の出番である。

鯨は最後の力を振り絞り、網や銛を振り解こうとしている。

瀕死の鯨に近づくことは危険この上ないが、すでに日も傾き、常よりも勝負を急がねばならない。

一番船に裾黒の旗が揚がった。鯨の心臓がある腋壺《わきつぼ》を突き、とどめを刺す剣切りが、四番船以下に許されたのだ。

「いくで」

その時、四番船の脇をすり抜けるようにして、五番船が前に出ようとした。

「なんばすっと。このあほたれが！」

さすがの仁吉も色をなした。

「前へ回せい！」

水押を五番船の前に出し、その進路をふさぐと「なんよう！」という石松の喚き声が聞こえた。

剣切りは四番船から行うのが定法だが、四番船の位置が悪い場合、五番船から七番船のいずれかが先に行っても構わない。四番船から七番船までは殺し船と呼ばれ、鯨にとどめを刺す役割を担っているからである。

石松は定法のあいまいな点を突き、仁吉に先んじようとしていた。

四番船と五番船が舳をぶつけ合い、前に出ようとする。その背後から六番船以下も押し寄せ、殺し船が密集する格好になった。

その時、漕ぎ寄せてきた一番船から、若太夫の怒声が聞こえた。

「いつら、そげんとこでつみよって、なんしとう！」

つむとは、船が密集することである。

「鯨魚《いお》を、はよ墓所《さんまい》送らな、罰かぶるぞ」

その怒声に驚き、石松が一瞬、怯《ひる》む。その隙に先頭に立った仁吉は、鯨の側面すれすれに船を着けると、刃渡り四尺六寸（約一・四メートル）、桿長《かんなが》八尺（約二・四メートル）の大剣《だんす》を振り上げた。

夕日が仁吉の半顔《はんがん》を照らし、大剣《だんす》が輝く。

次の瞬間、投じられた大剣《だんす》は、鯨の腋壺に突き刺さった。

これまでにないほどの絶叫が聞こえると、傷口から血がほとばしる。

全身を朱に染めた仁吉が右手を挙げた。腋壺の奥にある心臓を突いたことを、各船に知らせたのだ。

続いて五番船以下が同様に腋壺めがけて大剣《だんす》を突き刺すが、すでに噴出する血の勢いは衰え、鯨の声も弱まってきていた。

酩酊《めいてい》しているかのように聞こえるその声は、鯨に死が迫っていることの証である。

しかし鯨を殺してしまっては、沈むこともあるため、持双船に掛けるまで、浮いていてもらわねばならない。

半殺し状態のまま、鯨を惰性で泳がせつつ、鯨船が周囲に寄り集まってきた。

鯨を持双船に掛ける作業を行うため、勢子船の男たちは、持双船に乗る老人や幼水主《すなり》と呼ばれる手伝い役の少年たちと入れ替わる。その間に、とどめの鼻切りが行われる。

「音松、ぼちぼちばい」

仁吉に促された音松が、手形包丁と呼ばれる小剣《こがたな》を手に取った。

鼻切りとは、鯨に取り付いて障子と呼ばれるその鼻弁《びべん》を開く作業である。次代を担う刃刺を決めるべく、各船の刺水主たちに競わせるようにして行わせる、一種の通過儀礼でもある。

鯨は鼻弁の開け閉めにより、潜水と浮上を繰り返すが、この鼻弁を切り裂くことにより、二度と海中に潜れないことを覚り、いよいよ観念する。また鼻切りは、鼻弁に紐を通し、持双に結び付けるためにも必要な作業である。

一番船に合図旗が揚がった。

鯨の血で濃藍色《こあいいろ》に染まった海に、各船から刺水主が飛び込んでいく。

音松も大きく息を吸い込むと海に飛び込んだ。

各船から応援の歓声がわく中、若者たちは抜き手を切って泳いでいった。

## 四

古代より日本列島沿岸は、鯨の宝庫だった。

文禄《ぶんろく》年間（一五九二―九六）には、すでに突き取り漁法が始まっていたとされるが、槌《つち》鯨や巨頭《ごんどう》鯨など、海豚《いるか》属の小型の鯨かスナメリが対象で、大型の鯨は手に負えるものではなかった。

太地の鯨刺し手組は慶長《けいちょう》十一年（一六〇六）、太地角右衛門頼元《よりもと》によって創設されたが、各地の鯨組同様、小型の鯨を銛で突いて獲るのが精一杯だった。

ところが、刺し手組創設六十九年を経た延宝《えんぽう》三年（一六七五）、頼元の孫にあたる角右衛門頼治《よりはる》が網取り漁法を考案し、さらに持双船による挟み込み曳航《えいこう》法が生み出されてからは、大型鯨でも積極的に獲られるようになった。

この二つの技術革新により、鯨漁の世界は一変する。

網取り漁法を始めて八年後の天和《てんな》三年（一六八三）末から翌年の春にかけて、太地だけで大型鯨九十六頭の水揚げがあり、太地の殷賑喧噪《いんしんけんそう》は言語に絶するほどだった。

当時の大鯨の一頭平均の価値は七十五両で、九十六頭だと優に七千両を超える。現代の価値に直すと、一両を一万円として実に七千万円である。当時の太地の人口は定かでないが、貞享元年《じょうきょう》（一六八四）の戸数が四百七十一という記録があり、千八百人ほどであったと推定できる。

当時の物価からして、貧しい一漁村が一転して長者村となったのだ。

かくして太地捕鯨の全盛時代が幕を開けた。太地の人々は鯨を「夷様《えびす》」と呼んで敬い、歓喜の声を上げつつ、舞い狂うように働いた。

中でも、本方の太地角右衛門家の分限者《ぶげんしゃ》ぶりは破格だった。

当時の里謡《りよう》にこうある。

太地角右衛門大金持ちよ　背戸で餅つく　表で碁打つ　沖のど中《なか》で鯨打つ

富の集まるところには人も集まる。

僻地《へきち》の寒村にすぎなかった太地に、人々が吸い寄せられるように集まってきた。網取り漁法は、二百から三百人の人手があってこそできるものなので、太地では、積極的に外部から人材を招き入れた。

しかし富が集まり、人も多くなると、よからぬ輩も紛れ込んでくる。

こうしたことから問題も多くなったので、太地では旅水主用の水主納屋を向島に設けた。これにより季節労働者である旅水主が、太地の女と問題を起こしたり、地元民家に盗みに入ったりすることを抑制できた。

尤《もっと》も鯨組からその実力を認められ、信頼を得た者は、村に住処《すみか》を与えられ、村の女を娶《めと》ることまで勧められた。

その点、太地は実力主義の地だった。

七年余を太地で過ごし、その腕と人柄を認められた仁吉も、その例に漏れず、太地に骨を埋めるつもりならそれもできた。

しかもこの年、新年恒例の組替えで、仁吉は十番船刃刺から四番船刃刺へと異例の昇格を果たしていた。長年、執刀を務めてきた初老の刃刺が隠退したためで、その空席を狙っていた者は、石松はじめ多かったが、地元の若者たちを押しのけての抜擢《ばってき》となった。

とくに雄偉な体格の上、膂力《りょりょく》でも人に勝る石松は、執刀役に最適という声が多く、本人もこの人事に大きな不満を持っていた。

以来、石松は仁吉を見ると、憎しみに満ちた眼差しを向けるようになった。

それを知ってか知らずか、仁吉は刺水主見習いであった音松を、自らの刺水主にほしいと、本方の年寄衆に頼み入ってくれた。

その望みが叶えられ、晴れて音松も仁吉の片腕として海に出られることになった。

音松の喜びは言葉にならないほどだったが、石松は今まで以上に不機嫌になり、針の蓆《むしろ》に座る日々は続いた。

四番船の刺水主になってから、音松はよく向島に渡った。

その日は雨天で海は荒れ、早々に漁のないことが決まったので、音松は向島の仁吉の小屋に入り浸っていた。

銛の刃先を磨きつつ、仁吉は故郷の話をしてくれた。

「肥前大村は、そんな、ええとこか」

「ああ、みんな故郷《さと》は、よかところやろ」

「そいなもんかな」

何一つ楽しいことのない日々を過ごしてきた音松にとり、故郷の太地は、決して「よかところ」ではなかった。

そんな音松の境遇を薄々、仁吉も気づいているはずだが、その胸の内に立ち入ろうとはしない。

「そいなら仁吉はんは、なといせ太地に来たん」

「仕事があっけんさ」

さも当然のごとく仁吉が答える。

「大村には、鯨取りの仕事ないんか」

「あるに決まっとろう。ないなら、おいが銛を打てるわけなかろ」

「そいならなといせ、そんなに好いとる故郷をおんでた」

刃先を磨いていた仁吉の手が止まる。

しかし、すぐにその手は従前と同じように動き始め、いつまで経っても、音松の問いに対する答えは返ってこない。

気まずい沈黙が漂う。

「つまらんことゆうてしもた。許してな」

肩を落とし、出ていこうとした音松の背に声が掛かった。

「構んさ。話しちゃる」

「いらんよ」

「いいさ。そこ座れ」

鮫革《さめがわ》の煙草入れを取り出した仁吉は、煙管に細刻みを詰め始めた。

「おいはな、悪か男よ」

「なんゆう」

苦い顔をして紫煙を吐き出すと、仁吉は語り始めた。

ある日、肥前大村の沖に大きな座頭鯨《ざとう》がやってきた。

当時、殺し船の刺水主をやっていた仁吉は勇躍した。

いつものように網代に追い込み、四方から銛を打ち込んで鯨を半殺しにすると、鼻切りの段となった。

刺水主たちは競い合い、鯨に泳ぎ着こうとしたが、仁吉の飛び込んだ位置がよく、初めに鯨に触れた仁吉に、鼻切りの権利が与えられた。

これまで一度も鼻切りの権利を得たことがなかった仁吉は、心底、うれしかった。

ぬめぬめした鯨の体で手掛かりとなるのは、仲間同士の争いでできた傷痕か、角質化した瘤状の隆起だけだ。しかし座頭の瘤は、背美などと比べると少ないため、頭部に至るのは至難の業である。

絡んだ網や刺さった銛などを伝い、仁吉がようやく頭部に近づくと、鯨は潜水を始めた。

鯨は弱ると身長の深さまでしか潜れない。十尋《ひろ》（約十八メートル）の鯨なら十尋となる。

鯨は体力の回復を待つかのように、海中にとどまり、大人しくしている。その時こそ、鼻切りをする絶好の機会である。

鯨にしがみついたまま共に潜った仁吉は、鼻の近くに浅く刃を入れてみた。

鯨の残存体力を測るための試し刺しである。

鯨は厚い脂肪に覆われているため、痛覚が鈍い。脳に近い鼻でも、刺してから二から三秒、間を措《お》いて反応がある。

　この試し刺しの瞬間、手先にぴりぴりした感覚が伝わると、いまだ鯨には、生命力が残っている。この感覚が伝わっているにもかかわらず鼻切りを強行すると、鯨は暴れ、鼻切り役のみならず、船団全体が危険に晒される。そのため、こうした場合の鼻切りは堅く禁じられていた。

　その一方、死が近い鯨は、この反応が微弱で、捕獲態勢に入っても、ほとんど抵抗はしない。

　すなわち鼻切りの権利を得た者は、反応があるか否かで鼻切りの実行か中止の判定を下すという、重大な役割を担わされていた。

　この時、仁吉の指先に、ぴりぴりとした反応があった。

　反射的に鯨から離れようとした仁吉だったが、この機会を逃すと、次にいつ鼻切りの機会がめぐってくるか分からない。とくに前回の漁で、親友の重蔵《じゅうぞう》が鼻切りに成功しているため、なおさら、この機会を逃したくなかった。

　仁吉の心に、「よか、よか。ようやったで」と言って走り寄ってくる重蔵の顔がよぎった。

　一瞬、ためらった後、仁吉は「ままよ」とばかりに鼻弁に小剣を突き刺した。

　黒々とした血が瞬時に噴き出し、己の手先さえ見えなくなる。

仁吉は「動かんと、死んでくれんね」と念じつつ、小剣で鼻弁の中を刺し回した。

しかし次の瞬間、それまで従順に見えた鯨が、電流が走ったように暴れ出した。

危険を察し、即座に鯨から離れた仁吉だが、鯨の巻き起こす乱流に巻き込まれ、瞬く間に体の自由を失った。体の関節という関節が、ばらばらになるかと思われるくらいの凄まじい水の力である。

こうした時は無駄な抵抗をせず、海中で踊らされるに任せるしかない。

それを思い出した仁吉が体の力を抜くと、体が軽くなり海面が近づいてきた。

――もうちょっとや。

陽光に手を差し伸べるように仁吉が浮上しようとした時だった。その光を遮るように、頭上に巨大な傘が差し掛けられた。

何かと思って見上げていると、その巨大な傘は次第に大きくなってきた。

――うわあ!

仁吉は海中で悲鳴を上げた。

それは巨大な手羽だった。

次の瞬間、凄まじい水圧が押し寄せてきた。

直撃は免れたものの、水圧で五間(約九メートル)ほど沈んだ仁吉は恐慌を来し、すぐに浮上しようとした。

鯨の手羽が届く範囲に浮上することは、鯨取りの禁忌である。

しかし息が苦しくなった仁吉は、それどころではない。

懸命に手と足をかき、ようやく浮上しかかった時、再び手羽が叩きつけられた。またしても直撃は免れたが、先ほど同様、水圧で海中深くに沈められた。

もはや力も尽き、仁吉は乱流に身を任せるだけとなった。

「もうだめだ」と思った瞬間、突然、腕を摑まれた。誰かが助けに来てくれたのだ。その時、仁吉の腹底から、死の恐怖が頭をもたげた。

苦しさのあまり真上に浮上しようとする仁吉に、その腕は絡み付いてきた。しかし仁吉は、その腕を払いのけて必死に海面を目指した。

くんずほぐれつしつつ、二人は海面に浮上していく。

助けに来た男は仁吉の腰や足にかじりつき、何とか仁吉を海上に浮き上がらせまいとする。しかし、息苦しさが限界に達している仁吉は、懸命にその腕を振り解こうとした。

――おいを殺すとか！

混濁した意識の中で、男に対する憎しみがわいた。

仁吉は男の頭を強く蹴って浮上した。

――助かったばい。

肺いっぱいに息を吸い込み、歓喜の声を上げると、またしても頭上が陰った。

見上げると、巨大な手羽が大きく振り上げられている。

――しもうた。

それでも、鯨のすぐ横に浮上したことに気づいた仁吉は、懸命に鯨の体にしがみ付いた。

――よかった。

しかし、ほっとしたのも束の間、海面を見た仁吉は愕然とした。仁吉を助けにきた男が、ちょうど手羽が振り下ろされようとしている海面に浮上してきたのだ。

後頭部しか見えなかったが、仁吉との格闘により、男の意識は半ば朦朧《もうろう》としているようである。

「待て、待たんと！」

たまらず手を差し伸べる仁吉を尻目に、鯨の手羽は、容赦なく男の頭上に叩きつけられた。

次の瞬間、鯨から振り落とされた仁吉は気を失った。

気づいた時、仁吉は持双船に乗せられていた。仲間に助けられたのだ。

ぼんやりとした意識のまま半身を起こすと、傍らに誰かが寝かされていた。その体は、頭まですっぽりと蓆《むしろ》で覆われている。

記憶の糸が、徐々に手繰り寄せられていく。

——あっ。

「死なんでくれ！」と叫びつつ、蓆をめくった仁吉が見たのは、重蔵の安らかな死に顔だった。

浜に戻り、仁吉の詮議が行われた。

仁吉は正直に鼻切りの時のことを告げた。

それを告げずとも、皆は、仁吉が無理を押して鼻切りしたのを分かっていた。

掟《おきて》を破った仁吉は、その場で「所払い」を言い渡された。

「おいは卑怯な男ばい」

仁吉が、冷めた笑みを片頰に浮かべる。

あまりのことに、音松に言葉はなかった。

## 五

太地鯨組が再び沖立したのは、大きな背美鯨を獲ってから数日経った雨模様の日だった。

前回の沖立で、わずかな差で鼻切りの権利を得られなかった音松にとり、「今度こそ」

という思いは強い。しかし仁吉の話を聞いてからは、多少の恐怖心も芽生えていた。鯨取りにとって、鯨に対する恐怖心こそ最も忌《い》むべきものだが、その反面、用心深さもまた大切である。

仁吉は、それを音松に伝えたかったのだ。

——今日の獲物が座頭でなければ、ええがな。

それが音松の偽らざる本音である。

鼻切りするなら、手羽が大きく、強い力を持つ座頭鯨だけは避けたい。

空は胴間黒《どうまぐろ》の雲に覆われ、極めて視界が悪いため、山見番所からの情報は少なく、海上の男たちを苛立たせた。

船団は、鯨影《げいえい》が見えたという山成島《やまなりじま》の沖に粛々と向かっていた。

岩燕《はいろ》の群れが、刷毛《はけ》で刷くように頭上を通り過ぎていくと、ぽつりぽつりと大粒の雨が降り出した。

「地方《じかた》からの西北風《やまぎた》が強うて満潮《こみしお》だ。物ゆうてくるかもな」

仁吉が、「海が荒れてくるかもしれない」と一人ごちた。

重苦しい雰囲気の中、先頭を行く一番船に合図旗が揚がり、視界に鯨を捉えたことが伝えられた。

「座頭で」

合図旗を確かめた仁吉が呟く。

若太夫の指示により、網船の船団が、山成島の沖合半里（約二キロメートル）ほどの位置に網代を張るべく離れていった。

船団が二つに分かたれると、勢子船は矢のような速さで鯨に近づいていく。

やがて、曇天に上がる霧状の潮煙が見えてきた。それは横に広がっており、間違いなく座頭である。

音松は、動悸が早まるのを感じた。

その座頭は歌うような潮声を上げながら、オキアミを吸い込んでは海水を吐き出す作業を繰り返していた。それに熱中しているためか、船団に気づかない。

大きく南に迂回し、鯨の沖側に回り込むことに成功した船団は、続いて縦列となり、柵のように船をめぐらせた。

音松の目にも、座頭の姿がはっきりと捉えられた。

それは前に捕えたものよりも一回り大きく、体中に生々しい傷痕がある。

「十二、三間（約二十一～二十三メートル）ほどか。苦労させられるばい」

仁吉が苦々しげに呟く。

鯨は大きければ大きいほど価値は高まるが、取り逃がすことも多くなる。それだけならまだしも、鯨の大きさに比例して、命や船を失う危険も高まっていく。そのため、慎重な刃刺は中型の獲物を好んだ。

ようやく船団の存在に気づいた鯨は、じっと動きを止め、何か考えていたかと思うと、突然、尾羽を振り上げて海面に叩きつけた。凄まじい轟音と共に飛沫《しぶき》が降り注ぐ。続いて海面が白く泡立つと、鯨が泳ぎ始めた。

鯨は徐々に泳速を増し、船団の端から回り込むようにして沖に逃れようとする。その行き先を制するように、一番船以下も全力漕走に移った。

泳速に自信があるのか、鯨は潜ろうとせずに海上を泳いでいく。

一番船は鯨に近づきすぎないよう、距離を置きつつ、大きく弧を描くように網代に誘導しようとする。それに続く船団は、その意図を察して激しく張木を打ち続ける。

若太夫が風に白髪を振り乱して背後に指示を送ると、艫押は微妙に舵を調整する。その繰り返しにより、じわじわと鯨を網代に近づけるのだ。

やがて前方に網代が見えてきた。

しかし潮が強いためか、網船は、いまだ網代を広げていないようだ。

「上りの三本潮じゃ容易に網は張れん。これは回さないけんぞ」

仁吉が苦々しげに呟いた。

太地では、南西に流れる潮を上り潮、北東に流れる潮を下り潮と呼んでいた。網を張るのに最も困難なものが「上りの三本潮」である。

網船が手間取っていることに若太夫も気づいたらしく、鯨を沖に逃がすかのように船足を弱めた。

鯨は、この機を逃さじとばかりに沖に向かおうとするが、そうなると一番船は漕ぐ手を速め、その行く手をふさぐ。

事情の分からない鯨は、逃げていいのかいけないのか分からず、一町（約百十メートル）余の距離を置き、戸惑うように一番船と並走している。

若太夫と鯨の微妙な駆け引きが続く。

いかに賢い鯨でも、網を掛ける前に、刃刺が銛を打たないことまでは知らない。そのため勢子船の作った海の柵列を、無理に突破しようとしないのだ。

やがて網船に合図旗が揚がった。網代の準備が整った知らせである。

一番船にも合図旗が翻り、縦列から馬蹄陣に転じた勢子船は、艪声を上げつつ鯨に迫った。

僚船の叩く貫抜きの音が聞こえ、いやが上にも緊張が高まる。

しかし仁吉の予感が当たり、海は荒れてきた。那智妙法山に雲が懸かり、吹き降ろしが海面に叩きつけられ、小さな白波《うさぎ》を無数に飛ばしている。

太地の鯨取りたちは、妙法山に雲が懸かると、強い西風が吹くと知っており、人変わりしたように怖気《おじけ》づく。

このままいけば、鯨取りの最も恐れる石割風《いしわりかぜ》や別当《べっとう》が吹いてくることも考えられる。これらの強風が吹き続ければ、船団は黒潮本流の近くまで流されることもある。

不安を忘れるように、音松も砧を振り上げ、懸命に張木を叩いた。

風の音に貫抜き打ちの音が混じり、静かだった海は突然の喧噪に包まれた。

鯨は規則的に潮声を上げつつ、猛然と網代に向かっていた。こうなればしめたものである。

進退窮まったがごとく、鯨が網代に突進した。網船が扉を締めるように円を描く。

次の瞬間、海面が揺らいだかと思えるほどの衝撃が走り、網の切り離しに失敗した網船二艘が転覆した。鯨が恐慌を来し、泳速を緩めず網に突進したのだ。

――えらい猛者《もさ》やな。

鯨の力は、その種類や大きさからは計り難く、小ぶりでも猛烈な力を発揮するものがいる。性格や体力が見た目だけで分からないのは、人と同じである。

しかし、さすがの鯨も網を破るまでには至らず、その岩塊のような頭をもたげ、網を振り払おうとしている。

鯨の体が海面に出ているこの瞬間こそ、銛打ちの絶好の機会である。

すかさず漕ぎ寄せた一番船から早銛が投げられたが、第一投は急所《ぜび》を外した。

鯨は海面を輾転反側《てんてんはんそく》し、火がついたように暴れ回る。

「おい、赤旗が見ゆっぞ」

一番船の艫に、緊急事態を知らせる赤旗が揚がった。

赤旗は、鯨を取り逃がしても構わないので、鯨から離れろという合図である。

海は荒れてきており、雨足も強くなっている上、ここのところ定期的に鯨が獲れているため、太地は潤っており、無理することはないと、若太夫は判断したのだ。

残る網船には、転覆した二艘の救助が指示されている。しかし、転覆していない網船も混乱を来し、即座に救助態勢に入れない。

若太夫がこちらを見て采配を振るった。四番船以下の勢子船に対し、海に落ちた者を救えという合図である。

その時、偶然、二番船から放たれた早銛が、急所に突き刺さった。鯨は雷に打たれたように痙攣《けいれん》すると、動きを止めた。

急所に銛を打ちこまれた鯨は、いったん失神するが、しばらくして意識を取り戻す。この荒れた海で鯨を獲るなら、鯨が仮死状態のこの時しかない。

救助を優先するか漁を優先するか、若太夫の判断に懸かっている。

仁吉と音松は、そろって一番船を見つめたが、赤旗は翻ったままで、若太夫の采配も動かない。

船上では、若太夫と勘太夫が大声でやり取りしつつ思案《しわい》しており、指示が変わる可能性もあるが、合図旗が変わらない限り、その指示に従うのが掟である。

「行くで。きばるぞ!」

四番船は、躊躇なく網船から落ちた者の救出に向かった。

鯨が失神している今なら、鯨のすぐ横をすり抜け、最短距離で転覆した網船の許へ駆けつけられる。

その時だった。

「なんやっとう!」

船尾の方向を見た仁吉の顔色が変わる。そちらに顔を向けた音松も啞然とした。

石松の五番船が四番船に続かず、鯨に接近しているのだ。五番船の水主たちは船を鯨の横腹に沿わせると、網の目に手鉤を引っ掛け、鯨を引き寄せている。壇上で大剣《だんす》を構える石松の姿も見える。

五番船は一瞬にして鯨の陰に消えた。

「いがん。鯨魚《いお》から離れっど!」

仁吉の声に促され、水主たちが八丁切りに移ろうとした時である。

死角になっている鯨の陰から、赤靄《あかもや》と呼ばれる血煙が噴き上がった。

石松が大剣《だんす》を腋壺に突き刺したのだ。

「待て、まだ早かぞ!」

仁吉の顔に恐怖の色が差す。

次の瞬間、眠っていたように見えた鯨が突然、目覚め、飛び上がった。実際には飛び上がってはいないのだが、音松にはそうとしか見えなかった。

続いて、鼓膜が破れるかと思えるほどの叫びが轟き、大きなうねりが押し寄せてきた。

鯨と十間（約十八メートル）ほどしか離れていない四番船は、これを真横から受けた。

何とか転覆は免れたが、音松は海に放り出された。

水押に摑まる刃刺や、艪を握る水主と違い、緊急時に摑まるもののない刺水主は、海に放り出されることが多い。

乱流にもみくちゃにされつつ、音松はもがいた。周囲は赤一色で何も見えず、生臭い水をたらふく飲み込み、息苦しくなった。どちらが上で、どちらが下かも分からない。

海中では焦れば焦るほど、上下が分からなくなるのだ。

しかも、鯨の作り出す乱流が音松の体をもてあそび、泳ぐことさえままならない。

――死にとない！

恐慌を来した音松は、体力が消耗するのを忘れ、闇雲に水をかいた。

胴間黒の空から陽光は漏れておらず、運を天に任せるしかなかったが、音松は水圧の少ないと感じる方に向かって遮二無二《しゃにむに》進んだ。

やがて赤色が薄くなり、海面が近づいてきた。しかしその時、黒く大きな傘が、頭上に差し掛けられるのが見えた。

それが手羽であることを、音松は即座に覚った。しかし、すでに体力は残っておらず、真上に浮上するしかない。

――もうええ、こんなん人生、しまいにしちゃれ。

先ほどまでの恐怖心は消え失せ、朦朧とした意識の中で、音松は死んでもいいと思った。

その時、胴に腕が回され、強い力で音松は抱き寄せられた。

――仁吉はん！

音松を抱えた仁吉は、海底に向かって泳ぎ出した。

――苦しい。放してくれろ！

音松は、仁吉の腕から必死に逃れようとしたが、仁吉の腕は音松の体をしっかり摑み、放そうとしない。

――わいのことなど、ほったらかしてくれよ。

その時、仁吉と目が合った。

仁吉の目は、「なんばゆう。わいつは刃刺になるんやろ」と語っていた。

その目に射すくめられた音松は、体の力を抜いて仁吉に身を任せた。

再び轟音と共に水圧が押し寄せてきた。鯨の手羽が叩きつけられたのだ。それでも仁吉は音松を放さず、海中を泳ぎ続ける。

永遠と思えるほどの時間が流れ、ようやく仁吉は浮上に移った。

海面に飛び出し、大きく息を吸った時、音松は生きていてよかったと、心底から思った。

曇天と区別のつかなかった海面が、雲間から漏れた陽光に照らされ、きらきらと輝いていた。

六

「音松」

顔に水を吹き掛けられ、音松は意識を取り戻した。

目を開けると、仁吉と四番船の水主たちが心配そうにのぞき込んでいる。

手をついて半身を起こすと、そこが砂浜だと分かった。

――知らん間に沖上がりしてたんか。

記憶が徐々によみがえってきた。

「仁吉はん――」

「どうやら、心配要らんな」

仁吉が口端に皺を寄せて微笑んでいる。

海を見ると、水平線はわずかに赤く染まっており、帯紐のように細い筋雲が無数に広がっていた。水平線に筋雲が広がると、西風は収まるという言い伝えを、音松は思い出した。

確かに風はなく、海は嘘のように凪いでいる。

「皆も無事なんか」

「四番船から落ちたんは、音松だけだ」

仁吉の言葉に皆が笑った。

「網船の衆は――」

「心配要らん。ただ鯨は流してしもうた」

「あっ」と思って見回したが、確かに浜に鯨の姿はない。

「なといせ、流したん」

音松はがっくりと肩を落とすと、仁吉に抗議するように言った。

「あん時、座敷は荒れてた。しょんなかよ」

若太夫が救助を優先したため、その間に鯨を逃してしまったのだ。

船子の命を第一とする若太夫なら、そうするであろうと音松も思った。

「鼻切りは次にしよな」

「うん」

「おいがおらんでも、もう、でえじょぶだな」

仁吉が物言いたげな眼差しを向けてきた。

「なんゆうとう」

その時、大納屋の方から絶叫が聞こえた。

「堪えてくんせえ！」

ふらふらとした足取りで立ち上がった音松は、声のした方を向いて愕然とした。

石松が座らされ、その周囲を刃刺たちが取り巻いていた。

石松の厚い胸板に若太夫の足蹴が飛んだ。

後ろに転がった石松を、刃刺たちも蹴り回している。

「あいは、なんしとるんよ」

水主たちは気まずそうに立ち去り、船の片付けに入ったので、その場には、仁吉と音松だけが残された。

「見ての通り、石松が張り回されっと」

仁吉が海を見ながら言った。

「この勝手ぼしが。たいがいにせえよ！」

勘太夫の拳が石松の頬に飛んだ。

「などいせ――」と、問いかけて音松は言葉をのみ込んだ。記憶が徐々に戻り、石松の犯した罪を思い出したのだ。

あの時、功を焦った石松は、沖合の指示を無視して鯨に剣切りし、四番船を転覆の危機に陥れた。

鯨を獲る絶好の機会であり、よかれと思ってやったことだろうが、鯨組の掟を破ったことに変わりはない。

大納屋には、いつものように赤身のおこぼれに与《あずか》ろうと、仙台平《せんだいひら》の襠高袴《まちだかばかま》に黒紋付を着た新宮《しんぐう》藩の役人たちもいたが、本方の年寄衆に肩を抱かれるようにして、そそくさと帰っていった。

太地は新宮藩の領内だが、独自の掟に支配されており、治外法権も同然だからである。また海で起こったことは本方も介入できず、沖合と親父たちに任されるのが仕来りとなっていた。

つまり太地では、私刑により死人が出ても、誰も罪に問われないのだ。

四方からなじられつつ、石松は蹴られたり、殴られたりしていた。

その度に平伏して許しを請うが、若太夫は床几《しょうぎ》に座したまま、石のように動かない。

暴力は次第に激しくなり、石松は砂と血にまみれて転がり続けた。

やがて石松は、糸を引くような嗚咽《おえつ》を漏らし始めた。

遠巻きにこれを眺める納屋衆や女子供も、この声を聞いているはずで、これにより石松の面目はつぶれ、以後、あぶれ者（半人前）として、後ろ指を差されつつ生きていかねばならない。

鯨と命のやりとりをする太地の掟の厳しさは、ほかの漁村の比ではなかった。

一度でも掟を破った者は、刃刺たちから制裁を受け、下手をすると不具にされる。制裁が終わって無事でいた者は、太地から追放され、五年の「年季明け」まで戻ることは許されない。むろん戻っても、鯨漁に携わることはできないため、生計《たつき》の手段はない。つまり追放された者は、いずこかの地で旅刃刺や旅水主となるしかないのだ。

一方、不具となった者は「赦免」により納屋衆とされるが、縁談も持ち込まれず、出世もできず、生涯、あぶれ者として日陰を歩くことになる。

「もう、ええな」

唐突に仁吉が言った。

石松が不具になれば、刃刺の株は音松のものとなる。大手を振って音松は刃刺となれる上、妻を娶ることのできない石松に代わり、その子孫も刃刺として生きていける。

音松は、石松に復讐を遂げることになるのだ。

音松の心に一瞬、暗い考えが浮かんだ。しかし音松は、すぐにそれを打ち消した。

――刃刺の座は、わいの力で獲ったる。

音松が黙って歩き出すと、その肩をぽんと叩き、仁吉も後に続いた。その心地よい感触が、いつまでも肩に残った。

二人は若太夫の前に平伏すると、石松の赦免を願った。

被害を受けた当事者から赦免の願いが出されれば、罪を許されるのも掟である。とくに死人も怪我人も出ていないので、若太夫はこの願いを聞き入れた。

これにより追放にも不具にもならず、石松は赦免され、五番船刃刺の座も安堵された。

全身を血に染めつつ、石松は泣きながら二人に礼を述べた。

七

その翌日のことだった。

浜で待機する刃刺たちの中に、仁吉の姿が見えないことに気づいた音松が、釈然としない思いを抱いていると、若太夫により、四番船刃刺に別の者が就くと告げられた。

仁吉の異動先は告げられず、それを不審に思った音松が問うても、若太夫は何も答えてくれない。

すでに日も西に傾き、この日の漁がないことが申し渡されると、音松は、小船《さっぱ》を漕いで向島に渡った。

波打ち際に小船《さっぱ》を着けると、音松は矢のような勢いで仁吉の小屋まで走った。

嫌な予感が当たり、小屋はきれいに片付けられていた。

――仁吉はん、去《い》んでてもうたか！

小屋を出た音松は周囲を駆け回り、必死に仁吉を探した。旅水主たちにも問うたが、仁吉は別れの挨拶をしていかなかったらしく、その行く先を知る者はいない。

慌てて小屋に戻ると、いつも仁吉が銛の刃先を磨いていた机の上に、音松にあてた置手紙があった。

覚束ない平仮名で書かれたその手紙には、突然、出ていくことについての詫びが述べられ、音松への激励の言葉が連ねられていた。

それを読んでも、音松には仁吉の気持ちが分からない。

「こいで、ええんよ」

突然、聞こえた潮錆び声に振り向くと、戸口に沖合の若太夫が立っていた。

「よっこらしょ」と言いつつ上がり框《かまち》に腰を掛けると、若太夫は煙管を取り出し、煙草を詰め始めた。

「音松、旅刃刺はいつか去んでしまうもんよ。それを引き留めることは、誰《だい》にもできん」

「なといせ、できんのし」

「太地はだすい(偏狭)地だ。村の者《もん》らは知らん間に垣根を作り、外の者を入れんようにしておる」

「仁吉はんは刃刺で」

太地での刃刺の地位は格別である。たとえ旅刃刺であっても、その待遇は変わらない。しかし、それが建前であることに音松も気づき始めていた。その証拠に、旅刃刺で太地に居ついた者は、これまでに一人もいない。

「ええか」と言いつつ、若太夫の瞳に厳しい色が差した。

「刃刺ゆうても、しょせん仁吉は他所者《よそもん》さ。仁吉は腕をわれらに売り、それで糧を得てたんよ」

――それが旅刃刺なんか。

仁吉は旅刃刺であることを常に意識し、ほかの刃刺とも距離を置いてきた。刃刺の中でも、執刀という親父たちに次ぐ地位まで上り詰めたが、仁吉は、己が旅人であることを忘れてはいなかった。

「実はな――」

若太夫が、眉間《みけん》に苦渋をにじませつつ言った。

「前から仁吉は、太地から出たいゆうとった」

「えっ」

「やが、わいが引き留めてたんよ」

若太夫が、大きなため息と共に紫煙を吐き出した。

「そいは、どういうことのし」

「わいが一人前となるまで、見てやってくれと頼んだんさ」

仁吉が音松を己の船の刺水主に指名したのは、若太夫と話し合ってのことだったのだ。

「なといせ、わいを――」

「わいつは刃刺に向いとる。刃刺は、腕力があって銛打ちがうまいだけではいがん。人を束ね、人に気い配ることができにゃならん。小さいうちから苦労して、人の苦しみを知っとるわいつなら、ええ刃刺になれる。それは年寄たちの一致した思案《しわい》さ。やが身内者にわいつの面倒を見させると、石松も気にしくさる。そいで仁吉に任せたんよ」

若太夫の意外な言葉に、音松は啞然とした。

「刃刺つうは、体格《がら》だけじゃない。ましてや刃刺株などのうても、才覚さえあれば、刃刺になる道はいくらもある」

「そいで、なといせ仁吉はんが出ていくんよう」

「わいつに伝えることはもうないとゆうてな。そいで、わいも仁吉が出ていくことを許した」

「仁吉はんは、どこに行ったんや」

涙が止め処なく流れてきた。

「三輪崎《みわさき》に行くか、串本《くしもと》に行くか、はたまた土佐《とさ》あたりに行くんか、わいも仁吉に問わんかった。やが仁吉は、この太地に、わいつという土産を置いてった。そいだけでも十分と思わんか」

若太夫が煙管の灰を落とした。

「わいつがはばしい（優れた）刃刺になることが、仁吉への恩返しになる。そいを忘れてはいがん」

そこまで言うと、煙草入れを懐にしまった若太夫は、仁吉の小屋を後にした。

夜の帳《とばり》はすっかり降り、小屋の中は闇に包まれ始めていた。

しばし肩を震わせていた音松は、思い切ったように立ち上がると、仁吉の置手紙を懐にしまった。

——仁吉はん、あんがとな。

小屋の戸に手を掛けた音松は、最後に振り向くと小屋の中を見回した。そこには、仁吉の大切にしていた銛先も、刃刺の襦袢も、仁吉を思い出させるものは何一つなかったが、仁吉の息遣いが、いまだ残っているような気がした。

——わいは刃刺になったる。仁吉はん、見ててな。

立てつけの悪い戸を閉めると、音松は浜に向かって一歩を踏み出した。
それが刃刺になるための第一歩であることに、すでに音松は気づいていた。

# 恨み鯨

一

稲穂が風になびくように、水平線に一本の潮が噴き上がっていた。

「あいは抹香《まっこう》だの」

「へい、夏漕ぎにござらっしゃるは、抹香しかおらんのし」

壇上に胡坐《あぐら》をかいて沖を眺める祥太夫《しょうだゆう》の問いかけに、徳太夫《とくだゆう》が笑顔で答えた。

齢《よわい》六十を数える祥太夫の顔は、長年、日天干《にってんぼ》しされてきたためか、なめし革のような光沢を放ち、地裂のような深い皺が幾本も走っている。その額皺の間から滴る汗が、頑丈そうな顎を伝って壇上に落ち、黒い染みを作る。

「抹香なら、お宝あんかもな」

「そいは、当てにせん方がええのし」

「そらそうや。当てが外れたらせつろい（切ない）かんな」

二人は、蒼天に届けとばかりに笑い声を上げた。

紀州太地《きしゅうたいじ》は、すでに初夏を迎えており、右手に延びる燈明崎《とうみょうざき》の森は淡い緑に包まれていた。

「沖合、暑くなってきたのし」

徳太夫は、時が八つ（午後二時頃）を回ったことを、太地鯨組独特の言い回しで伝えた。

冬漕ぎと違って夏漕ぎは、日没が一刻（約二時間）ほど遅くなるので余裕はある。しかし漁が夜までかかってしまうと、多くの危険が伴うので、できることなら日没までには仕留めたい。

「潮は枯れとるのし」

船尾にたゆたう垂れ縄を見て、徳太夫が祥太夫に潮の速さを伝えた。

「潮が枯れる」というのは、ほとんど潮が流れていないことである。黒潮が強くなる秋から冬にかけては、あり得ないことだが、夏の潮枯れは、さほど珍しいことではない。

「風はどや」

「かすかに南風《まぜ》が吹いとるのし」

船尾に翻る吹き流しを確認するや、徳太夫が答えた。

一番船刃刺《はざし》は、沖合の補佐役として太陽の位置で時を読み、垂れ縄で潮を読み、吹き流しを見て風を読み、それを随時、沖合に伝える。こうした情報を元に、沖合は漁の宰領をする。

　この日は晴れで、南から微風が吹き、ほぼ休み潮という夏漕ぎによくある状態である。

「座敷も荒れとらんようやの」

　祥太夫が、太地湾の沖に広がる漁場を見渡した。

「そんようのし」

「そいなら、黒瀬川《くろせがわ》の手前まで行てこうら」

　冬漕ぎの場合、黒瀬川と呼ばれる黒潮が一里（約四キロメートル）くらいまで陸岸《おか》に近づくことがあるため、沖に回り込んで鯨を追い立て、できる限り沿岸で漁をするが、夏漕ぎの場合、黒潮が陸岸から離れて流れているため、その心配も要らない。

　燈明崎の先端にある山見番所には、黒一色の幟《しおり》と大印と呼ばれる白の吹き流しが翻っていた。群れの中に体長十五間（約二十七メートル）以上の抹香鯨がいるという意である。

　さらに幟が、鯨が群泳しているのは、太地湾の北東半里（約二キロメートル）にある鰹島《かつおじま》沖だと伝えてきた。

　鰹島の周辺は、網代《あじろ》を張るのに十分な深さがある。

　続いて網船の一艘が近づき、祥太夫と二言三言やり取りし、網代を張る位置を確認していった。

網船の船団が離れていくのを見届けた祥太夫が采配を振ると、船尾に八丁切りの旗が揚がった。

各船から「えーいよおー、よおーよーお」という威勢のよい掛け声が聞こえると、水押《みよし》の茶筅《ちゃせん》（船飾り）が翻り、船団は海面を切り裂くように進む。

鰹島沖で烏賊《いか》の群れを追っていたらしき抹香鯨の群れは、半里（約二キロメートル）四方に広がり、その数は三十余に及んでいた。

抹香鯨は群れで生活しており、数十頭で構成される集団が次第に集まり、時には数百頭の群れを成すこともある。

「ほたえてみっか」

「へい」

群れで行動している鯨は、子鯨を連れていることが多いため警戒心が強く、ひそかに沖に回り込もうとしても、気づかれることが多い。それなら一気に群れの中央に駆け入り、鯨たちを恐慌状態に陥らせて個々の泳力を見極め、弱そうな一頭に狙いを定める方が得策である。

「抹香はへたれやからな。わがらもへたれやが、抹香ほどではあるまいに」

集団で生活している抹香鯨は穏やかな性格で、ほかの鯨に比べて臆病である。銛《もり》が二十本ほど付けば、早めに観念してくれる上、頭部の油のおかげで、死んでからも、しばらくは浮いていてくれる。

オキアミなどを鬚《ひげ》で濾過《ろか》して吸収する長須《ながす》、座頭《ざとう》、背美《せみ》などの鬚鯨類と違い、抹香鯨は、烏賊や蛸《たこ》を主食とする歯鯨類に属する。歯鯨は鋭い歯を備えており、追い込まれれば船さえも嚙み砕くことがあるという。しかし太地でも、それは半ば伝説と化しており、鬚鯨類よりも扱いやすい相手とされてきた。

抹香鯨に似て、祥太夫も穏やかな男である。

沖合は鯨漁の指揮官であり、その重責から誰しも無口で厳格になるものだが、祥太夫は戯《ざ》れ言《ごと》を言っては、船子たちを笑わせるのが常である。

それだけでなく祥太夫は、誰にでも分け隔てなく接し、常に水主《かこ》たちの身を気遣うため、皆から慕われていた。祥太夫が沖合に就いてからは、鯨組の結束もいっそう強くなり、水揚げ量も格段に増えていた。

船団の進行方向に、抹香鯨の群れが見えてきた。鯨たちは潮を噴き上げつつ、潜っては浮き上がることを繰り返していた。

抹香の群れは勝手気ままに烏賊を追っているように見えても、実際は、雄の成獣が外縁部に散り、雌や子鯨を守るようにして警戒に当たっている。彼らには、人間以外にも逆又《さかまた》（鯱《しゃち》）という天敵がおり、警戒を怠ることはない。

その時、最も近くにいた一頭が勢子船《せこぶね》に気づき、潮声《しおごえ》を上げた。

「やけに、がいな声でひしりよるな」

耳を押さえつつ、祥太夫が「やけに大声で叫ぶよな」と愚痴った。

鯨が仲間に危険を知らせる場合、海中でクリック音を使う。しかしこの時代、危険は潮声で伝えていると思われていた。

潮声とは、鯨が息を吹き出す鼻口から漏れる音だが、何かに驚くと、天地を鳴動させるほど大きくなる。

警告は群れのすべてに伝わったらしく、早速、五町（約五百五十メートル）ほど先で、大小取り混ぜた数十頭の群れが集合し、沖に向かって泳ぎ始めた。

しかし鯨たちは広く散っていたため、すぐに合流できないものもいる。

どの鯨に狙いを定めるか、この時、沖合は判断する。

「あんお方なら、獲れるんとちゃうか」

群れから少し離れている一頭を、目ざとく祥太夫が見つけた。

その一頭は懸命に群れを追いかけていたが、離れすぎていたためか、なかなか追いつけないでいる。

「あいは弱《よわ》ん人《ど》かの」

「そんようのし」

雄の抹香鯨は、仲間と雌を争ったり烏賊や蛸を獲ったりする際に、その歯や吸盤で傷つけられることが多く、巨大な頭部には、幾筋も線条の傷が走っている。その傷の多くが珪藻《けいそう》や鯨虱《くじらじらみ》によって黄ばんでいると、弱ん人、すなわち老い鯨ということになる。

「あいにすっか」

祥太夫が采配を振ると、一番船の船尾に純白の大印が揚がった。追い込み漁開始の合図旗である。

「群《もら》は四番以下にせちがえさせい」

再び旗が揚がると、四番以下の勢子船《せこぶね》が方向を転じ、群れを急き立てるようにして南を指していく。

一方、一番船から三番船は、群れに合流しようとする老い鯨の行く手を阻むべく、その進行方向に出た。これによって老い鯨は、南に向かう群れと離れて西に追い込まれていく。その先には、鰹島の網代がある。

狙った一頭を群れから離し、網代の方に誘導する追い込み漁の開始である。

老い鯨の泳速は、先ほどと比べて徐々に落ちてきているように感じられた。

「夷様《えびす》、連れもていこら」

祥太夫が満面に笑みを浮かべて、「鯨さん、一緒に行きましょう」と言って皆を笑わせた。

そのおどけた様子に、徳太夫の顔もほころんだ。

沖合に余裕があるということが、どれだけ刃刺や水主を勇気づけるか、祥太夫はよく知っていた。

その時である。東南の方向に群れを追い立てていた四番船以下が、隊列を乱して四散しているように見えた。

「沖合、ありゃなんしとる」

徳太夫の言葉に、立ち上がった祥太夫が沖を見つめた。

「ああ、こりゃあかん」

「どしたん」

「どしたもこしたもないわい。若衆がおとはん助けに、ござらっしゃるぞ」

抹香鯨は集団で生活しているため、ほかの鯨より連帯意識が強い。仲間を庇うことにかけては、人間以上と言われる。

「沖合、どうしょう」

「ここでおとろしくなってふけたら、褌《まわし》ん中にあるもんに笑われる」

祥太夫が不敵な笑みを浮かべた。

徳太夫らを厳しく鍛えた壮年の頃の祥太夫が、突然、戻ってきた。

勝負の時が迫っているのだ。

そうこうしている間も、鰹島の近くに張った網代に、老い鯨は近づいていた。

――網代まで、およそ十町（約一・一キロメートル）か。若衆が追いつくのが早いか、年寄が網《かがす》を掛けられるのが早いか。

老い鯨も若い鯨に気づいたらしく、無理に頭《かぼち》を南に向けてきた。二頭の鯨の間に、三艘の勢子船が挟まれる格好になった。

「しゃーない。道空けて背に付くぞ」

祥太夫の言葉に応じ、三艘の勢子船が左右に開いた。そこにできた間隙に、若い鯨が飛び込んできた。その背後からは、四番船以下が続いている。

合流した勢子船群は、祥太夫の采配に応じ、すぐさま隊列を整える。

一方、二頭の鯨は北に急転回し、勢子船の包囲から逃れようとしている。それを遮るように、何艘かが北に張り出す。

采配を前後左右に振るって指示を出す祥太夫の意図を、あらかじめ察しているかのように、勢子船の動きは速い。

それに誘導され、鯨たちは再び網代の方に頭を向けつつあった。

「二匹はいらんに」

祥太夫が舌打ちした。

親子鯨でもない限り、網代は一頭の鯨を獲ることしかできない。二頭の成獣に暴れられては、網を切られて逃げられるのが落ちである。

網代まで三町（約三百三十メートル）ほどになった時、突然、若い鯨が網代に向かって突進した。

「なんする！」

若い鯨が突っ込んだ勢いで、網代は花がしぼむように閉じ、網船が木の葉のように揺らいだ。それによって老い鯨は、網船の脇をすり抜けていくことができた。

「掛かったんか」

「ああ、掛かったようのし」

「どっちじゃ」

「若衆のし」

視力が落ちてきている祥太夫が、徳太夫に矢継ぎ早に問いかけた。

「わけ分からん」

首を左右に振りつつも、祥太夫は采配を振り上げ、後続する勢子船に、銛打ちの隊形を整えるよう合図を送った。

二

鯨を持双船《もつそうぶね》に掛ける頃には、すでに日はとっぷりと暮れていた。若い鯨は生命力に溢れており、持久戦となったが、粘り強く戦い、何とかねじ伏せることができた。

どうやら若い鯨は、網代に飛び込んでも網を破って逃げ出せる自信があったのか、どこかで、そうした経験を積んでいたらしい。

しかし潮は枯れ、風もさほど吹いていなかったため、二の網、三の網と立て続けに掛けることができ、鯨は瞬く間に動けなくなった。

それでも、若い鯨を獲るのは容易でない。

死者は出なかったが、網船一艘が転覆し、数名の怪我人が出た。しかも一の網は引きちぎられ、修繕しても使い物にならないほどの損傷を受けていた。手持ちの銛も打ち尽くしており、その大半は回収不能である。こうした損害を考慮すれば、利益は半減する。

若い鯨と戦うことの困難さを、徳太夫たちは存分に味わわされた。

「うるさい戦《いくさ》やったな」

祥太夫の声もすでに嗄《しゃが》れ、聞き取りにくくなっている。

「あっこで網船一つ、舵《かじ》がもじくれたようのし」

網船の一艘は、舵が壊れたらしく曳航《えいこう》されようとしている。

その間も、老いた鯨は船団の近くを離れず、幾度となく潮声を発しては、仮死状態の若い鯨を激励し続けていた。

それは「許してやってけれよう」「わいを代わりにしてけれよう」とも聞こえ、耳を覆いたくなるほどである。船篝《ふなかがり》や龕灯《がんどう》を赤々と焚いて、船団が太地に戻ったのは、四つ半（午後十一時頃）を過ぎた頃だった。

鯨船の帰りを今や遅しと待っていた納屋衆は、神楽山《かぐらさん》と呼ばれる巨大な轆轤《ろくろ》を回して鯨を引き上げようとしたが、五千三百貫（約二十トン）余の成獣を引き上げるには、百を超える人員を要する。

沖合衆は漁で疲労困憊《こんぱい》しているので、納屋衆はその手を借りずに、年寄や女子供に手伝わせて鯨を引き上げるのだが、すでに夜中でもあり、年寄や女子供を叩き起こすわけにもいかない。

それゆえ、肉の腐敗を遅らせる血抜きの作業をしただけで、引き上げと解体は明朝行うことになった。

家路に就く仲間と挨拶を交わしつつ、徳太夫は息子の末吉《すえきち》を待っていた。

末吉は三番船の刺水主《さしがこ》をしており、すでに十六になっている。

「おとはん、待ったか」

もらった肉を幾度も背負い直しつつ、末吉が走ってきた。

「陰茎《たけり》、切り落としていたで、手間が懸かってしもうた」

「勝手なことすんない」

「いや、棟梁《とうりょう》が『徳太夫の連れ合いに食わせい』とゆうてくれたんよ」

棟梁とは、太地の鯨漁を取り仕切っている大旦那の太地角右衛門頼雄《かくえもんよりかつ》のことである。

「そいならええが、鯨に刀入れんのは皆の前でないといけん。そんこつを忘れな」

「へい」

末吉が素直にうなずく。

二人は、肩を並べて自宅のある寄子路《よろこじ》の奥へと向かった。

寄子路とは、鯨に関する仕事をする者たちの居住区のことである。「浦方五百軒」と謳われ、小さな家が肩を寄せ合うように密集している。

常の漁村より規模は大きいものの、寄子路は何の変哲もない村である。しかし鯨との格闘の後、炊煙たなびくこの村に帰ってくると、なぜか心が落ち着くから不思議である。

浜を去る時、ちょうど納屋衆の誰かが最後の篝《どやご》を消したらしく、ぼんやり浮かんでいた鯨の巨体が、漆黒の闇に包まれた。

先ほどまでの喧噪《けんそう》は嘘のように静まり、周囲には波音だけが聞こえている。

「おとはん、今日の夷様は随分と荒ぶってたの」

「ああ、まっさか若衆が網に掛かるとはな」

「あれは親子なん」

「分がらん」

それぱかりは、天のみぞ知ることである。

「なといせ若いのは網に飛び込んだんかな」

「わいつには、そんよう見えたか」

「あん、そうとしか思えんよ」

実は徳太夫も、そう思っていた。

あの時、傍らにいた祥太夫も、「年寄庇うて、なんになる」と呟いていた。

「物事をよう考えん若衆は、どこにでもおる」

徳太夫が高らかに笑ったので、つられるように末吉も笑い声を上げた。

太地唯一の旅籠《はたご》である瓢《ひさご》屋の前まで来ると、土佐《とさ》犬の権兵衛《ごんべえ》が横たわっていた。

犬好きの末吉が権兵衛の頭を撫でてやると、大儀そうに顔を向けた権兵衛がお礼のしるしか、わずかに尻尾を振った。

「益体《やくたい》もない犬やな」

「そんなこつない。好かん奴には、よう吠えるんよ」

どういうわけか末吉は、犬や猫に好かれており、漁に出る日でも、犬や猫が列を成して末吉の後をついてくる。どこの家の犬にも吠えられることはなく、同年代の仲間たちから「末吉は、きっと女子《おなご》にも好かれっど」と言ってはからかわれていた。

「ほいじゃ権兵衛は、好いとる奴には吠えんのか」

「そうや」

「ほんなこと、なかろう」

権兵衛がしきりに陰茎《たけり》の入った袋の臭いを嗅ぎたがるので、末吉は早々に立ち上がり、二人は再び家路に就いた。

「おとはん、今日の獲物は抹香やったから、腸《ひやくひろ》ん中に、お宝があるかもな」

「まあ、腹割ってみんこつには分がらんがな」

お宝とは龍涎香《りゆうぜんこう》のことである。

龍涎香とは抹香鯨の腸内から採れる分泌物のことで、主食である烏賊や蛸の嘴《くちばし》が消化されず、腸内の分泌液と化合して結石化されたものである。

それが麝香《じやこう》に似た芳香を放つため、高貴な女性たちの垂涎《すいぜん》の的となり、高値で取引されていた。時には両の手に載せた龍涎香が、小鯨一頭分の肉や油に勝る額になった。それゆえ抹香が獲れたと聞くや、商人たちは目の色を変えて、龍涎香の有無を問うてくる。

ただし龍涎香は、ある程度の大きさになると、糞と一緒に排出されるので、必ずしも腸内に残っているとは限らない。

二人が家に帰ると、病で臥せっているはずの那与《なよ》が台所に立っていた。

「なんやっとう。そんなんしたら病も治らんよ」

「おかはん、無理せんとね」

驚いた二人が那与の体を支えた。

「わいのことは気い病まんでええ。今日は夷様が獲れたと聞いたで、お燗《かん》つけとこ思うてな」

「そんなこつ、どうでもええ」

徳太夫が那与の手を取り、寝床に導いていった。

「いつも気遣《きづこ》うてくれて、あんがとな」

「なんゆうとる。わがらは夫婦《めおと》やないか」

「体の弱いわいなどもろうて、旦那はんは損したな」

「馬鹿ゆわんで、もう寝れや」

「はい」

布団を顔の上まで引き上げた那与は、しくしくと泣き始めた。

「ごめんな、ごめんな」というくぐもった声も聞こえる。

刃刺の女房は、体が丈夫でなければ務まらない。夜の明ける前から起き出し、漁に出かける夫の飯の支度をし、夫が沖に出ている間に掃除や洗濯をし、野良仕事にも精を出す。

いくら魚介類が豊富といっても、野菜を食べねば、人は脚気《かっけ》や壊血病などの病にかかりやすくなる。それゆえ、どの家にも小さな菜園があり、それを女房が耕している。那与は小柄な上に生まれついて病弱で、そうした仕事に耐えられなかった。むろんそれを承知で、徳太夫は那与をもらった。

幼い頃から一緒に遊んでいた那与に、いつしか情が移っていたからである。

「この娘は尼にする」と言い張る那与の父を説き伏せ、徳太夫は那与をもらった。

婚礼の日、義父と義母が涙を浮かべて繰り返し礼を言っていたのが、まるで昨日のことのように思い出される。

それでも十代から二十代にかけては、太地の女として、那与も懸命に生きていこうとしていた。しかし長男を死産した後、難産の末、長女を産んだものの、その長女も生まれてすぐに死んだ頃には、体力と気力の衰えは隠しようもなくなっていた。

それでも那与は歯を食いしばり、三人目の末吉を産んだ。

この時も難産となり、那与は生死の境をさまようほどだった。それゆえ徳太夫は、「この子で、しまいにしよ」という意で、生まれた子に末吉と名付けた。

那与は産後の肥立ちが悪く、以後、しばしば床に就くようになった。

幸いにして末吉はすくすくと育ち、次代の太地鯨組を担う一人となりつつあったが、それに反するように、那与の体は日増しに衰え、遂に床から起き上がれないほどになっていた。

「おかはんは寝入ったようや」

肩越しに聞こえた末吉の声でわれに返ると、先ほどまで泣いていた那与が、静かな寝息を立てていた。

「わいは陰茎《たけり》さばいてから寝るで、おとはんは、もう寝てくれな」

陰茎《たけり》は傷むのが早いので、薄切りにして風通しのよいところに置いておかねばならない。

「そいじゃ、そうさせてもらおか」

那与の隣に布団を敷いた徳太夫は、すぐ横になった。

昼の疲れからか、すぐに睡魔が襲ってきた。

三

――寝過ごしたか。

徳太夫が布団から身を起こすと、台所から朝餉《あさげ》の匂いが漂ってきた。傍らの那与は寝ているので、末吉が台所に立っているに違いない。

「すまんの」

「なあに、大したことじゃありゃせんのし」

台所に顔を出した徳太夫に、明るく末吉が返してきた。しかし昨日の疲れからか、末吉の両目の下は青黒く隈《くま》取られ、あまり寝ていないと分かる。

「今は、なんどきかの」

「七つ半（午前五時）くらいでないかの」

「よく寝られたか」

「うん」

それが嘘だということは、その顔を見れば歴然である。

「はよ食ろうて、浜に行かんとな」

鯨の引き上げと解体は納屋衆に任せているので、沖合衆は三々五々、浜に集まることになっている。しかし責任感の強い徳太夫は、刀入りに立ち会うのが、筆頭刃刺の義務だと信じていた。

黙って二人が朝餉を取っていると、那与が起き出してきた。

給仕しようとする那与を座らせ、陰茎《たけり》を食べることを勧めたが、那与は一片、かじっただけで箸を置いた。

後で食べることをきつく命じた徳太夫は、末吉と連れ立って家を出た。

すでに那与の衰えは著しく、太地で唯一の医師である梅庵《ばいあん》の見立てでは、「もって半年」とのことだった。

その診断から、すでに三月《みつき》ほどが過ぎている。

それを聞いた時、末吉は涙を堪《こら》え、「何とか生きられる手立てはありませんかの」と問うと、梅庵は「とにかく精をつけさせれば、長く生きられるやもしれん」と答えた。

それを真に受けた末吉が、「鯨の陰茎《たけり》は効きますかの」と問うたところ、梅庵は「それは分がらんが、朝鮮人参なら効くやもな」と答えた。

その言葉は死の宣告に等しかった。

いかに筆頭刃刺の徳太夫でも、朝鮮人参を手に入れるのは容易でない。出入りの商人に頼んだところで、高い値を吹っかけられるのが落ちである。

梅庵も、二人にあきらめさせるために「朝鮮人参」と言ったに違いない。

徳太夫が「朝鮮人参などより、鯨の陰茎《たけり》や開ノ元（子宮）の方が効くはずや」と言うと、末吉は目を輝かせて喜んだものである。

しかし、それからいくら陰茎《たけり》や開ノ元を食べさせても、那与の病はいっこうに快方に向かわず、末吉も、その効用に疑問を持つようになっていた。

「おとはん」

石畳の坂を下りつつ、末吉が問うてきた。

「おかはんに陰茎《たけり》は効くんかの」

徳太夫は「分がらん」という返事を沈黙で答えた。

「あまり効かんのやったら、無理に食べさせたくはないのし」

その問いにどう答えるべきか、徳太夫にも分からない。

苦いばかりの陰茎《たけり》がうまいはずなく、それを食べさせるのは、那与に苦痛を与えるだけである。しかし何か希望がなければ、あまりに不憫である。

しかしよく考えれば、陰茎《たけり》や開ノ元を食べさせるのは、那与のためというより、徳太夫と末吉のためなのだ。それを知りつつも、那与に陰茎《たけり》や開ノ元を勧める己が、徳太夫には腹立たしかった。

二人が浜に至ると、すでに鯨の周りに人だかりができていた。

それが、鯨の解体が始まる前の活気とは少し違うのを、徳太夫は感じ取った。

――どしたん。

浜を見回すと、鯨から少し離れた場所で、四人の男が額を寄せて何事か話し合っている。

すぐに問題が発生したと察した徳太夫は、末吉に引き上げ作業を手伝うことを命じると、足早に四人の方に向かった。

そこには鯨組棟梁の太地角右衛門、山旦那の和田金右衛門《わだきんえもん》、納屋衆頭《がしら》の藤五郎《とうごろう》、沖合の祥太夫の四人がいた。

「どうなさったのし」

腰をかがめて挨拶しつつ徳太夫が問うと、角右衛門が祥太夫に目配せした。

「こっち来い」

祥太夫は徳太夫の肩に手を回しつつ、人気のない方に歩き出した。背後では引き上げ作業が始まったらしく、威勢のよい掛け声が聞こえてきている。

「実は、困ったことが出来《しゅったい》した」

「困ったこと――」

「そや、心して聞けや」

そう言うと、歩みを止めた祥太夫が徳太夫を見据えた。

「ゆんべ、誰《だい》かが夷様の腹を探ったんよ」

「まっさか」

「ほいで龍涎香を抜き取うた」

徳太夫は生唾をのみ込んだ。

太地の民の共有財産である鯨の一部を盗むなど前代未聞である。

「旅水主《たびがこ》、ちゃいます」

「いんや、旅水主はそろうて向島《むこうじま》におる。仲間を起こさず、夜中に小船《さっぱ》で漕ぎ出すのも無理なら、ちぎった（盗んだ）もんを向島に隠すこともできん」

祥太夫の言う通りである。他所者《よそもの》は体よく向島に隔離されており、集団生活をしている。だいいち旅水主たちには、鯨の体の一部を商人に売りさばく伝手《つて》などない。

「つうこつは、太地の者《もん》がやったと――」

「そうとしか思えん」

太地で盗みは大罪である。

どんなものでも鯨に関するものを盗めば、下手人は左手首を切り落とされて追放と決められている。

これは太地の掟《おきて》であり、領主である新宮《しんぐう》藩の定めたものではない。

新宮藩は、藩財政が破綻しかけており、母藩の和歌山《わかやま》藩などから借金する際、角右衛門が保証人となっていた。そのため、太地の中で起こったことについては、見て見ぬふりをしてくれる。

「下手人を捕まえねばならんのし」

「ああ、わがらが獲った鯨やから、わがらが見つけろと、棟梁はゆうとる」

尤《もっと》もなことである。

「納屋の衆ではないかの」

「ちゃうな。藤五郎によると、今朝の仕事が早いで、みんな奥の寄場《よせば》に泊まったとゆうんよ」

寄場とは、納屋衆が鯨の沖上がりを待つ際の控室のようなところである。

「ほいじゃ、盗人は沖合衆の中におると」

「ああ、そういうこつんなる」

祥太夫が、いかにも口惜しげな顔をした。

太地の長い歴史の中で、鯨の一部を盗んだ者など皆無である。それゆえ、左手首の切り落としなどという罰も有名無実化していた。

老人たちの中には、「昔は、左手のない者が納屋で働いておった」などと言う者もいたが、祥太夫は「童子《わっぱ》を脅かすためのでまかせさ」と笑い飛ばしていた。

しかし盗みではないが、一度だけ殺人があった。

祥太夫から聞いた話では、祥太夫の祖父の時代、つまり、いまだ突き取り漁法を行っていた江戸時代初頭の話だが、太地の者どうしで喧嘩があり、一方が一方を殴り殺してしまった。

しかも殺した男に非があり、公正な裁きの末、男は「流される」ことになった。

太地の流罪は、手首を切り落とされるよりも過酷である。

流罪とされた者は、三日分の水と食料だけが積まれた小船に乗せられ、四里（約十六キロメートル）ほど沖まで引かれた末、放たれる。黒潮本流に乗ってしまうかどうかは運次第である。

黒潮は遠くアリューシャン諸島まで流れていくが、たいていは、その前に時化《しけ》で転覆して海の藻屑と消えるか、飢えと渇きの中で死ぬことになる。

まれに黒潮の支流にうまく乗り換えることができ、伊豆《いず》や房総《ぼうそう》に流れ着くこともあるというが、それでも二度と太地には戻れない。

その男がどうなったのか、むろん知る者はいない。


早速、沖合衆全員に招集がかかった。

整列させられた一同は、祥太夫から昨夜の一件を聞き、蒼白になった。

「今、申し出るなら、手首を落とさず、所払いだけでええと、棟梁もゆうとる」

祥太夫が名乗り出ることを勧めたが、前に出る者はいない。

これで棟梁らの面目もつぶしたことになり、下手人には、所払い以上の厳罰が待っている。

「商人筋《あきゆうど》にも、こんこつはすぐに伝える。銭《でに》に換えることはできんで」

どのように言っても、名乗り出る者はいなかった。

「しゃーない」

遂にあきらめた祥太夫は、少し離れた場所でこの様子を見ていた、角右衛門と金右衛門に報告に行った。祥太夫の話を聞かずとも、その様子から名乗り出る者がいないと察していた二人は、険しい顔つきで浜を後にした。

「わいつら、覚悟はできとうな！」

船子たちの前に戻った祥太夫が、どすの利いた声を上げた。

かつては荒ぶる海の男として、筆頭刃刺《こわば》まで務めた祥太夫である。その銅鐘《どうしょう》のように響く声音《こわね》に、徳太夫さえ背筋が強張る。

「今ならまだ間に合う。わいが髷落《まげ》として棟梁に詫び入れるで、手首は落とさんようにしといたる」

髷を落とすとは、この場合、隠居を意味する。

鯨取りは髷を長くしている。海上で救助される際、摑んでもらいやすいからである。だが納屋衆や隠居した者は、沖合衆と区別する意味もあり、髷を短くしていた。

「わいが童子《わっぱ》の頃から、一度として夷様の腹を探った者などおらん。それをわいつらのうちの誰《だい》かがやった。わいが沖合の時にこうしたこつが起こったと、太地鯨組のある限り、ずっと語り継がれていくんさ」

突然、祥太夫の頰を涙が伝った。

「こいから沖合になる者《もん》には、『祥太夫のようになりとうなかったら、船子に厳しくせい』と教えられていくんよ」

祥太夫が涙を見せたことで、徳太夫の胸奥《きょうおう》から怒りの焰《ほむら》がわき上がった。

「わいつら、たいがいにせいよ！」

手近にいた二人の水主の胸倉を摑んだ徳太夫は、左右の腕で二人を投げ飛ばした。

「よせ」

祥太夫が厳しくたしなめる。

「やっとらん者《もん》に罪はない」

尤もである。

浜に気まずい沈黙が訪れた。

「旗が揚がったのし」

その時、誰かが山見番所の方を見て言った。

鯨が来たのだ。

四

この日の漁は、うまくいかなかった。

盗みの一件で船子たちは動揺し、これまでのように阿吽《あうん》の呼吸で、祥太夫の考えを先読みして動くことができなかったからである。

祥太夫の采配にも、ためらいが見られ、すべてに一息、遅れているような気がした。

祥太夫は舌打ちしつつ、「こん、阿呆《あつぽけ》、なんやっとう」「そこに網代張ってどうすん」「あすこ閉じな、逃がしちまう」などと、ささやき筒（拡声器）で喚き散らしたが、勢子船も網船も思うように動かず、祥太夫の苛立ちは募るばかりだった。

鯨が大きく方向を転じ、網代と反対方向に泳ぎ始めた時である。「もうええわ」と言った祥太夫は突然、漁みを中止した。

「なといせ、やめる」と問う徳太夫に向かって、祥太夫は「夷様いただくのは命懸けや。こんな心映えで漁をしてたら死人《ろくじ》が出る」と言い捨てた。

船尾に「追い込みやめ」の旗が揚がると、船団の動きが止まった。刃刺たちが不審げに一番船を見つめる中、鯨は喜び勇んで外洋に逃れていった。

その日の浜には、沈鬱な空気が漂い、戯れ言を言う者は一人としていなかった。

漁具の片付けを終わらせ、末吉を先に帰らせた徳太夫は、祥太夫と浜に残り、納屋の前に設《しつら》えられた、御座所と呼ばれる刃刺たちの待機場に腰を下ろした。

「今、沖合衆は百人ほどのし」

「昔は、まっとおったんやけどな」

祥太夫が見当違いの返答をしたが、それに構わず、徳太夫は続けた。

「棟梁らに借金しとるんは六番船刃刺の栄太夫《えいだゆう》、十番船刺水主の仁左衛門《にざえもん》、そのほかは水主の――」

沖に出ている間、徳太夫は、勘定方に沖合衆の身辺調査をしてもらっていた。

「なといせ借金しとるん」

「栄太夫は博奕《ばくち》、仁左衛門は女。ほかも似たようなもんのし」

「馬鹿くさ」冬漕ぎと夏漕ぎの間、太地の沖合衆は暇を持て余す。

そのため新宮や和歌山の宿町まで出向き、博奕や女にうつつを抜かす者も出てくる。

本方《ほんかた》でも、たいていのことは大目に見ていたが、渡世人《とせいにん》が絡んだ揉め事には介入した。

それゆえ渡世人からした借金は、本方が肩代わりするのが常だった。

むろん本方も馬鹿ではない。肩代わりした借金には高い利息が懸けられ、給金から天引きされる。そのため本方に借金のある船子は、ぎりぎりの生活を強いられる。

「ゆんべ、二人はなんしとった」

紫煙をくゆらせつつ祥太夫が問う。

「栄太夫は大人しゅう寝たと、連れ合いがゆうとったそうのし」

「ああ、そうか」

「なんか気づきましたん」

「栄太夫の家の近くには、よう吠える犬がおったな」

「瓢屋の権兵衛で」

「あの土佐犬めが、あん夜は吠えんかった」

瓢屋の近くに住む祥太夫が、いつも権兵衛の吠え声に悩まされ「眠れん」と言っていたのを、徳太夫は思い出した。栄太夫もその近くに住んでいるが、どういうわけか権兵衛に嫌われているらしく、よく吠えられていた。

栄太夫が夜中に家を出たとしたら、権兵衛ならずとも、近所の犬が吠えるに違いなく、栄太夫は家で寝ていたことになる。

「となると、仁左衛門か」

仁左衛門は、皆の住む寄子路から少し離れた西地《にしじ》の山林に住んでいる。

「あん悪《わる》なら、新宮の裏商人ともつながりがあるかもしれんのし」

「いんや、ゆんべ、仁左衛門は西地に帰らんかった」

「えっ」

「朝に浜に来るのが億劫《おっくう》で、又造《またぞう》んとこに泊まったと」

「ああ、そういえば――」

仁左衛門が又造と連れ立って歩いてくるのを、徳太夫も見かけていた。

「ほかに、あてはないんかの」

本方に借金している水主たちにも、怪しげな者はいない。

「そいなら、裏商人と会《お》うた時に押さえるしかないな」

「せやけど、道に番を置いても、山から入られたら手はありゃせんのし」

太地に入る道は限られていたが、猟師道や獣道も多くあり、それらすべてに目を光らせるのは無理な話である。

「なんもせんよりましや」

「そん通りのし」

納屋衆に張番を依頼しようと、徳太夫が納屋の奥に入りかけた時である。寄子路の方から末吉が走ってきた。

「どした」

「飯の支度ができたのし」

「そんなん後でええ」

「おかはんの具合がよいで、おとはんの帰りを待ってから共に食べたいゆうて——」

「先に食べくされ！」

徳太夫が不機嫌そうに怒鳴ったので、末吉が数歩、身を引いた。

「ええよ、行ってやら」

祥太夫が、その肉厚の薄くなった腰を上げた。

「徳次《とくじ》、連れ合いは大切にせな、いがんぞ」

祥太夫は徳太夫を実名で呼ぶと、一人、納屋の奥に向かった。張番を出してもらうことを、祥太夫自ら納屋衆頭の藤五郎に掛け合うつもりに違いない。

「沖合、すまんのし」

それには何も答えず、祥太夫は納屋の奥に消えた。

その背には、明らかに老いの影が漂っていた。

二年前、女房に先立たれて以来、祥太夫は、鯨漁だけが生きがいとなっていた。そんな祥太夫が仕切っている太地の鯨組で、恥ずべき盗みが起こったのだ。祥太夫の気持ちを思うと、徳太夫は強い憤りを覚えた。

「ほいじゃ、帰《けえ》るか」

先に立って歩き出した徳太夫の背後から、末吉がついてきた。そのおどおどした様子が腹立たしく、徳太夫は声をかけなかった。

あとわずかで家に着くというところで、末吉が声をかけてきた。

「おとはん」

「下手人の目途《めど》はついたんか」

「知らん」

そう言い捨てると、徳太夫は大股で家の中に入っていった。

## 五

新宮で密貿易の商人が捕まったという一報が太地にもたらされたのは、その数日後のことである。押収されたものの大半は抜け荷だったが、その中に龍涎香もあり、角右衛門のところに照会があった。

角右衛門から新宮に行くことを命じられた祥太夫と徳太夫は、押っ取り刀で新宮奉行所に駆けつけたが、商人は拷問により息絶えた後だった。

むろん新宮奉行所の関心は密貿易にあり、龍涎香のことでは何の尋問もしていなかった。龍涎香も、持ち主不明の証拠物件として差し押さえられることになり、二人は得るところなく引き下がるしかなかった。

確かに紀州藩は古座《こざ》に、新宮藩は三輪崎《みわさき》に藩の経営による鯨組を置いているので、その龍涎香が、どこのものかを証明する方法はない。

二人は犯人の手掛かりを何も摑むことなく、太地に戻るしかなかった。

しかし、それでは芸がない。祥太夫は一計を案じた。


「皆、集まれ」

浜に沖合衆を全員集めた祥太夫は、一つ咳払いすると、思い切るように言った。

「わがらが新宮の奉行所に行ったんは皆、知っとるな」

整列した船子たちに緊張が走る。

「誰《だい》がやったか、わがらは聞いてきた」

その言葉にざわめきが起こる。

「静まらんか」

　徳太夫が両手を挙げて皆を静めると、祥太夫が続けた。

「思うた通り、下手人は、わがらの中におった」

再びどよめきが起こり、皆、疑い深げに互いの顔を見回している。

「こんようなこつは、これまでなかったし、正直に名乗り出れば、此度《こたび》だけは堪《こら》えることにした」

自白と引き換えに、今回だけは盗みを不問に付すというのだ。

「わいが嘘つかんのは、皆も知っての通りや。やが約束してほしいんや。次の鯨が獲れたら、わがら二人にだけ名乗り出てくれんか。そいなら誰《だい》にもゆわんし、罪にも問わん」

徳太夫が話を引き取った。

「こいからの鯨組のためにも、沖合とわいだけは、下手人の口から聞いておきたいんよ。わいも天地神明に誓って、その名は胸に収めとく」

なぜ次の鯨が獲れた後に申し出てほしいのか、徳太夫にも分からなかったが、祥太夫には祥太夫の考えがあると思い直し、その理由を問わなかった。

しかしその日から、なかなか鯨はやってこず、沖合衆は船や道具の手入れに精を出し、次の沖立《おきだち》を待つようになった。

徳太夫と末吉は、日に何度も自宅と水《みず》の浦《うら》を往復しつつ、鯨が来るのを待った。変わったことといえば、己の無実を棟梁や沖合が知っていると分かったことで、皆、晴れ晴れとした気持ちになり、控えめな笑い声も聞こえるようになってきたことである。

これであれば、かつてのように阿吽の呼吸で漁ができると徳太夫は思った。

八つ半（午後三時頃）の鉦《かね》が打ち鳴らされ、今日の休漁が決まった。

末吉を先に帰していたので、一人、寄子路を歩いていると、隣のおかみさんが走ってきた。

「刃刺はん、たいへんのし！」

即座に何があったのかを察した徳太夫は、石畳を飛ぶように駆け上り、自宅に駆け込んだ。

「那与！」

「あっ、おとはん」

玄関口で末吉と出くわした。

「那与は――、那与はどした！」

「梅庵先生に来てもろうたので、もう心配要らん」

がらりと襖を開けると、梅庵が、うめき声を上げる那与の脈を取っていた。

「騒々しいな。病人にようないぞ」

「すまんこってす。那与はいかがですかの」

「今日んとこは、気い病まんでええ」

そう言うと、梅庵は立ち上がった。

「末吉、井戸から水を汲んできてくれんか」

末吉が裏口から井戸へと走り去ると、梅庵が声をひそめた。

「刃刺はん、心して聞いとくれよ」

「へい」

「ご内儀は長くない」

その言葉が発せられることを、半ば徳太夫は予想していた。

「あと、どんくらいもつと、お診たてか」

「そうさな、もって一月《ひとつき》か──」

梅庵が、いかにも言いにくそうに言った。

「夢と現《うつつ》の合間を漂っとるんで、もう正気になる時はないやもしれん」

ここ数日、那与の意識が混濁《こんだく》してきていることは、徳太夫も知っていた。しかし、こんなに早く別れがやってくるとは、思いもしなかった。

幼い頃、日が暮れかかり、それぞれの家路に就く刻限になっても、那与は徳太夫を慕って家までついてきた。今は亡き徳太夫の母が「そないに徳次を好いとるんか」と問うと、那与は満面に笑みを浮かべてうなずいたものである。

夕日に照らされたその横顔は、未知の未来に向けた希望に溢れていた。

――そない女子《おなご》を、誰《だい》が手放せっか。

面には一切の感情を表さないものの、徳太夫は心中、慟哭《どうこく》していた。

「好きなものを食べさせ、できんだけ近くにおってやんなさい」

「精をつけんでも、もうええですかの」

「もうええ」

そう言うと、梅庵は帰っていった。

「おとはん」

背後の声に振り向くと、水を満たした盥《たらい》を抱え、末吉が立っていた。

「梅庵せんせは、なんとゆうとった」

「案じることはないとゆうとったのし」

「そんなこつあんまい」

「えーか」と言いつつ、末吉を座らせた徳太夫は、その肩に片手を置くと言った。

「なんがあっても、筆頭刃刺の息子らしく振る舞うんぞ」

「はい」

「わいつは大事な一人息子や。おかはんのためにも立派になるんよ」

「へい」

膝に手を当てて正座した末吉の肩は震えていた。

――今日も来んな。

最後の鯨を逃してから、一週間が経とうとしていた。

太地角右衛門頼治《よりはる》が網取り漁法を開発した延宝《えんぽう》三年（一六七五）以来、太地では豊漁が続き、鯨漁に携わる人々は豊かな生活を享受できたが、この仕事ばかりは、鯨が来ないと手も足も出ない。

数日前まで豊富にあった鯨肉は底をつき、太地の民は、鯨の皮を油で揚げた〝いりこ〟などの保存食を食べるようになっていた。

これがもう一週間も続くと、芋と麦を煮ただけの〝うけじゃ〟に主食が変わる。芋を食い尽くせば、麦の薄粥で飢えをしのぐことになる。

しかし、いざと言う時に沖合衆が働けないのは困る。そのため船子のいる所帯には、施米《はちまん》と呼ばれる白米や味噌が本方から支給された。しかし女子供の前で、男だけが食うわけにもいかず、結局、家族と分かち合うことになる。

徳太夫は納屋の前を行き来しつつ、海と山見番所を交互に見ていた。

一方の祥太夫は、御座所に根を下ろしたように腰掛け、隠居した老人を相手に碁に興じている。

——いい気なもんや。

そう思いつつ、ふと徳太夫が山見番所を見上げた時である。

旗竿の先に、するすると何かが揚がった。

「来《ぎ》た」

老人たちの顔が、一斉に山見番所の方を向く。

「よし、続きは明日や」

小気味よい音を立てて碁石を置いた祥太夫が、勢いよく立ち上がった。

六

「沖合、どした」

背後の船団に指示を出していた徳太夫が進行方向を見ると、四半里（約一キロメートル）ほど先の鰹島沖に、一頭の鯨が見えた。

「あれは、まっさか——」

山見番所の指示した通り、抹香のはぐれ鯨である。

集団で移動する抹香鯨が一頭だけでいるのは珍しいが、黒潮が近くを流れているので、太地沖は烏賊や蛸も豊富である。それゆえまれに、繁殖期の終わった老い鯨が仲間と離れ、太地沖にとどまることがある。

「徳次、あん傷に見覚えはないか」

「あん傷ゆうても――」

抹香鯨は真夏の日差しに照らされ、その暗褐色の頭部を誇らしげに光らせていた。そこには幾筋もの線条の傷が刻まれ、珪藻や鯨虱によって黄ばんでいた。

「沖合、あれはあん時の――」

「そうさ、恨み鯨よ」

恨み鯨とは、子を殺された母鯨や、妻を殺された雄鯨など、鯨船に復仇《ふっきゅう》を遂げようと待ち受けている鯨のことである。

むろん彼らも死を覚悟しているが、少しでも人を道連れにしようというのである。

それゆえ太地には、恨み鯨は避けるという掟《おきて》があった。

しかし、あれから一週間以上が経過している。

息子を殺された老い鯨は、その場で短慮《たんりょ》を起こさず、いったん房総沖あたりまで足を延ばし、烏賊や蛸を存分に食べ、戦う力を蓄えてから引き返してきたのだ。

もしそうだとしたら、容易ならざる相手である。

――とゆうても、あん鯨を獲らんでどうする。

たとえ恨み鯨だとしても、ここのところの不漁を思えば、見逃すには惜しい獲物である。

「ちゃう。あいは恨み鯨ではないのし」

徳太夫が言いきる。

「なんゆうとる。違わんて」

「沖合、抹香は皆、おんなじような傷を付けとる」

「わいの目え、節穴と思うか」

祥太夫は確信していた。

確かに祥太夫の個体識別能力には、これまでも驚かされることが度々あった。

「徳次、やめにしょ」

煙草入れから煙管《きせる》を取り出すと、祥太夫は細刻みを詰め始めた。

――ここでやめるわけにはいがん。

皆の生活を思えば、徳太夫は引くに引けなかった。

――沖合は、「次の鯨が獲れたら名乗り出よ」とゆうたものの、いざとなって、下手人の名を知るのが恐ろしくなったんや。

祥太夫の心中を推し測った徳太夫は、それを祥太夫の衰えと感じた。

「沖合、行てこうら」

徳太夫が「行きましょう」と言うと、煙管を吸おうとしていた祥太夫の手が止まった。

「恨み鯨、獲らんは太地の仕来りぞ」

「あれが恨み鯨と決まったわけではないのし」

「わいつは、わいの宰領に従えんのか！」

祥太夫が声を荒らげた。

初めて対立する二人を、ほかの船子たちは固唾《かたず》をのんで見守っている。

――これまで、わいは沖合に育ててもろうた。

徳太夫は鯨漁に関するあらゆることを、祥太夫から伝授された。叱りつけられることもあったが、祥太夫は常に徳太夫のことを気遣ってくれた。徳太夫を筆頭刃刺に推してくれたのも祥太夫である。

そんな祥太夫と徳太夫は、「まるで親子のようや」と、ほかの刃刺が羨むほど仲がよかった。

かつて酔った祥太夫が、筆頭刃刺だった頃の話をしてくれたことがあった。

「あん時、沖合の髷、落としたのはわいやった」

それは、十間（約十八メートル）ほどの背美鯨と遭遇した時のことだったという。その背美鯨は、産んだばかりの子鯨を伴っていた。

背美鯨は母子でいることが多く、ことのほか母子の情愛が強いので、漁の判断が難しい。

その時の沖合は強気な男で、子に細い銛をつけ、子を囮《おとり》にして母鯨を湾内に引き込むという策を立てた。

この策に、筆頭刃刺の祥太夫は真っ向から反対した。元来、手堅い性格の祥太夫は、たとえ小型でも、母子鯨は見逃すという鉄則に従うべきと思ったのである。

しかし二番、三番刃刺も含めた語らいの末、沖合の策で行くことに決した。

その結果、母鯨は湾内で暴れ狂い、刺水主一人が命を落とし、多くの者が負傷した。しかも雑魚《じゃこ》を獲る漁網や漁船まで被害に遭った挙句、肝心の母鯨を取り逃がしてしまった。得たものは二間（約三・六メートル）にも及ばぬ子鯨だけである。

その責任を取り、当時の沖合は髷を落とした。

それから一月《ひとつき》ほど、母鯨は恨み鯨と化し、太地の沖合をさかんに行き来していたという。むろん誰も、それを獲ろうと言う者はいなかった。

「徳次、わいもいつか衰える。そん時は、わいつが決めい」

酒に酔っていたものの、その時、祥太夫は確かにそう言った。

しかし、そんな日が実際にやってくるとは、徳太夫は思いもしなかった。

不思議なことに、その老い鯨は逃げるでもなく、船団を挑発するかのように、四半里(約一キロメートル)ほど先の海を悠然と行き来している。

「沖合、やっぱし獲ろう」

「なんゆうとう。わいつは気《け》でも狂うたか!」

「そうじゃないが、手ぶらで帰れば、童子《わっぱ》らに食わすもんがないのし」

徳太夫の脳裏に那与の面影がよぎった。

——陰茎《たけり》持って帰らんとな。

それが無駄と分かっていても、日増しに病状が悪化していく那与に、徳太夫は何かしてやりたかった。

突然、海上に停止した一番船の周囲に、ほかの勢子船が集まってきた。

三番船に乗り組む末吉と一瞬、目が合ったが、物言いたげな末吉の視線を、徳太夫は無視した。

「分がた。語らえ」

一番船に乗る沖合と筆頭刃刺の意見が対立した場合、二番船と三番船の刃刺が加わり、四人の談合で漁の方針を決定する。

沖合に決定権を握らせないのは、沖合が老いているため、判断が鈍ることもあるからである。

祥太夫と徳太夫は、これまで一度として意見が対立したことはなかった。それゆえ海上で語らいなどしたことはない。しかし今度ばかりは、徳太夫も引くわけにはいかない。

語らいの結果、二人の刃刺は徳太夫を支持した。

「そうかい。わいつらがそうまでゆうなら、わいは沖上がりしたら髷落とす」

「そこまでゆうとらんのし」

「おんなしことや」

「では、あれはどうしますかの」

徳太夫が指し示した先では、「いつでも来い」とばかりに、老い鯨が潮煙を噴き上げている。

「此度の采配は採る」

太地の掟では、語らいで意見が対立したからといって、仕事を放棄することは許されない。

気持ちを切り替えた祥太夫は、采配を持ち直すと壇上に立った。

「すまんのし」

三人が礼を言うと、祥太夫が笑みを浮かべて言った。

「あれが、わいの最後の獲物さ。必ず獲ったる」

二番船と三番船が離れていき、船団は追い込み漁の態勢を整えた。

祥太夫の指示に従い、鰹島沖に向かうべく網船が離れていく。

続いて船尾に全力漕走《こそう》の旗が揚がった。

船団が一斉に動き出すのを待っていたかのように、老い鯨は、鰹島沖に向かって移動を始めた。

「こいつは、ごつい戦になっかもな」

祥太夫が独り言のように呟いた。

鯨は、船団に追い立てられるように網代に向かっていた。ここまでは、どこから見ても常の追い込み漁と変わらない。

しかし徳太夫の胸底からは、得体の知れない不安が、わき上がってきていた。それは祥太夫も同じなのか、そのなめし革のような顔には、怯《おび》えたような色が浮かんでいる。

――とゆうても、今更、やめられん。

五町（約五百五十メートル）ほど先に網代が見えてきた。

その時である。老い鯨は泳速を緩めると、尾羽《おっぱ》を振り上げ、突然、潜水した。

「どっかの〝みどんこ〟入ったか」

〝みどんこ〟とは、海底の岩棚にある身を隠す場所のことである。

「いんや――」

口端を引きつらせつつ徳太夫が答えた。

「引き返してきとるようのし」

大きな黒い影が、海中を近づいてくるのが見える。

船団に戦いを挑むように近づいてくる鯨など、前代未聞である。

さすがの祥太夫も、どうしていいのか即座に判断がつかない。

「沖合、どうしょう」

「待て。敵さんはどこ入った」

「真下や」

次の瞬間、白い気泡がいくつも上がってくると、船の下の黒々とした染みがぐんぐん膨張してきた。

「こいつは――、底上がりか！」

底上がりとは、逃げ場を失って万事休した鯨が、最後の策として海底から浮上して船を転覆させることである。現役の沖合衆で、それを経験した者はおらず、すでに伝説と化していた。

祥太夫と徳太夫が顔を見合わせた。

「はよ逃げい！」

そう怒鳴った途端、船が持ち上げられた。

船は何かに引っ張られているかのように、ぐんぐん空に向かって上っていた。

水押に摑まった徳太夫が振り向くと、水主たちが、絶叫を上げつつ海面にこぼれ落ちていくのが見えた。

その下からは、滝のように水を滴らせた黒い塊が、天に向かって突き上がってくる。

「沖合！」

すでに祥太夫の姿はない。

その時、突然、船は引っくり返り、徳太夫は船と共に鯨の背を転げ落ちた。

次に気づいた時、徳太夫は海中にいた。四肢の骨がばらばらになるかと思われるほどの水の力に翻弄され、息もできない。

海中には砂塵が渦巻き、一切の視界は閉ざされ、どちらが海面で、どちらが海底かも判然としない。むろん、皆がどうなったのかも分からない。

海中でもがきながら、徳太夫は底上がりされたことを覚った。

――沖合のゆうた通り、あれは恨み鯨やった。

いまだどこかで鯨は暴れ回っているらしく、海中の乱流はいっこうに収まらない。

すでに息苦しさは限界に達していたが、こうした場合、闇雲に水をかくと無駄に体力を使い、恐慌を来して溺れることになる。

――落ち着けい。わいは筆頭刃刺やないか。

そう己に言い聞かせつつ徳太夫が体の力を抜くと、体は海藻のようにひらひらと海中を舞った。

次第に息苦しさが和らぎ、意識も薄れてきた。

――那与、一緒に行こな。

ぼんやりとそんなことを思った時、わずかに海が明るんできた。

――ここが突き所や。

太地の刃刺は勝負所を突き所と言う。

正気を取り戻した徳太夫は、明るい方に向かって懸命に水をかいた。

己の体にこれほどの力が残っているとは、徳太夫自身、思いもしなかった。

息苦しさや死の恐怖よりも、船を覆された刃刺の怒りが、飯櫃《げびつ》の底に残っていた体力を絞り出したのだ。

ようやく海面に顔を突き出し、大きく息を吸うと、全身に痺れるような疲労が襲ってきた。手足の指先さえ動かせず、徳太夫は徐々に沈んでいく。

――〝どしこみ〟だ。

〝どしこみ〟とは、船から落ちて海中深くに引きずり込まれ、そこから急に海面に上がった時に起こる軽度の減圧症のことである。

――負けてたまっか。

最後の力を振り絞り、沈みかけた体をもう一度、海面に浮き上がらせると、すぐ近くに底を見せた一番船が漂っていた。

その船縁《ふなべり》に祥太夫や水主たちが摑まっている。

祥太夫の顔色は真っ青で、船に摑まるのが精一杯のように見えた。

一方、二番船以下は鯨の動きを止めようと銛を放ち、鯨を沖に追い出そうとしていた。

すでに漁どころではなかった。

――口惜しいが、あいつは討ち取れん。ここは仏を出さんで切り抜けるしかない。

筆頭刃刺として、徳太夫は即座にそう判断した。

「沖合、大事ないか」

転覆した一番船に泳ぎ着いた徳太夫が声をかけたが、祥太夫に返事はなく、虚ろな目をして船縁に摑まっているだけである。

「なんまだぶ」

祥太夫の紫色の唇から漏れているのは称名《しょうみょう》だった。

「沖合、すまんのし。あれは、やっぱし恨み鯨やった」

徳太夫は、ゆらゆらと流されている茶筅を摑むと、それを祥太夫の体に巻きつけて強く結んだ。これで祥太夫が船から離れることはない。

その時、再びうねりが押し寄せてくると、老い鯨が白波を蹴立てて一直線に向かってきた。

その赤い口の中に見える禍々《まがまが》しい歯列には、折れた艪《ろ》らしき木片が幾本もはさまっている。

――わいつは、わがらの命がほしいんやな。

その求めているものが何かを、徳太夫はこの時、はっきりと覚った。

鯨に追いすがるようにして、二番以下の勢子船から、ありったけの銛が投じられている。しかし老い鯨はひるむ様子はない。すでに死を覚悟しているのだ。

――そんなん、大事な息子やったんか。

すでに刃刺だけでなく、刺水主や炊夫《かしき》までもが銛を投げ、何とか老い鯨の進路を阻もうとしていた。

その中の一本が偶然、鯨の急所《ぜび》に当たった。

老い鯨は悲鳴のような潮声を発すると、体を痙攣《けいれん》させて動きを止めた。

失神したのだ。

しかし突き刺さった銛の深浅により、鯨はすぐに蘇生して暴れ回る。

鯨の背に屹立《きつりつ》する銛の長さを即座に見積もった徳太夫は、鯨に致命傷を与えていないと覚った。

すでに鯨との距離は二町（約二百二十メートル）もなく、鯨が蘇生すれば、再び突進が始まる。

られない。こうした場合の救出船である網船や持双船は、離れた場所におり、すぐにやっては来

――やっぱだめか。

唯一、助かる方法は、鯨が蘇生する前に急所深くに銛を突き刺すことである。

しかし投擲《とうてき》するのとわけが違い、足場の悪い背で、銛を刺し入れることは容易でない。

下手をすると刺し入れたはいいが、鯨は暴れ回り、背に乗った者は振り落とされるかもしれない。

暴れる鯨の直下に振り落とされれば、その者が助かる術《すべ》はない。

「皆、今のうちにここから逃げい！」

徳太夫が命じると、水主の一人が問い返してきた。

「刃刺はんは、どうする」

「沖合が動けんので、わいはここに残る」

その言葉を聞いた水主たちは、一瞬、顔を見合わせた後、船を離れて四方に泳ぎ出した。とにかく鯨と距離を取れば、助かる確率は高まる。

その時、動きを止めていた鯨の手羽《たつぱ》（手鰭《てびれ》）が、かすかに動いた。

――さあ、来いや。

一時的に酸素が欠乏していたためか、徳太夫の意識は遠のき始めていた。同じ症状に、

祥太夫も陥っているに違いない。

その時である。勢子船の一艘から誰かが飛び込んだ。それを見た刃刺らしき影が、狂ったように何か喚いている。

――馬鹿なまねしくさって。誰《だい》や。

側面に描かれた松竹梅の絵模様から、それが三番船だと分かった。

――三番船か。どこの阿呆《あっぽけ》や。

薄れつつある意識の中で、徳太夫ははたと気づいた。

――あっ！

次の瞬間、波濤《はとう》が押し寄せてきた。

鯨が蘇生したのだ。

祥太夫が溺れないよう、その体を支えつつ、徳太夫は三番船から飛び込んだ者の影を探した。

噴き上がる飛沫《しぶき》の中、目を凝らすと、こちらに迫り来る鯨の背に、その者は片膝立ちしていた。

それが末吉であるのを認めた時、徳太夫は大声を出していた。

「やめい！」

その声が聞こえたのか、末吉が一瞬、こちらを見た。

その口から一言、何か言葉が発せられた。

「なんやと、今、なんとゆうた！」

次の瞬間、末吉は全体重をかけて、急所に刺さった銛を押し込んだ。

「末吉！」

徳太夫の声は、鼓膜を破らんばかりの鯨の悲鳴にかき消された。

七

浜に安置された末吉の遺骸は、すでに紫色になっていた。もう半刻（約一時間）もすれば、死斑が出てくるはずである。

全身の骨という骨が折れているらしく、末吉の足は不自然に曲がり、首もだらんと垂れている。

――こんな姿を那与に見せられっか。

持って行き場のない怒りを堪え、徳太夫は末吉に莚《むしろ》を掛けた。

浜では引き上げが始まったらしく、威勢のいい掛け声が聞こえてきている。

「刃刺はん、お悔やみ申し上げげんど」

水主たちが恐る恐る近づいてきた。

「ご遺骸は、本方に運び上げておくのし」

漁で死んだ者は、角右衛門の邸宅で盛大な葬儀が営まれる。

「よろしゅうな」

周囲を取り巻く刃刺仲間や水主たちの輪から出ると、祥太夫が茫然と立ち尽くしていた。

「徳次、すまんよ」

「ええんよ。わがらを助けるには、誰《だい》かが、ああせねばならんのし」

「いんや、そうやない」

その場に膝をついた祥太夫は、口惜しげに言った。

「まっさか、末吉とはな」

「沖合、なんゆうとう」

徳太夫には、祥太夫の言葉の意味が分からない。

「わいが『次の鯨が獲れたら、わがらにだけ正直に名乗り出てくれんか』と、ゆうたわけが分がるか」

「分がらんよ」

「わいは、下手人は名乗り出んと思うた。そやから、鯨取りにふさわしい死に場を用意してやったんや」

「なんゆうとる。そげんこつゆうたら、たとえ沖合とて許さん」

「金に困っとるのは、借金しとる者《もん》だけやない。すぐに金が要る者もおるんや。それに気づいておれば――」

その場にくずおれた祥太夫は、砂浜に額を擦り付けて嗚咽《おえつ》を漏らした。

「そやかて、ないとせ末吉が金をほしがるんや」

そこまで言いかけた徳太夫は、はたと気づいた。

――まっさか。

その時である。隣のおかみさんがこちらに走ってきた。

その必死の形相を見ただけで、すべてを察した徳太夫は、自宅に向かって駆け出した。

「那与!」

自宅に駆け込むと、梅庵が起き上がろうとする那与を押さえていた。

「刃刺はん、ええとこに帰りなさった。ご内儀が――」

「那与、落ち着け」

布団から這い出ようとする那与を、徳太夫が抱き締めた。

「ああ、旦那はん、嫌な夢を見たんよ。末吉が『さいなら』ゆうて――」

「末吉のことは気い病まんでええ」

「いがった」

那与は安堵したかのように、徳太夫の胸に顔を埋めた。

「どうやら落ち着いたような。わいは帰るで」

「後は任せてくんさい」

梅庵はうなずくと出ていった。

徳太夫と那与だけになった居間が、嘘のように広く感じられる。

――また二人になってしもたな。

しかし、それさえも長くは続かないのだ。

「旦那はん」

「なんや」

「末吉はどうしたん。なといせ帰ってこん」

「末吉はな――」

大きくため息をつくと徳太夫は言った。

「すぐに帰ってくる」

「そうやね」

幼女の頃に戻ったかのように微笑むと、那与は、懐紙《かいし》に包まれたものを懐《ふところ》から取り出した。

「こいはね、末吉からもろうたの」

那与が大切そうに懐紙を開くと、その中に子供の手の平ほどの朝鮮人参があった。

それを見た時、徳太夫は末吉の最期の言葉を理解した。

「おとはん、すまんかった」

静かになった居間には、海鳴りだけが聞こえていた。

# 物言わぬ海

一

鯨の骨や歯で細工物を作るには、忍耐力が要る。

石のように固い骨や歯を、やすりで丹念に削り、粗紙《あらがみ》をかけて光沢を出すまでには、小さなものでも二日はかかる。

そんな苦労を経て、自分の考えていた造形ができ上がった時の感激は、何物にも代え難い。

与一《よいち》が己の作業に熱中していると、喜平次《きへいじ》が眼前に何かを差し出した。

「あんじょう仕上げたやんか」

喜平次の作った細工物を手に取った与一が、感嘆の声を上げた。

「ああ、ほんに上手やの」

それは抹香《まっこう》鯨の歯で作った細工物で、手の平に載るほどの大きさだが、手羽《たつぱ》（手鰭《てびれ》）の傾き具合も、背から尾羽《おっぱ》に至る曲線も、海中で泳ぐ鯨を見たことがあるかのように精《せい》緻《ち》だった。

喜平次は大柄な上、短くて太い指の持ち主だが、なぜか器用この上なく、いかなる造形でも、感じたままを具現化することができた。

「喜平次は、などいせ生きな鯨魚《いお》を見んでも、そん動きが分がるんかの」

与一が何を言っても、喜平次は、隙間の空いた前歯を見せて笑うだけである。

鯨の尾羽に付けられた穿孔《せんこう》に麻紐を通し、首から下げられるようにした二人は、勇んで外に飛び出した。背後から「はや帰《けえ》ってこよと、喜平次に伝えてんとね」という、喜平次の祖母の声が聞こえた。

喜平次は耳が聞こえないのだ。

太地《たいじ》で唯一、茶店や宿屋が軒を連ねているのが、寄子路《よろこじ》と呼ばれる通りの中心辺りである。この通りには、身を寄せ合うようにして小さな家々が密集しているが、ほぼすべての家が、鯨に関する仕事で生計《たつき》を立てている。

二人は寄子路に面した馴染みの茶店に細工物を並べてもらい、小遣いを稼いでいた。

この日も、いくつかの細工物を飾り、すでに売れた分の金をもらうと、その一部で味噌団子を買い、茶店の縁台に腰掛けて食べた。

「喜平次、これあげんしょ」

与一と喜平次は同い年だが、与一の体は喜平次の二回りも小さく、串に三つも刺さった団子をすべて食べられない。それゆえ、最後に残った一つを喜平次に上げるのが常である。

喜平次は串を掲げて感謝の意を示すと、与一からもらった団子を、さもうまそうに頬張った。

その時、浜の方が騒がしくなると、沖合衆が帰ってきた。

今日の漁はうまくいったらしく、皆、鯨の血に染まった褌《まわし》を堂々と晒して歩いてくる。それを狭い通りの左右に並んだ老人や子供が拍手で迎える。

鯨の血に染まった彼らの姿こそ、太地の男の象徴であり、子供たちの憧れの的である。だが己と喜平次が、大人になってもその中に入れないことを、与一はよく知っていた。

「あっ、おいやんじょ」

与一が立ち上がったので、団子の串を弄んでいた喜平次も顔を上げた。

与一の叔父にあたる三番船刃刺《はざし》の熊太夫《くまだゆう》が、拍手の中を大股でこちらにやってくる。

熊太夫の首からは、二人の作った細工物がいくつも垂れ下がり、じゃらじゃらという音を奏でていた。二人の一番のお得意さんである熊太夫は、鯨が獲れる度に二人の作る細工物を買ってくれるのだ。

熊太夫は身の丈六尺（約百八十センチメートル）はある大丈夫で、海に出れば二貫目

（約七・五キログラム）もある錨銛《いかりもり》を軽々と投擲《とうてき》するので、水主《かこ》たちから「鬼熊」と呼ばれていた。

黒々とした髯《ひげ》で覆われたその容貌は、いかにも魁偉《かいい》な上、地声の大きさは、水主たちが震え上がるほどだが、熊太夫は無類の子供好きで、出待ちの時など、浜で童子《わっぱ》相手に遊ぶ姿がよく見られた。

「坊主ども、鯨魚《いお》獲ったで」

漁の興奮からか強張《こわば》っていた熊太夫の顔が、与一を見た瞬間、笑み崩れた。

「今日の夷様《えびす》は、がいな（荒っぽい）猛者《もさ》やったが、何とか追い込んだんよ」

熊太夫が、さも得意げに今日の戦いを語った。

太地では、自分たちの糧となってくれる鯨を敬い、夷様と呼んでいた。寄子路にある順心寺《じゅんしんじ》には鯨たちの霊を慰める祭壇があり、年に一度、慰霊祭まで行われていた。

「いがった、いがった」

与一が喜ぶのを見た喜平次も、うれしそうに手を叩く。

「今日のを見せてや」

熊太夫の言葉に「ああ、ええのがあるじょ」と言いつつ、与一が店の中に入った時である。喉《ぎ》の奥から何かが込み上げてくる感じがした。

――来た。

そう思った時は、もう遅かった。

「どした！」

突然、くずおれた与一を熊太夫と喜平次が支える。

苦しげにあえぎながら、与一は気を失った。


「もう、心配要らん」

町医者の慶庵《けいあん》の声が頭上でした。目を開けると、不安げな顔が取り巻いている。

与一には喘息《ぜんそく》の持病があり、慶庵の煎じた薬草を日に何度か飲まねばならなかった。

しかし与一は何かに熱中すると、すぐにそのことを忘れてしまう。

「もう、だめか思うたよ」

父の友太夫《ともだゆう》が安堵のため息を漏らした。

友太夫はかつて七番船刃刺を務めていたが、腰を痛めて漁に出られなくなり、半ば隠居のようになっていた。

「いがったのう、あんま」

熊太夫が大きな鼻孔からため息を漏らした。

熊太夫は友太夫の義弟にあたり、友太夫から刃刺株を譲られていた。

「ほんにいがった。病の虫め、これで気いすんだか」

「わいは、わいつを先に墓地《さんまい》送りたかないんよ」

母も隣で涙ぐんでいる。

「わいつは喜平次に担がれてきたんじょ」

皆の顔が部屋の隅を向いた。そこには、膝を抱えて座る喜平次がいた。

皆の視線が集まったので、喜平次は何事かと周囲を見回している。

「わいが担ぐとゆうに、喜平次は血相変えてわいつを担ぎ、坂を走り抜いて慶庵先生《せんせ》の家にたどりついたんよ。わいは疲れておったで、たいがい、わいが担ぐより速く走れたな」

「あんがとな、喜平次」

言葉の意味が分かったのか、首から下げた細工物をいじっていた喜平次の顔に笑みが広がった。

「わいつらは、二人で一人前や」

友太夫の言葉に、皆がうなずいた。

二

いつものように喜平次の家で細工物を作っていると、突然、外が騒がしくなってきた。

作りかけの細工物を置いて表に出てみると、海に続く石畳の坂道を、近所の子らが何事か喚《おめ》きながら駆け下っていく。

「どしたん」

与一が声をかけると、遊び仲間の次郎作《じろさく》が振り向いた。

「鯨魚《いお》が来たじょ」

「遂に攻めて来よったか！」

与一は、いつの日か怒り狂った鯨たちが、大挙して攻め寄せてくるのではないかという妄想を抱いていた。それがつい口に出てしまったのだ。

「そやない。湾に槌《つち》が追い込まれたんよ」

全長五間（約九メートル）ほどの槌鯨でも、湾内に追い込まれるのは珍しい。間近で鯨漁が見られる、またとない機会である。

何のことか分からず、きょとんとしている喜平次を促し、与一は次郎作たちの後を追った。

海の近くまで来ると、すでに黒山の人だかりができていた。海上の喧噪《けんそう》も、風に乗って途切れ途切れに聞こえてくる。

太地で生まれ育っていても、沖合衆でない限り、鯨漁を見ることは珍しい。そのためか群衆には、女子供が多く交じっていた。

曇天の下、多くの勢子船《せこぶね》を従え、槌鯨は湾内を泳ぎ回っていた。すでに冷静さを失い、方向感覚さえ狂っているようである。しかも疲れているらしく、潜っては浮き上がることを繰り返していた。

獲物が小型だからか、刃刺たちは網代《あじろ》を使わず、銛だけで仕留めるつもりらしい。頃合いよしと見たのか、ぐっと近づいた一番船から早銛が投じられた。

皆が息をのんで見守る中、早銛は的を外れて海に落ちた。

「なんやっとう。慌《あわ》てんでええに」

誰かが嗄《しゃが》れ声で毒づいた。

かつて刃刺をしていた老人の一人に違いない。

その槌鯨は、暗灰色《あんかいしょく》の体を海面に出したかと思うと、海中に没しつつ、懸命に勢子船を振り切ろうとしていた。しかし湾口には、網船や樽船が張っているため、沖に出ようとしては戻ることを繰り返している。

やがて采配が振られ、勢子船が散開した。いったん態勢を立て直し、定法に従い、一番船から再び投擲を始めるつもりなのだ。

鯨を追尾する一番船以外の勢子船は、鯨の行く手に回り込もうとしている。

昔ながらの突き取り漁法である。

「おとはんは、すかやらんやろか」

与一らと同い年の次郎作が、「父は失敗しないだろうか」と心配する。

それは父を案ずるというよりも、どじを踏んで、同じ船に乗り組む仲間や、ほかの船に迷惑をかけないでくれという願いであることを、与一は知っていた。

次郎作の父は網船に乗り組んでいるが、不器用なためか、仲間からよく怒鳴られていた。それゆえ婚期が遅れ、連れ合いを失った次郎作の母親が嫁ぐことで、ようやく一家を成すことができた。しかし母親の連れ子である次郎作は、義父からいつも辛く当たられていた。

「こんなん、大したことやないで」

一つ年上の孫太郎《まごたろう》が言った。

「なといせ、そんなこつゆえる」

与一より一つ下の松吉《まつきち》が、孫太郎を仰ぐように問うた。

「沖の座敷では、まっとどんかえのを獲うとる」

孫太郎は両手をめいっぱい宙に広げて、その大きさを表現した。

「そらそうや。ほやけど孫は、そいを見たこつあるんか」

次郎作が挑むように問うと、憮然として孫太郎が答えた。

「そんなん、あるか」

「そいなら、わがらと同じやないか」

「なんや、孫やんもわがらと同じか」

次郎作の言葉を聞き、松吉がさもうれしそうに言った。

その時、再び一番船から早銛が投じられた。

皆が固唾《かたず》をのんで見守る中、銛は鯨の背に命中した。

鯨は弾かれたように海面に身を躍らせると、目が覚めたように全力で泳ぎ始めた。

命が危機にあると分かった時、鯨は信じ難いほどの力を発揮する。

一番船刃刺が早銛を投じた後は、銛の投擲序列はなくなる。となれば鯨の動く方向を予想し、うまく位置取りした船が仕留めることになる。

こうした伏せ場抜きを、熊太夫は得意としていた。

だが、松竹梅の絵模様が描かれた熊太夫の三番船は、ほかの船が待ち受ける位置よりも沖にいる。

――おいやんも、此度《こたび》はしくじったな。

与一がそう思った瞬間、ほかの船から銛が投じられた。だがそれらは、鯨が潜るのとほぼ同時であり、空しく海に突き刺さるだけである。

銛を背に刺したまま、鯨は沖に逃れようとしていた。

銛の先が、海面に線を引くように進んでいく。

一緒に見物していた大人の一人から、「こいつは逃げられっな」という声が聞こえた瞬間、三番船が鯨の進行方向に現れた。しかし三番船から銛は投じられず、鯨の呼吸を計るように沖に向かって並走している。

その時、ようやく呼吸が苦しくなったのか、海面が盛り上がると、槌鯨特有のくちばし状の顎が見えた。

鯨が口を開け、その歯列が日に輝いた時、熊太夫の早銛が投じられた。

中空に半円を描きつつ落下する銛の落ちる先に、再び潜水しようとする鯨の後頭部があった。

三町（約三百三十メートル）ほど離れたところにいる与一らの耳にも、鯨の絶叫が聞こえた。

熊太夫の銛は、鯨の噴気孔《ふんきあな》のすぐ後ろにある〝ぜび〟と呼ばれる急所に突き刺さっていた。

痺れたように体を左右に振った鯨は、そのまま横になると、失神したかのように動かなくなった。

銛打ちの技量は、腕力だけで決まるわけではない。銛は投擲する瞬間、右手の人差し指と中指のひねり具合で力を調節する。鯨との距離、風向きとその強さ、銛の重さなどの要素を即座に勘案し、絶妙な力加減によって急所に命中させる。それは訓練によるものというより、天賦の才である。

その天賦の才を、熊太夫は授かっていた。

三番船が下がると、沖に控えていた樽船と持双船《もつそうぶね》が近づいてきた。海に飛び込む刺水主姿《さしがこ》が見えたかと思うと、集まってきた船団の陰になり、鯨の姿が消えた。鯨にとどめを刺した後、曳航《えいこう》作業を始めるのだ。

「ごついことやな」

次郎作が感嘆すると、再び孫太郎が言った。

「そいほどでもありゃせんよ」

鯨の姿が見えなくなると、あっという間に人垣は崩れ、大人たちは三々五々、それぞれの仕事に戻っていった。その場に残っているのは、時間を持て余している子供ばかりである。

「今日のはちこいで、こんくらいで済んだが、いつもは、もっと手間かかるんよ」

孫太郎が得意げに言った。

「見たこともないくせに、ようゆうてら」

次郎作が呆れたように笑った。

「わいは、あんまにいつも聞いとるから、わいつらより、よう知っとるんじょ」

孫太郎の父も兄も刃刺をやっており、次男とはいえ孫太郎にも適性があれば、刃刺になれないこともない。孫太郎自身も、「大きゅうなったら刃刺になるんや」と広言していた。

「だけんど孫、そいつは聞いた話やろう。そんなら、わがらと変わらんよ」

次郎作に痛いところを突かれ、孫太郎は押し黙った。遊び仲間の大将格を気取っていただけに、面目丸つぶれといったところである。

「喜平次、行こや」

与一が喜平次の袖を引いたが、喜平次は沖で行われている作業を注視していた。

「喜平次には、あいが、それほどおもしゃいのか」

松吉が茶化したので、孫太郎と次郎作も喜平次を見て笑った。

「そうだ。鯨魚《いお》獲るとこを、まっと間近で喜平次に見せてやらんか」

いかにも名案を思いついたかのように、孫太郎が言った。

「要らんよ」

孫太郎の提案は、いつも大人たちの決め事に反するものばかりなので、与一は気乗りしない。

「喜平次に生きた鯨魚《いお》見せれば、もうちっとましなものを彫れるんとちゃうか」

「そやそや。そうなれば孫も、見てきたような嘘つかんと済むしな」

次郎作の言葉に皆が沸いた。

確かに躍動する鯨を喜平次に見せてやれば、もっと様々な形状の鯨を彫れるに違いない。

与一の心が動いた。

「きょうび、鮪船《しびぶね》もぎょうさん太地に寄せてきておるで、大人衆《おとなし》に目くらましして、鯨《い》魚《お》獲る様が見れるじょ」

孫太郎によると、下り潮（南西から北東に流れる潮）が沿岸近くを流れる今年の冬は、鮪《まぐろ》、真鰯《まいわし》、丸鯖《まるさば》、小鯵《こあじ》などが瀬つきするため豊漁で、熊野《くまの》各地から漁船がやってきているという。

つまり、それらの他所船《よそぶね》に紛れ込めば、大人たちに見つからず、間近で鯨漁を見物できるというのだ。

「水《みず》の浦《うら》の端に小船《さっぱ》回しとくで、山頂《てんこ》に幟《のぼり》が揚がり、沖合衆が出払ったら、皆でそっちに集まらんか」

孫太郎が与一の肩を叩いた。

「ああ、うん」

与一は曖昧《あいまい》に答えたが、いまだ海上を凝視する喜平次を見ていると、その誘いを断ることなどできなかった。

三

太地に生まれながら、喘息持ちの与一は海と縁遠い生活をしてきた。海に出ている最中に喘息の発作が起きれば命取りになるため、与一は将来、商い方か勘定方に回されるはずだが、その才覚もなければ、太地で生きる道はない。

——わいは、そいでも何とか生きていける。やが、喜平次はどうする。

喜平次の両親はゆえあって離縁し、母は新宮《しんぐう》の実家に戻り、いずこかの商家に再嫁したという。

父は水主《かこ》だったが、飲んだくれて漁に出ないため沖合衆から外され、太地から出ていった。

そのため喜平次の面倒は、一人残った祖母が見ていた。

喜平次は将来のことを何も考えていないかのように、細工物を作ることに熱中していた。

——喜平次は納屋衆とされるんやろな。

納屋衆とは、魚切《いおきり》と呼ばれる解体職、筋をさばく筋師、また内臓や骨を大釜で煮込む搾油役《さくゆ》といった鯨にまつわる仕事をする者から、鯨船の建造や修理、捕鯨具の製造や保守を行う者たち全般を指した。

しかし、どの仕事も耳が不自由では難しいため、油樽の運搬や納屋の掃除などの雑用に携わることになる可能性が高い。

太地に生まれた限り、一生、食うには困らないようにしてもらえるが、喜平次は、そうした仕事を生涯、やらねばならないのだ。

ぼんやりとそんなことを思っていると、けたたましい鉦《かね》の音が聞こえてきた。

「来《ぎ》た」

与一が立ち上がると、喜平次が顔を上げた。大きな丸い目が爛々《らんらん》と輝いている。

鯨漁を見に行く話は、手ぶり身ぶりで喜平次にも伝えてあり、喜平次は、それを楽しみにしていた。

与一がうなずくと、喜平次は、〝いりこ〟の入った竹皮の割籠《わりご》を懐《ふところ》にねじ込み、水瓢簞を腰に結んだ。

一方の与一は、あらかじめ用意していた大人物の笠と蓑《みの》を人数分、小脇に抱えた。雨天の時、雑魚《じゃこ》を獲る漁師がよく使うもので、体の大きさを、これでごまかそうというのだ。

二人が迫伝《せこ》いに水の浦の北端に向かっている最中も、大人たちは何事か喚きながら沖《おき》立《だち》の支度をしていた。沖立しない者たちも、解体の準備などで太地全体が大わらわとなるので、与一たちを気に留める者はいない。

擦れ違う誰もが、与一と喜平次に目もくれず、いずこかの方角に走り去っていく。

――沖に出て、ちらっと鯨魚《いお》獲るのを見るだけや。大したことじゃない。

今になっても与一は気が進まなかったが、喜平次に鯨漁を見せてやりたいという誘惑には勝てない。

不安をねじ伏せた与一は、懐深く入れてきた煎じ薬を確かめた。

複雑に入り組む迫や家々の間を抜け、二人は水の浦の北端に着いた。この辺りは向《むこう》島《じま》によって、沖立で賑わう水の浦の中心からは死角となっている。

「遅いで」

そう舌打ちすると、孫太郎が待ちかねたかのように船に乗り込んだ。次郎作と松吉もすでに乗っている。

笠と蓑を船に放り込んだ与一が、ふと空を見上げると、雲一つない晴天の中を鳶《とんび》が悠然《ゆうぜん》と飛んでいた。

「神楽にはならんさ。『今日の座敷は荒れん』と、大人衆《おとなし》もゆうてら」

次郎作が知ったような口をきく。

「ほやけど、もう八つ（午後二時頃）や。手間取ると日没《まじみ》になんな」

「そん時は、あきらめて去《い》ねへんか」

孫太郎の言葉にうなずいた与一は、喜平次と共に浜から船を押し出した。

鯨漁の網代は、鰹島《かつおじま》付近に張られることが多い。

鰹島とは、燈明崎《とうみようざき》の鼻から北へ半里（約二キロメートル）ほど行ったところにある浅場で、その付近には岩礁が多く、雑魚もよく集まるので、ほかの船の間に身を隠すのにはもってこいである。

向島の北辺を舐めるようにして、与一たちの小船《さっぱ》は沖に出た。

早速、小さな帆を張ってみたが、風は弱く、さほど速度は出ない。

「はよいこ」

逸《はや》る松吉を、孫太郎が笑みを浮かべて制した。

「そない急《せ》いても、鯨魚《いお》が獲れるかどうかは分がらんで」

鯨を見つけたからといって、すぐに網に追い込み、仕留められるわけではない。相手も命懸けであり、様々な駆け引きの末に取り逃がすこともある。

「それより松、身い乗り出しすぎて落ちいなよ」

船尾で艪《ろ》を漕ぐ孫太郎が、年長者らしく注意したが、松吉は「へいちゃらさ」と言って、そのままでいる。

「そうや、あんまから聞いたんやが、昔、勢子船から頭《かぱち》出し過ぎた水主が、抹香に頭だけ持っていかれたんじょ」

松吉が驚いたように首をすくめる。

その反応が面白く、皆、秋晴れの空に届けとばかりに哄笑した。

「まあ、船から落ちても、すぐに助けてやっがな」

孫太郎が胸を張ると、次郎作が媚びるように言った。

「孫は泳ぎの名人やからな。わいが落ちた時も頼むじょ」

「任せいて」

父と兄に厳しく鍛えられてきた孫太郎の泳ぎの技量は、同年代の少年たちの中でも抜きん出ていた。

「あうう」

その時、水押《みよし》から身を乗り出すようにしていた喜平次が、沖を見るよう促した。

視力に秀でた喜平次が、太地湾の沖を横切るように北上する船団を見つけたのだ。

「やはり網《かがす》打つは鰹島かの」

「そんようだな」

松吉の問いに答えた孫太郎は、ゆっくりと北東に舵《かじ》を切った。

一つ年長というだけで、孫太郎は大人のように頼りがいがある。その孫太郎も、来年の夏漕ぎには幼水主《すなり》として樽船に乗り組むことになっている。

樽船とは鯨漁の補助船のことで、主に十五歳以下の少年たちが乗り組み、鯨船が海上に落としていった銛、網、浮樽などを回収する役目を担っている。

太地の子供たちが共に遊べる年月は短く、十三、四になれば、それぞれの特性や能力に応じて、別々の道を歩み始めることになる。しかし、そうした仲間の巣立ちから、与一と喜平次だけは、ずっと取り残されていくことになるのだ。

やがて五人の乗る小船は、シラ瀞《はい》と呼ばれる岩礁地帯に達した。

引き潮で岩礁が海面から顔を出しているからいいようなものの、満ち潮となれば、それらは暗礁となり、下手をすると、平底の小船でも座礁しかねない危険な海域である。

「ここらあたりまでは、おとはんと来たことがある」

孫太郎が皆を安心させるように言ったが、その声音に多少の不安が混じっているのを、与一は聞き逃さなかった。

シラ瀞の間を縫うように進むと、左手に鷲《わし》の巣崎《すざき》が見えてくる。

陸側からはうかがい知ることもできなかったが、無数の岩塊が張り出した鷲の巣崎は、厳《いか》めしい面付《つらつ》きをしていた。

「ここらでええよ」

松吉が怯《おび》えるように言う。

見慣れない光景に出くわし、怖気《おじけ》づいてきたのだ。

松吉の家は代々、太地の商い方を担ってきた。商い方とは、鯨の肉や油を買いに来る外部の商人と取引交渉をする役のことである。それゆえ松吉も、あまり海には慣れていない。

「ここじゃ、なんもめえんよ」

皆が不安げな様子を見せれば見せるほど、孫太郎は強気になっていく。

孫太郎は巧みに帆を操ると、シラ碆を抜けて鷲の巣崎の沖に出た。ここから鰹島までは半里（約二キロメートル）もない。

その時、再び勢子船の船団が見えてきた。船団は一番船を先頭にして、ほぼ直線状に連なっている。

「なんやっとんかな」

「逃げられたんとちゃうやろか」

孫太郎の問いかけに松吉が答えると、「あぐぐう」とうめきつつ、喜平次がまた何かを指差した。

「網船だ」

死角になっていた鰹島の沖側に網船の船団が見えてきた。三組六艘の網船は扇状に広がり、すでに網を打っているようである。

「ちゅうこつは――」

その時であった。海面が隆起すると、黒い物体が姿を現した。

「座頭《ざとう》だ！」

孫太郎が喚いた。

確かに一瞬、見えた手羽《たつぱ》（手鰭《てびれ》）の大きさから座頭鯨に違いない。

「十間（約十八メートル）はあるな」

「いや、十二間（約二十二メートル）はあるで」

次郎作の言葉を孫太郎が否定した。

その座頭鯨は、追い立てられるように網船の方に向かっていた。

「あう、あう」

喜平次が孫太郎に向かって激しく手を回す。

「なんやろう」

「もうちっと近づけとゆうとる」

喜平次の言わんとしていることを与一が代弁すると、孫太郎は水押を船団の方に向けた。

沖に出たためか、風は先ほどより強くなり、帆走には理想的である。

五人の乗った小船は、うねりを切り裂きつつ船団に近づいていった。

四

「あっ、あっ」

船団に向かってしばらく進むと突然、喜平次が騒ぎ出した。

「此度はなんじょ」

舵を握る孫太郎が、うんざりしたように問う。

「鯨魚《いお》が網に絡まったんとちゃう」

与一が答えると、次郎作と松吉が「きっとそうや」「間違いない」と同意の声を上げた。

次の瞬間、銛らしきものが投じられ、網をかぶった鯨が、雷に打たれたかのように体をくねらせた。それと同時に大きなうねりが生まれ、船団は波の頂《いただき》や谷間で、木の葉のように揺れている。

死闘が繰り広げられている海面から、三町半（約三百九十メートル）は離れているはずの与一らの小船にも、そのうねりが押し寄せてくるような気がする。

船子たちの艪声《ろごえ》や鯨の潮声《しおごえ》らしきものも、風に乗って聞こえてきた。胸の高鳴りは、いやが上にも高まる。

鯨は網を破ろうと懸命になっているらしく、その黒い巨体を海面からのぞかせては、身をよじるように海面下に沈むことを繰り返していた。

その間も銛の雨が鯨を見舞う。

船団との距離は二町半（約二百八十メートル）ほどになっていたが、鯨漁を見物しようと、多くの雑魚獲りの漁船も近づいているため、与一たちの小船が気づかれる心配はない。

「どえらいことやな」

松吉が感心したように呟く。そこには、鯨を獲るという行為がもたらす様々な思いが込められていた。とくに巨大な命を奪う過程を目の当たりにすることは、少年たちの心に何がしかの波紋を投げかけた。

――皆、沖でこんなこつしとったんやな。

網船が再び網をかぶせたらしく、鯨の動きが次第に鈍くなってきた。

そこに、さらに銛が投じられる。

やがて鯨が大きな潮声を上げると、船団が一斉に集まってきた。

中空を飛び交う銛と前後左右に行き交う船団に隠れて、たちまち鯨の姿は見えなくなった。

「仕留めたんか」と松吉が問うと、「多分な」と孫太郎が答えた。

鯨漁を十分に堪能できたものの、距離がありすぎたため、躍動する鯨を間近で見ることは叶わず、与一は少し落胆した。

その時、船団の中から一艘の勢子船が飛び出すと、こちらに向かってくるのが見えた。

「注進や。笠と蓑を着けい」

孫太郎の声に応じ、皆で笠をかぶり、蓑を羽織ると、偽装のために持ち込んだ網を流した。

やがて勇ましい艪声を上げつつ、注進船が、一町（約百十メートル）ばかり先を通り過ぎていった。

注進船とは、船団より一足早く陸岸《おか》に向かい、鯨が獲れたことを本方《ほんかた》に知らせる船のことである。これにより納屋衆も、受け入れ態勢を整えることになる。

「もう、行こらいよ」

松吉がそわそわしてきた。確かに鯨を持双に掛ける作業は、見ていて面白いものではない。近くで見物していた雑魚獲りの小船も、気づくとまばらになっていた。

空を見上げると、知らぬ間に張り出してきた厚い雲によって日は陰り、次第に風波も立ってきていた。鰹島が随分と大きく見えるのは、かなり近づいている証拠である。

すでに七つ（午後四時頃）を過ぎているに違いない。

「満潮《こみしお》になれば、まっと物ゆうてくる。日没《まじみ》も近いで、もう帰ろや」

元来が気の小さい次郎作も、急にそわそわしてきた。

「物ゆう」とは、海が荒れてくることである。

「そうさな」と言いつつ、孫太郎が水押を陸岸《おか》に向けた時、浜の方から三艘の船が近づいてきた。

鯨漁は鯨を持双船に挟み、曳航態勢を取るまでに半刻（約一時間）ほどかかる。沖合衆は、その時に順繰りに休憩を取るのだが、温かい握り飯や茶を欲しがるので、飲食物を積んだ船が、注進船と入れ替わるように沖に向かう。

場合によっては、鯨を曳航するにあたって足りない道具を運ぶこともあるので、鯨漁が終わった後に沖に向かう船は、総称して道具船《だんぺい》と呼ばれていた。

道具船がやってきたので、それを避けるように孫太郎は舵を北に切った。

しばらく行くと、左手に太刀落島《たちおとしじま》が見えてきた。この島は鷲の巣崎の北、鰹島の西にある。

「あんまし太刀落に近づかんがええぞ」

次郎作が心配そうに言う。

太刀落島の近辺は海流が不規則で、地元の漁師でも操船が容易でないと言われていた。

太刀落島や鰹島の北東には、沖に向かう強い潮流があり、それに乗せられてしまうと、小船では戻れなくなると、与一も聞いたことがある。

「分がとるが、地方《じかた》からの陸風《だし》が強うて、ゆうこと聞かんのや」

孫太郎が艪を押さえつつ言うと、松吉が泣きそうな声を上げた。

「鯉島の下筋《しもすじ》に出んようにしてな」

下筋と呼ばれる北東は、太地の人々が最も恐れる方角である。

やがて一町（約百十メートル）ほど南を、道具船の一団が通り過ぎていった。

それを確認した孫太郎が、すぐに水押を南西に向けたものの、南西から北東に流れる下り潮と風波に押され、思うように進まない。

波の大きさは不規則になり、互いに頂をぶつけ合うようになっている。その不気味な海面は、海中を流れる潮流が岩礁にぶつかって作られるのだが、与一には、よくないことの起こる前兆に思えた。

風も激しく吹きつけるようになり、波の表面に縮緬皺《ちりめんじわ》のような模様を作っている。

孫太郎は平然と艪を漕いでいるが、その顔からは、先ほどまでの余裕が失せつつあった。

船は、潮と風に翻弄されるかのように下筋に流されていく。

「孫やん、なんやっとう」と次郎作が問うと、「突風《たまかぜ》が強うて、こいで精いっぱいや。わいつも漕ぎやれ！」と孫太郎は怒鳴り返した。

孫太郎は船尾の艪を次郎作に譲ったが、次郎作は力が弱く、艪をうまく操れない。

それを見た喜平次が船首から船尾に移動しようとした。

「気いつけい！」

船が転覆しそうになり、孫太郎が苛立《いらだ》ちをあらわにした。

次郎作に代わって喜平次が力強く艪を漕ぎ始めたものの、南西に進んでいるようには思えない。

「こんまま進むと、鯨魚《いお》獲っとる大人衆に見つかるじょ」

遭難することよりも、孫太郎は大人たちを恐れていた。

すでに船団の中で最も近い船は、二町（約二百二十メートル）ほど前方に迫っている。

「見つかってもええんちゃう」

松吉が今にも泣き出しそうな声を上げた。

「見つかればうるさいことになるで、いがんよ」

孫太郎が首を横に振る。

確かに大人たちに見つかれば、叱責されるのは最年長の孫太郎である。しかも孫太郎の父は厳格で、すぐに手を上げる。そのため孫太郎は、よく顔を腫《は》らしていた。

この頃から南西風が一段と強くなってきた。烈風が海面を舐めるように吹き抜け、そこかしこに白波を飛ばし始める。

「土佐《とさ》まぜとちゃう」

松吉が半べそをかきつつ問うたが、それに答える者はいない。

土佐まぜとは強い南西風のことだが、さらに恐ろしいのは、石割風《いしわりかぜ》や別当《べっとう》と呼ばれる西からの強風である。

喜平次は額から汗を滴らせつつ艪を漕いでいるが、太地湾は次第に遠ざかっていくように感じられた。しかも日没が迫り、先ほどまで近くにいた雑魚船の姿も見当たらなくなってきた。

風は次第に激しくなり、風上に顔を向けられないほどである。

やがて船は、鰹島と太刀落島の中間あたりまで流されてきた。見たこともない鰹島の北側の岩礁も見え始めた。

日はすでに西の山嶺の間に没し、海の色は濃紺から黒に変わってきた。

太地の衆が夕まずめと呼んでいる、日没から夜に至るまでの小半刻《こはんとき》（約三十分）ほどの時間帯である。

がなり立てるような風音と、悪意を持つかのように船縁《ふなべり》に当たるうねりの音の合間に、松吉のすすり泣きが聞こえてきた。

「この臆病者《あかんつ》が。静かにせい！」

孫太郎が怒鳴ったが、泣き声はいっそう高まるばかりである。

鷲の巣崎の北西に隠れていた常渡島《じょうどじま》が姿を現すと、森浦《もりうら》湾が見えてきた。太地湾の二倍はある大きな湾だが、良港は南端の森浦にしかない。

ここまで来てしまえば、すでに太地湾に戻るのは絶望的である。

「森浦に行けんのとちゃう」

松吉の提案に、「そうしようら」と与一が同意すると、いかにも仕方なさそうに孫太郎もうなずいた。

「こうも物ゆうてきたらしゃーない。森浦でええわ」

与一が手まねで指示すると、喜平次が水押を西に向けた。しかしそうすると、風波を船腹で受けてしまうことになり、水押は風下を向いてしまう。

「舵がわろてきたんか」

孫太郎が「舵が利かなくなってきたか」と問うても、喜平次は操船に懸命で気づかない。

風波が祭りの太鼓のように船腹を叩く。あたかもそれは、悪意を持った邪鬼たちが、押し合いへし合いしながら船を沖へと押し出しているように感じられた。

与一は、この時になって初めて遭難による死を意識した。

干からびた五つの遺骸が海を漂い、やがて遠国《おんごく》の漁師に見つけられる。彼らは骨と皮だけになった与一たちを憐れみ、墓地に埋葬してくれるだろうか。

――わいは、見たこともない土地の土になるんや。

それでも遠国の漁師に見つけられれば幸運であり、悪くすると、誰も行ったことのない蝦夷地《えぞち》の北まで流されていくことになる。

「頭《かばち》、立ててよう」

松吉が水押を風上に向けてくれとせがむが、喜平次の力でもいかんともし難い。

気づくと太刀落島も風上にあり、すでに森浦湾に入るのも困難となっていた。

空は薄墨色の雲に覆われ、はるかに見える那智《なち》妙法《みようほう》の背後だけが朱色に染まっている。

太地の陸岸《おか》が見えなくなるのは、曇天の日は二里半（約十キロメートル）、晴天の日は四里（約十六キロメートル）ほど沖に出た時と言われる。那智妙法山（標高七百四十九メートル）の頂は、晴天の日には十里（約四十キロメートル）ほど沖からでも見えるというが、遭難でもしない限り、太地の鯨船がそんな沖まで出ることはなく、それが事実か否かを確かめる術はない。

「あれ、なんね」

その時、水押にいた次郎作が南を指差した。

「沖上がりとちゃうか」

はるか南西の方角に、鯨を誇らしげに曳航する船団が見えた。その上空には、無数の海鳥が飛び交い、あたかも漁の成功を祝っているかのようである。

「おーい、こっちさ来《ぎ》てよう！」

松吉が大声を張り上げたが、聞こえる距離ではない。

「今日の漁は、うまくいったんじょ」と孫次郎が呟いたので、「ああ、今頃、浜は沸き立っとるの」と次郎作が答えた。

こんなことをしなければ、与一たちも大人たちの歓喜の輪の中にいたのだ。

「今夜は鯨魚《いお》の肉、たらふく食えたんにな」

孫太郎の言葉で、皆、腹が減っていることに気づいた。

背後を見やると、さすがの喜平次も疲れが見え始めていた。

与一が手まねで交代を打診すると、喜平次は首を左右に振った。しかし「ええよ」と言いつつ無理に艪を取ると、喜平次も素直に従った。

艪を握った与一が口を指差したので、喜平次は懐《ふところ》から〝いりこ〟の入った割籠《わりご》を取り出すと、皆に一片ずつ分け与えた。

与一もそれを咥《くわ》えて艪を漕いだ。

ほかの者は飲み水や食べ物の用意をしてこなかったらしく、礼も言わずに喜平次の〝いりこ〟に食らいついている。

しばらく艪を漕いでいると、指の皮がむけてきた。艪の漕ぎ方は知っているが、まともに漕いだことなどないので、当然である。その痛みに抗《あらが》うように、全身に力を入れて漕いだが、それを嘲笑《あざわら》うかのように、さらに風波は激しくなり、潮も強くなってきた。

　水押を北西に向けて、どこでもいいから陸に近づこうとすれば、横波を食らい水押は風下を向いてしまう。つまり艪を漕ぐ作業は、北東に流されることを、わずかに抑えることにしかならないのだ。

「わいが去《い》んだら、ねーまは泣くだろな」

　孫太郎がぽつりと言った。

　孫太郎の母親は早くに死んだので、姉が母代わりとなって孫太郎を育ててきた。山にいようが海で遊ぼうが、夕暮れ時になると、独特の抑揚で孫太郎を呼ぶ姉の声をよく聞いたものである。

「しゃーない。勝浦《かつうら》に向かおら」

　孫太郎の判断力に不安を覚えた与一は、有無を言わさず断を下した。

　勝浦湾に入るということは遭難に等しく、大人たちからの相当の叱責を覚悟せねばならない。しかしその勝浦湾とて、すでに北西にあり、うまくたどり着けるかどうかは分からない。

「孫、なといせ、はよそうせんかったんよ」

　次郎作が孫太郎をなじると、「けったくそ悪い奴やな」と罵りつつ、孫太郎が次郎作を蹴ろうとした。

とたんに船が傾き、松吉が悲鳴を上げる。

こんなところで転覆でもしたら、船を元に戻すことはできず、船底にかじりついているのがやっとである。そうなれば死は確実にやってくる。

「二人ともやめい！」

常にない与一の厳しい口調に、二人は口をつぐんだ。

与一は、今まで気づかなかった自分の一面に驚いていた。

「おい、勝浦はそっちちゃう」

じっと行き先を見ていた松吉が怒鳴った。

振り向くと、先ほどまで水押の向く先にあった勝浦湾は左手へと移動している。

勝浦湾口にある鶴島《つるしま》と中の島《なかしま》が、この辺りの海流を複雑にし、勝浦の漁師でさえ、日によっては帰ることが難しくなるという話を、与一は聞いたことがある。

与一は懸命に艪を漕いだが、瞬く間に勝浦湾は鶴島の陰に隠れてしまった。それを見た喜平次が艪漕ぎ役を代わった。

すでに松吉は泣くことをやめ、ぶるぶると震えている。与一が「さぶいか」と問うと、松吉は紫色の唇を震わせて「うん」と答えた。

すでに十月であり、山々は朱色の衣をまとい始めている。

与一が松吉の冷えた体を抱き寄せてやると、松吉は「与一はんは、なといせ震えてん」と問うてきた。知らぬ間に与一の体も震えていたのだ。

喜平次は水押を懸命に鶴島に向けようとしていた。最悪でも鶴島の岩礁に着けば命だけは助かる。だが無情にも、船は鶴島さえも左手後方に置き去りにしていく。

「おーい、待ってけれよ」

次郎作の声が鶴島に追いすがったが、黒い影と化した鶴島は、まるで泳いでいるかのように、ぐんぐんと遠ざかっていった。

風は獣のようなうなり声を上げ、船をさらに押し出していく。風向きと潮の流れが一致する「追い風、追い潮」の状態である。

すでに太地は南西の彼方に去り、瞬く灯がわずかに見えるだけとなった。

――あすこに帰《けえ》りてえな。

あの灯に守られていたからこそ、喘息持ちでありながら、与一は生きてこられたのだ。

気づくと松吉が「なんまんだぶ、なんまんだぶ」と、正信偈《しょうしんげ》を唱えていた。強く抱きしめると、その声が悲痛なほど高まる。

「わがらは、どうなんよ」

遂に次郎作も泣き出した。

「きぶい（厳しい）こつんなったな」と余裕を見せつつも、孫太郎の顔も、不安の色に覆われている。

——わいがしっかりせんと。

そう己に言い聞かせると、与一は「山成《やまなり》に着けられへんやろか」と提案した。

「山成はいかん」

孫太郎が即座に却下する。

勝浦崎の東半里（約二キロメートル）弱にある山成島に向かうには、思い切り水押を風下に向けることになる。風や潮に逆らって艪走する必要はなくなるが、風が振れるなどして、うまく山成島に着けなければ、そのまま外洋に出て助かる見込みはなくなる。だいいち、うまく着けたところで、浜辺などないので、最後は泳いで島に渡らなければならないことになる。

「こんまま陸伝いに進めば、明日《あいた》の朝には宇久井《うぐい》に引っ掛かるか、新宮の船に助けられる」

孫太郎がそう言うと、「そいがええ」と次郎作も同意した。

宇久井半島は、なだらかな海岸線の続く熊野灘《なだ》で唯一と言っていい突出した半島である。確かに山成島周辺の岩礁地帯に突っ込み、座礁でもしたら助かる見込みはない。それを思えば、宇久井を目指した方がましに思われるが、潮と風の向きによっては、宇久井半島にさえたどり着けない恐れもある。

しかし「勝負かけよや」と与一が促しても、孫太郎は首を左右に振るばかりで、その間に、山成島も右手後方に去っていった。

松吉を除く四人は次々と艪漕ぎ役を代わったが、誰が漕いだところで、東に流されることに変わりはなかった。

――海でごねとうないな。

与一は海で死にたくなかった。これまで海で死ぬのは、太地の男の誉れと教えられてきたが、それは沖合衆に限られたことで、遭難して死んだところで何の誉れにもならない。

会話はほとんどなくなり、皆でふさぎ込んでいると、突然、西からの烈風が襲ってきた。

南北に長い勝浦半島を回ったことで、西風を直接、受けることになったのだ。

すでに帆は下ろしていたが、風とうねりに翻弄され、小船はその場をぐるぐると回った。誰とも分からない悲鳴が聞こえると、風波によって海水が噴き上げられ、船内は水浸しとなった。

「艪を押さえい！」

与一が艪を漕ぐ次郎作に指示したが、次郎作は艪から手を放して尻もちをついている。

――いがん！

与一が船尾に向かおうとした時、木の裂ける音がすると、艪脚《ろあし》が折れた。

折れた艪は海上に投げ出されると、一瞬のうちに船から離れていった。

「しもうた！」と叫びつつ手を差し伸べる次郎作を、「もうええ、もうええ」と言いつつ与一が押さえる。

「艪を放しよって。このおじくそたれが！」

激しい風の音に混じり、次郎作を「役立たず」と罵る孫太郎の声が聞こえた。

小船の艪は艪柄《ろづか》から手を放すと、風波の力で置座に押し付けられ、その力が過度に掛かれば容易に壊される。それゆえ海が荒れて、艪が遊ぶようになれば、それを押さえておかねばならない。

「ああ、もじかれてしもうた」

松吉が、さも名残惜しそうに彼方を漂う艪を見つめている。

艪が壊されてしまえば、東のかかった風が吹いてきても、進む方角を固定することができない。

「ああ、帰《けえ》りてえよう」

松吉が声を上げて泣き出した。

――落ち着くんや。

与一は努めて冷静になろうとした。

「こりゃ、北西風《ならえ》とちゃうか」

「いや、別当や」

与一の問いに、孫太郎が悲痛な声で答えた。

那智妙法山から吹き降ろす別当と呼ばれる強い西風は、大人たちさえ怖気づかせる烈風である。この風に乗ってしまうと、熊野灘から遠州灘《えんしゅうなだ》まで流され、悪くすれば黒潮に乗せられ、島一つない太平洋の彼方まで持っていかれてしまう。

年によって、黒潮は太地沖一里（約四キロメートル）をかすめるように流れている。そんな時、逃げた鯨がいかに深手を負っていようが、沖合衆は追いかけない。

突然の西風によって、船はさらに陸岸《おか》から遠ざかっていった。すでに宇久井半島に引っ掛かることも考え難く、先ほどまで淡くにじんでいた三輪崎《みわさき》の灯も、もはや見えなくなっている。この辺りは熊野川の河口付近なので、川水が沖に押し出す力も加わる。

「ああ、那智権現《ごんげん》はん、なんでもしますけ、助けてつかあさい」

松吉が陸岸《おか》に向かって手を合わせると、次郎作もしくしく泣きながら、それに倣った。

孫太郎はがっくりと首を垂れ、喜平次はじっと沖を見つめていた。

「どうしょう」

その問いに答えられる者がいないのは、与一にも分かっている。だが、問わずにはいられないのだ。

「飲料水《すまし》あるんか」

孫太郎の声に応じ、喜平次の水瓢箪が回された。
激しく揺れる船の上で、互いに体を支えつつ、皆は一口ずつ水を飲んだ。
雲間から月が現れると、水平線の彼方に青白い光が見えてきた。
夜光虫《ひき》だ。
その光は「こっちに来んかね」と誘うように、波間に揺れている。
そう思った時、喉の奥が締め付けられた。
誰かの「どしたん」という声が聞こえたかと思うと、意識は遠のいていった。

五

与一は夢を見ていた。
大きな黒い背に乗った与一は、果てしない大海をゆっくりと泳いでいた。
気づくと与一は、鯨の背に乗っているのではなく、鯨そのものとなっていた。
振り向くと、背後から鯨船が追ってきている。
鯨船は与一を包むように左右に展開し、距離を縮めてきた。
喩《たと》えようもない死の恐怖が、腹底からわき上がる。
——わいはごねるんか。

やがて前方に網船が見えてきた。

——あそこに行ったらいがん。

それが分かっていながら、与一の体はそちらに向かっていく。

——いがん、いがん。

身悶えして逃れようとしても、なぜか体が言うことを聞かない。

もうだめだと思った瞬間、与一は目を覚ました。

朝日が東の水平線からわずかに顔を出し、大きなうねりの頂をきらきらと照らしている。日が出る前に空が明るんでくる朝まずめの時間も、すでに過ぎていた。

——ここはどこだ。

慌てて左右を見回すと小船の上だった。隣には、泣きはらした瞼《まぶた》を閉じた四人の仲間が眠っていた。皆、乱髪《らんぱつ》が顔に張り付き、白く吹いた塩で、目や鼻が隈《くま》取られている。

瞬時に記憶が呼び覚まされ、遭難したことを思い出した。

——船の上で夜を明かしたんや。

足元には薬包紙が転がっていた。

——そういえば昨夜《ゆんべ》、わいは喘息でごねかけたんやな。

喜平次が薬をのませてくれたに違いない。

「あんがとな」

声に出そうとしたが、かすれて声にならない。

その時、与一は気づいた。あれだけ強く吹いていた西風はやみ、逆に穏やかな北東風が吹いてきていることを。

慌てて四方を見回すと、風下方向に那智妙法の山嶺が顔を出している。

それは意外に大きく見えた。

――北東風《わいた》に戻されたんや。

「おい、起きい」

与一の声で皆が起き出した。

「あれは妙法か」

孫太郎が、いち早く状況を把握する。

「そうや。こいなら大人衆も助けに来られるじょ」

与一の言葉を理解した松吉が泣き出した。それは、昨夜までの絶望の涙ではなく安堵の涙だった。

喜平次も、ぼんやりと妙法山の頂を見上げている。

「こいは助かるじょ」と呟く与一の言葉尻を、次郎作が捉えた。

「そんなん分がらんよ。どこに船がおる」

周りを見回しても、早朝の漁に出ている船は一艘も見当たらない。

風が変わって戻されたとはいえ、新宮を越えて鵜殿《うどの》か阿田和《あたわ》の沖合三里（約十二キロメートル）くらいまでは来ているはずで、太地からは十里余（約四十キロメートル）も離れている。新宮藩経営の鯨組が三輪崎にあるが、鯨が来なければ出漁せず、鵜殿や阿田和の漁師は沿岸の雑魚獲りばかりで、これほどの沖まで出てくることはない。

次郎作の言葉が、皆を絶望の淵に引き戻した。口をきく者もいなくなり、松吉の絶望の嗚咽《おえつ》だけが漂ってくる。

それを「じゃかあし」と怒鳴りつけると、孫太郎がぽつりと言った。

「腹すいたな」

喜平次の持ってきた〝いりこ〟は、すでに食べ尽くしてしまい、水もなくなっていた。

「喜平次がわいつに薬をのませた時、水も大分こぼれて、のうなってしもうたんや」

次郎作の言葉により、与一は肩身が狭くなった。

「もう、わがらはしまいかの」

松吉が涙声で問う。

「しまいなことなどありやせん。ここが踏ん張りどころや」

与一の言葉にも、松吉の心は鼓舞されず、低くうめくような啼泣《ていきゅう》が続いた。

「こいなことになりくさったのも、孫のせいじゃ」

突然、次郎作が孫太郎を指差した。

「今更、なんよ」と言いつつ、孫太郎が次郎作に詰め寄ろうとしたので、船が大きく揺らぎ、松吉が悲鳴を上げた。

艪のない船は、うねりの上では著しく安定を欠く。それを思い出した孫太郎は渋々、座に戻った。

「もうええ、ほたえな」

与一が「騒ぐな」と注意したが、二人はなおも言い争った。

「ええか、わいつが何でも文句垂れしょるに、わいは本物の沖立を見せたろ思うただけじょ」

「わいは文句なんてゆうとらん。孫が見てきたような嘘ばっかしつくから、いがんのよ」

「けったくそ悪いやっちゃな」

「どちらいか」

次郎作が「どっちのことだ」と言ったので、「許さん！」と喚きつつ、孫太郎が飛び掛かった。

船が大きく揺れた。船尾にいる喜平次が咄嗟に体重を移動しなかったら、転覆するところだった。

「いつまでも、ごうたく並べおって。もう、まいしょれ！」

与一が「しまいにしろ」と怒鳴ると、二人は動きを止めた。

松吉も「堪えたってな」と言いつつ二人の間に入った。

二人も自分たちの愚かしさに気づいたのか、揉み合うことをやめると、互いに背を向けた。

しばらくの間、気まずい沈黙が続いた。

海はべた凪《なぎ》であり、先ほどまで吹いていた北東風も、いつの間にかやんでいた。すでに八つ（午後二時頃）を回っているのか、厚い雲を通し、わずかに感じられる陽光は中天から西に傾いている。

気づくと、ずっと見えていた妙法山も雲に隠れて見えなくなっていた。

来訪者といえば海鳥だけで、かまびすしい声を上げつつ船の上を旋回し、休めそうな場所がないと知ると、どこかに行ってしまう。

「鳥はこっすいな」と松吉が呟いた時である。何事かうめくような声を上げつつ、喜平次が南西の方角を指差した。

「あっ」

残る四人の目が、南西の水平線上に吸い寄せられた。そこには、数艘の鯨船が浮かんでいる。

「助けに来たんじょ」と言いつつ、松吉がしゃくり上げた。

「そいつは分がらんよ」

次郎作の言を、与一が即座に否定する。

「あれは、わがらを探しちゃるんよ。鯨魚《いお》獲りに来たんなら、鯨魚《いお》の潮煙が見えるんではないかの」

孫太郎と松吉も、「そうだ、そうだ」と言ってうなずく。

「こっちに来てくれんかの」と言いつつ、松吉が手を合わせたが、鯨船と違い、平底の小船は海上で目立たず、この距離で見つけてもらうのは望み薄である。

とりあえず帆柱だけでも立ててみたが、小船の帆柱は子供の背くらいしかない。

やがて、鯨船とおぼしき船団が水平線の向こうに消えると、皆、がっくりと肩を落とし、口をきくことさえなくなった。

すでに八つ半(午後三時頃)を回っているのか、雲の向こうの日は大分、西に傾いてきている。このまま夜を迎えることは死を意味する。

「水が飲みてえよ」

子供の声とは思えない嗄《しゃが》れ声で、松吉が呟く。

その時、いきなり船底から突き上げるような振動が起こった。それは不規則な波動を伴い、やがて船を回し始めた。

「なんや!」

皆、何事かと互いの顔を見回していると、孫太郎が顔をひきつらせた。

「黒瀬川《くろせがわ》に入ったんとちゃう」

「あー」

次郎作が頭をかきむしるようにして泣き出した。松吉は何のことか分からず、きょとんとしている。

孫太郎が「どえらいことになった」と呟くと、次郎作は泣きながら称名《しょうみょう》を唱え始めた。

その時、厚い雲が途切れ、夕日がはるか南の海面を輝かせた。

――無量光《むりょうこう》や。

無量光とは阿弥陀《あみだ》仏の発する十二光の一つで、阿弥陀仏が衆生《しゅじょう》を浄土に導く時に発せられる光だという。

与一は、いよいよ覚悟を決めようと思った。短い命だったが、家族や隣人に囲まれて幸せだった。唯一の心残りは、父母を悲しませてしまうことだけだ。

幼い頃から死と対峙せねばならなかった与一にとって、死は常に身近にあった。死を意識することは日常茶飯事であり、発作が起こる度に「これで、しまいかもしれん」と思ったものである。

だが、どうしたわけか不規則な波動はすぐにやんだ。

黒潮は本流だけでなく、その脇を小さな支流がいくつも流れている。それを思い出した与一は、「死に急いだらいがん」と自らを戒めた。

その時、じっと海を見ていた喜平次が声を上げると、再び南西の方角を指差した。

四人がそちらに顔を向けると、海面に数艘の鯨船が浮かんでいる。

「おーい、ここじゃ、ここじゃ」と大声で喚きつつ、孫太郎と次郎作が、父や兄のお古とおぼしき平袖半襦袢《ひらそでほんじゆばん》を脱ぐと、大きく振った。

先ほど見かけた時よりも距離は近いが、あいにく海面は夕日で輝き、いかに「三里見通し」と言われる男たちでも、見つけるのは至難の業に違いない。

「去《い》んでけれよー」

皆は声を限りに叫び、手招きしたが、船団はいっこうに気づかないらしく、近づきもせず遠ざかりもせずといった様子で、海上を行き来している。

気づけば与一も、泣きながら着ていたぼろを振っていた。

日はいよいよ西に傾き、あと半刻（約一時間）もすれば、周囲は漆黒の闇に閉ざされる。

「誰《だい》ぞ、泳いでよう」

松吉が思い余って言った言葉を、次郎作が捉えた。

「そうや、泳げばいいんじょ」

「そいなら、わいつが行てこうら」

松吉が次郎作の背を押した。

「いや、わいは泳ぎが苦手と皆も知っとるはずや。ここは、泳ぎが得手な者が行くしかないろ」

皆の視線が孫太郎に集まる。

「なあ、孫やん、行てこうら」

松吉が孫太郎の腕にすがった。

「孫、はよ行かんと、船去《い》んでしまうぞ」

次郎作が叱咤《しった》したが、孫太郎は立ち上がろうとしない。

「はよ、飛び込んでよう」

松吉が孫太郎の足の甲に額を擦り付けた。

孫太郎も、この機会を逃せば助からないのは分かっている。しかし、船団のいる場所まで泳いでいく自信がないのだ。

――ここにおっても、ごねるのは一緒や。たいがい孫にも、それは分がとる。やが孫も海がおとろしいんや。

孫太郎が泳いでいる最中に、船団が捜索を打ち切ってしまえば、孫太郎は海上に一人、取り残されたまま死を待つことになる。

「こん、かたわり者め。わいつは昔から、あがばったりやったな」

次郎作が孫太郎のことを「卑怯者」「わがまま者」と罵っても、孫太郎は膝の間に顔を埋めて黙していた。

——どうせ、いつ捨てても惜しくない命や。

与一が立ち上がると、四人は驚きの目を向けた。

「わいが行く」

褌一丁になった与一を見て、喜平次が足にすがりついてきた。船が傾き、松吉が悲鳴を上げる。

「ほっとけ！」と怒鳴りつけても、喜平次は何事かうめきつつ、与一の足に取り付いて離れない。遂には与一の脛《すね》に嚙みついた。

「痛い、痛い」

無理やり引きはがすと、脛には、くっきりと歯形が付けられていた。

「こん、馬鹿たれめ！」

幾度も頭を殴ったが、喜平次は頑として足を放そうとしない。

「行こゆう者《もん》、行かせてやれや」

次郎作も喜平次を引きはがそうとするのだが、喜平次は与一の足に取り付いて離れない。

「放しや！」

次郎作が、背後から無理やり喜平次を突き倒そうとしたので、それに抗うように喜平次が与一にのしかかってきた。

「うわっ！」

思わず与一が転倒すると、その拍子に船が傾く。孫太郎が即座に体重を移動し、転覆だけは免れたものの、凄まじい水音を立て、喜平次が海に落ちた。

「はよ、引き上げんと！」

皆が海面に手を差し伸べる。

喜平次は海面から顔を出すと、その太い指で舷側《げんそく》の棚板を摑んだ。

皆の顔に安堵の色が広がる。

しかし、与一と孫太郎が喜平次の手首を摑んでも、喜平次は動こうとしない。こうした場合、落水した者が勢いをつけて這い上がろうとしないと、船上の者たちは引き上げられない。

「はよせい」

「なんやっとう」

二人が喜平次を促すが、しばし何かを考えた末、喜平次は棚板から手を放した。

「どした」

茫然とする与一の目を喜平次は見つめていた。

その瞳は感謝の念に溢れていた。

――よせ。

ようやくその意図を察した与一が、手を伸ばそうとする前に、喜平次は皆に後頭部を向けた。

「はよ上がれ。なんしとう！」

与一のかすれた喉の奥から、ようやく言葉が出た次の瞬間、喜平次は抜き手を切って泳ぎ出した。力任せの下手な泳ぎである。

「喜平次、行かんでくれ！」

船縁から手を差し伸べる与一の体を、背後から次郎作が押さえる。

「行かせてやらんか」

次郎作が与一の耳元で呟く。

激しく水を蹴立てながら、喜平次は遠ざかっていった。

「あれでは無理や」

背後から孫太郎の冷めた声が聞こえた。

海にあまり出たことのない喜平次は、泳ぎが得意ではない。

松吉だけが懸命に声援を送っているが、与一には、それさえも空しく聞こえた。

――日没《まじみ》まで小半刻（約三十分）もない。

僥倖《ぎょうこう》に恵まれて喜平次が船団にたどり着いたとしても、日没までに船団が、与一たちの乗る小船を見つけられるかどうかは分からない。

やがて喜平次の体は、きらきらと輝く海面の点になり、視界から消えていった。

しばらくすると、彼方に見えていた妙法の頂が黒い影となり、周囲に夜の帳《とばり》が降り始めた。

松吉は依然としてすすり上げていたが、その悲痛な調べには、半ばあきらめの色が差している。

やがて、太地から十里（約四十キロメートル）余も北の阿田和《あたわ》村のものらしき灯が瞬き始めた。そこには人々の生活があり、昨日の続きの今日が、今日の続きの明日がある。

——やが、わがらには明日《あいた》がない。

気づくと、すすり泣きは三つになっていた。どうやら孫太郎も泣いているらしい。

しかし与一は共に泣く気になれず、黙って阿田和村の灯を見つめていた。

その灯は、先ほどより鮮やかになっていた。日は山の端に隠れ、薄闇になったのだから当然である。

ところが次第に灯の数が増え、やがて一つひとつが大きくなってきた。

——あっ。

耳を澄ますと、ささやき筒（拡声器）を通したような、くぐもった声も聞こえる。

「おい、何か聞こえへんか」

孫太郎も、それに気づいたようである。

「あれ、見てみい」

皆の顔が南西の方角を向いた。すでに灯は十以上になり、徐々に大きくなってきていた。

「まっさか、あれは鬼熊の声か」

次郎作が立ち上がった。

四人が押し黙ると、はっきりと大人の声が聞こえてきた。半里（約二キロメートル）先から聞こえると言われる熊太夫の声だ。

「おい、しこれ」

孫太郎が「叫べ」と言ったが、皆、喉が潮嗄《しおが》れして、うまく声が出ない。

「おーい、ここじょ！」

何度も乾いた唾をのみ込んだ後、与一が喚くと、それがきっかけで皆、大声を張り上げた。松吉も、先ほどまでとは打って変わった必死の形相で叫んでいる。

やがて熊太夫の声は聞こえなくなり、灯がどんどん近づいてきた。

「わがらは助かったんか」

次郎作が、わずかに夜空と区別のつく那智妙法の頂に向かって手を合わせた。

やがて小船は鯨船に取り囲まれた。

「皆、おるか」

熊太夫の野太い声が聞こえるや、四人は声を上げて泣き出した。

「助かった。助かったんや」

最初に寄ってきた勢子船に這い寄った松吉が、大人たちに抱えられた。

移された船の中から「こん餓鬼、小便《ゆばい》漏らしよって」という声が聞こえると、大人たちはどっと沸いた。

「孫はおるか」

続いて近づいてきた勢子船には、孫太郎の父と兄が乗っていた。助かったという喜びよりも、叱られるという恐怖が先に立ち、孫太郎はその場にすくんでいる。

「孫、行けや」

与一に背を押され、恐る恐る孫太郎が、父と兄の待つ勢子船に乗り移った。

「こん、馬鹿たれが」

恐怖に顔を引きつらせる孫太郎を、父と兄が抱きしめると、孫太郎が悲鳴のような泣き声を上げた。

やがて孫太郎の乗る勢子船が暗闇に消えると、次に寄せてきた勢子船から「次郎作はおらんか」という声が聞こえた。

「おとはん、来てくれたんか」

「この阿呆《あっぽけ》が。当たり前やんか」

次郎作は「おとはん、おとはん」と叫びながら、義父の胸に飛び込んでいった。

与一は心の中で、「いがったな」と次郎作に語りかけた。

最後に熊太夫の船が近づいてきた。

「さてさて、〝でこさん〟はもうおらんかな」

〝でこさん〟とは人形のことだが、太地では、よく泣く子もそう呼ばれる。

「おいやん」

「ごいざらませ」

熊太夫が、おどけた調子で「お疲れ様」と言った。

熊太夫の胸に泣きながら飛び込むと、胸毛が日に焼けた顔に当たって痛かった。しかしそれは、生きている証でもある。

「さあ、黒瀬川も近い。皆、気張るで！」

熊太夫の声に応じ、船団は船首を南西に向けると、矢のような速度で走り始めた。

「おいやん、わがらの居場所が、どうして分がった」

水をもらい、ようやく安堵のため息を漏らした与一が熊太夫に問うた。

「ああ、そこでつくもっとるんのおかげよ」

「えっ」

熊太夫が指し示した暗がりに、一つの影がうずくまっていた。

「まっさか」

与一は、助かった喜びから大事な人のことを忘れていた。

「喜平次か」

勢子船の龕灯《がんどう》に照らされ、喜平次の隙間の空いた前歯が光る。

「喜平次、あんがとな、あんがとな」

二人は抱き合って泣いた。

六

あの日から十五年の時が流れた。その間にも様々な出来事があった。

ほどなくして熊太夫は死んだ。

漁の最中に船が転覆し、体に網が絡まって溺れたのだ。

葬式の時、熊太夫は眠ったように横たわっていた。与一は、その耳元に「おいやん、あんがとな」と呟いた。

熊太夫の船に乗り組んでいた水主によると、あの日、与一たちの乗る小船を探しつつ、熊太夫は「那智権現はん、わいの命と引き換えに、童子衆《わっぱし》を救ってこらよ」と、祈っていたという。

熊太夫に子はなく、刃刺株は与一に受け継がれた。

成長するに従い、持病の喘息も影を潜め、与一は、一人前の太地の男となった。

やがて刃刺となった与一は、嫁をもらい、子にも恵まれ、将来は親父と呼ばれる一番船から三番船の刃刺になりたいと思っていた。

一方、孫太郎は刃刺にならなかった。

あの日、皆を救うために海に飛び込めなかったことは、孫太郎の心に重くのしかかっていたらしく、それまでの陽気さは影を潜め、次第に目立たない存在になっていった。

納屋衆となった孫太郎は、元気に働いているが、すでに仲間の大将格だった頃の面影はなく、与一に対しても、腰をかがめて先に挨拶をするようになっていた。

次郎作は父の後を継ぎ、網船の乗り組みになった。

いつも減らず口を叩きながら、次郎作は大納屋浜で網の補修に当たっていた。

沖立となっても手際よく仕事をこなすので、「おとはんとは大違いやな」と皆にからかわれていた。

しかしあの日以来、孫太郎とは気まずくなったらしく、二人が会話している姿を見たことはない。

あれから数年後、松吉は瘧《おこり》にやられ、苦しみ抜いて死んでいった。伝染病のため、与一たちが見舞いに行っても会わせてもらえなかったが、葬儀の時、真っ赤に目を腫らした母親から、松吉が繰り返し、「はよ、飛び込んでよう」と言っていたと聞かされた。

案に相違せず、喜平次は納屋衆となった。しかも下働きの力仕事ばかりをやらされていた。むろん納屋衆の笑いの輪にも入れてもらえず、手が空くと一人、ぽつんと海を見ていた。

喜平次の祖母は、あれから間もなく死に、喜平次は誰もいない小さな家に一人、取り残された。

すでに細工物を共に作ることもなくなっていたが、それでも数年間は、喜平次と何らかの意思疎通ができていた。時には、笑顔でふざけ合うこともあった。

しかし時は知らぬ間に降り積もり、そんなことも次第に少なくなっていった。

幼水主から水主へ、そして刺水主から刃刺へと、与一が鯨組になくてはならない存在になっていくに従い、二人の間には距離ができていった。与一は懸命に仕事を覚えねばならず、喜平次を気遣う余裕さえなかった。

与一が刃刺となってからは、さらに疎遠になり、たまに納屋で見かけても、喜平次の方から背を向けることが多くなった。

かつての与一であれば、追いかけてでも声をかけただろうが、刃刺として自信が付き始めていた頃である。与一は、喜平次の胸の内を慮《おもんぱか》ることなどしなかった。

それでも時折、物陰からじっと見つめる喜平次の視線を感じることはあった。そんな時、与一が顔を向けると、喜平次は視線を外して、どこかに行ってしまう。

皆はそれぞれの道を歩み始め、喜平次は一人、取り残された。

そんなある日、事件は起こった。

自宅で子供と遊んでいた与一の許に次郎作がやってきたのは、六つ半（午後七時頃）を回った頃だった。

「次郎作か。どげんした」

ここのところ疎遠だった次郎作の来訪を、与一は笑顔で迎えたが、次郎作の顔は強張ったままである。

「刃刺はん、ちと来てくれまへんか」

やけに丁重な次郎作の様子から、ただならぬことが起こったと察した与一は、履物を履くのももどかしく、玄関先に出た。

「どした」

「そいがな、ちと困ったことが起こったんよ」

二人になったとたん、次郎作が遊び仲間の頃と同じ言葉に戻った。

「困ったこと――」

「人が殺された」

二人が連れ立って現場に向かうと、「太地家」「和田《わだ》家」などと書かれた高張提灯《たかはりぢょうちん》を掲げた男たちが、すでにたむろしていた。

「一太夫《いちだゆう》を連れてきましたのし」

与一は刃刺になった時、一太夫という名をもらっていた。

次郎作が、腰をかがめて鯨組棟梁の太地角右衛門頼徳《かくえもんよりのり》と山旦那の和田金右衛門《きんえもん》に挨拶したので、それに倣って与一も頭を下げた。

「一太夫、これ見い」

角右衛門が指し示した叢《くさむら》には、一つの死骸が転がっていた。死骸はうつ伏せになっているため、誰か分からなかったが、目立つほどの大男である。

「殺されたんは誰《だい》で」

「伊豆《いず》から流れてきた旅水主の魁蔵《かいぞう》という男や」

煙管《きせる》から紫煙を吐きつつ角右衛門が答える。

網船に乗り組む魁蔵のことは、与一も知っていた。口をきいたことはないが、喧嘩や揉め事の中心には必ずいる男である。

いた。

——そいで次郎作が来たんやな。

次郎作は網戸《みと》親父（網船の長）の片腕のような立場にあり、旅水主の世話を任されていた。

「取っ組み合って、首をひねられたんやろ」

背後から金右衛門の声がした。

「魁蔵は酒癖が悪く、昨夜《ゆんべ》も大荒れだったと聞く。こないだも流れ女郎に乱暴して、伊豆の衆からこっぴどく張り回されとった」

「流れ女郎」とは旅水主向けの女郎のことである。旅水主が太地の女を襲わぬよう、太地では、彼女たちが夜をひさぐことを大目に見ていた。

「こんな大男の首を、ひねれる者《もん》はおらんのし」

「同じ大男なら、できるんとちゃうか」

——あっ。

金右衛門の言葉にピンと来た与一が振り向くと、次郎作が手の平に載せたものを示した。それは鯨をかたどった細工物だった。

まるで生きているかと思えるほどの見事な造形である。これほど精緻な細工物を造れる者は、太地に一人しかいない。

「こいが、そばに落ちてたんよ」

「そやかて、喜平次がやったとは限らん」

「そいなら、これ見い」

次郎作が魁蔵の着物の裾をたくし上げると、脛に大きな嚙み跡があった。それは青黒く変色し、肌に深く食い込んでいた。

与一は反射的に自らの脛をたくし上げ、提灯を当てた。むろんそこには、すでに嚙み跡など残っていない。しかし脳裏には、あの時の嚙み跡が、はっきりと刻印されている。

喜平次の特徴である前歯の隙間は、大人になっても変わらなかった。

喜平次は、自らが下手人だという明らかな証拠を残していったのだ。細工物が落ちていただけなら、誰かが、喜平次に罪をなすりつけようとしていたとも考えられる。しかし歯形まで残していっては、ほかの者を疑う余地はない。

――喜平次は皆の和を乱すあぶれ者を殺し、生まれ育った太地に恩返ししてから死ぬつもりやったのだ。

過酷な労働の日々に楽しみを見出せず、しかも孤独に老い朽ちていくだけの将来に、喜平次が見切りをつけたのは明らかである。

――あん時、皆でごねていたらいがったな。

与一は心底、あの時、死んでいればよかったと思った。

――喜平次よ、この世に変わらんものなどないんだ。そこにとどまることは、誰《だい》にもできない。

少年が大人になり、それぞれの道を歩み始めるのは当然のことである。しかし与一は、その場にとどまるしかなかった喜平次の絶望に思い至らなかった。

「この魁蔵という男は、皆も持て余してたんや。昨夜の納屋での諍《いさか》いを、喜平次は見ていたんやろ」

金右衛門がそう言うと、角右衛門が話を引き取った。

「まあ、あんまし騒ぎ立てっと、新宮から与力や同心も入ってくる。伊豆の頭《かしら》とは話がついとるで、ここは内々に済ましとこか」

財政の行き詰まっている新宮藩水野《みずの》家は、和歌山《わかやま》藩から二千両にも及ぶ多額の借金をしており、太地角右衛門がこの保証人となっていた。そのため太地の中で起こったことには、見て見ぬふりをしてくれる。

だが訴えがあれば、話は別である。

「そいなら、どうせいゆうのし」

与一が三人に向かって抗議したが、「次郎作、後はよしなにな」と言いつつ、角右衛門と金右衛門は行ってしまった。

「与一、分がるやんか」と言いつつ、次郎作が与一の肩に手を掛けた。

「なんよう」

肩に置かれた手を撥ねのけると、次郎作が声を荒らげた。

「わいの顔もつぶされたんや。旅水主どもを納得させ、また皆で仲よう沖立するには、落とし前つけないがんやろ！」

「落とし前って、わいつ、まさか――」と言いつつ、与一が次郎作の襟を掴むと、次郎作は与一の手首を摑み返した。

「わいつも刃刺なら分がるはずや。こんまま喜平次をほかしとけば、太地の掟《おきて》は地に落ち、漁もうまくいがんくなる」

次郎作の言う通りである。

身内の不祥事を放置すれば、その共同体は崩壊するしかなくなる。

「親しいわいつの手で喜平次を送ってやれ。そいがせめてもの手向けと思うて、わいが棟梁らに願い出たんじょ」

与一の右手に無理やり匕首《あいくち》を握らせた次郎作は、無言でその場から去っていった。

――喜平次、なといせ、こんなこつした。

夜空には無数の星が瞬いていた。星と同じように、人もこの世に多くいる。そうした中で太地に生まれたのは、何という幸せだと、与一はずっと思ってきた。これほど過酷な運命が待ち受けてさえいなければ、死ぬ瞬間まで、そう思っていたに違いない。

しかし太地の男として生まれ、太地の飯を食っていくには、太地の掟に従わねばならない。

匕首を握り直した与一は、すでに喜平次が首をつっていることを祈りつつ、懐かしいあの家に向かって歩んでいった。

# 比丘尼《びくに》殺し

一

同心の岡野庄左衛門《おかのしようざえもん》から呼び出しを受けた口問い《くちど》（岡引《おかつぴき》）の晋吉《しんきち》が、浮島《うきしま》の森に着いたのは、五つ半（午前九時頃）のことだった。

城下には、盛夏の日差しが容赦なく照りつけていたが、森に入れば涼しいものである。ようやく人心地ついた晋吉は、汗をぬぐっていた手巾《しゆきん》を懐《ふところ》に収めた。

――いつ来ても、薄気味悪いところだな。

紀州新宮《きしゆうしんぐう》の中心にある浮島の森は、千五百余坪という途方もない広さだが、実は池水の上に浮いている島である。水苔などの湿生植物が積もり積もってできたというが、風が吹くと池の中を浮遊するので、実に薄気味悪い。

新宮藩は幾度か埋め立てようとしたが、古来、神倉聖《かみくらひじり》の修行場となっていたこともあり、修験者《しゆげんじや》たちの反発もあって残してきた。そのおかげで五年に一人くらいの割合で、童子《わつぱ》が落ちて死ぬ。どこまでが浮島で、どこからが池か、見わけがつきにくいからだ。

──また誰か落ちたか。

しかし事件性のないものに、同心の岡野庄左衛門が出張ってくることはない。当然、事故なら晋吉も呼び出されない。

指定された場所に着くと、すでに役人たちが立ち働いていた。

「晋吉、こっちだ」

庄左衛門が斜面で手招きしている。

「遅くなりました」

「まあ、見ての通りだ」

「仏は女人《にょにん》で」

蓆《むしろ》の端から白蠟《はくろう》のような足がのぞいている。

「そうだ」と言いつつ、庄左衛門が蓆をまくり上げる。

女の着けていた襦袢《じゅばん》は赤蘇芳《あかすおう》の小紋で、内襟は見目も鮮やかな朱色である。その上に花柄の散った藤黄《とうおう》色の着流しを着けているが、帯はない。

「どうやら比丘尼《びくに》のようだ」

「いかにも、これは護符ですね」

女の懐から落ちたものか、灌木《かんぼく》の間に熊野《くまの》護符が落ちていた。

近くに敷かれた白布の上には、黒の比丘尼頭巾《ずきん》、巻物、勧進《かんじん》柄杓《びしゃく》、鯨の鬚《ひげ》で作られた髱差《たぼさし》などが集められている。

この辺りで比丘尼といえば、熊野信仰を諸国に伝えるべく、近隣を旅しては仏界絵や地獄絵、または曼荼羅《まんだら》を絵解きし、熊野牛王《ごおう》の護符や絵草紙を売って歩く熊野比丘尼のことである。

彼女たちは、小笹《ささら》を持って歌いながら極楽往生を説くので、歌比丘尼とも呼ばれた。しかし、護符や絵草紙を売るだけでは食べていけないため、若い比丘尼はよく春をひさいだ。

「これで四人目だな」

新宮城下で殺された比丘尼や辻君《つじぎみ》は、一昨年一人、昨年一人、今年は二人目で、三年で四人に上る。

「どれも夏ですね」

「ああ、此度《こたび》は前のから一月《ひとつき》と経ってない」

ほんの一月前にも、白首《しろくび》（遊女）の死骸が熊野川から上がっていた。

こうした事件のことは晋吉も聞いていたが、どれも庄左衛門とは別の同心が担当していたため、知っていることは噂の域を出なかった。しかし此度ばかりは、庄左衛門の在番の時に起こった事件であり、晋吉も庄左衛門の手足となって動き回らねばならない。

「手口は前のと同じですかい」

「ああ、どれも同じだ」と言いつつ、庄左衛門が遺骸の顔に掛けられている白布を取った。


水気を含んだ乱髪《らんぱつ》が顔半分を隠しているが、女の苦しげな顔はよく分かった。

――辛かったな。

女のはだけた胸元からは、乳房がだらりと垂れていた。ほかの部分は、すでに硬直が始まっているのに、なぜか乳房は最後まで硬直しない。

それが女の意地のようにも感じられる。

「これを見ろ」

続いて庄左衛門は、無残に割かれている腹を見せた。

――うっ。

晋吉は、朝食べてきたものを思わずもどしそうになった。

「見事な切り口だろう」

白い腹には直角の傷が入り、そこから青黒い腸が飛び出している。

「たまたまこの仏を見つけた老人は、かつて三輪崎《みわさき》で鯨取りをしていて水死体に慣れており、怖《お》じることなく浮いている仏を引き上げてやったという。その時、たまたまこの傷に目が行ったというんだが――」

庄左衛門が傷を指しながら言う。

「老人によると、これは鯨取りの手形包丁によるものだという」

「手形包丁と仰せで」

確かに常の包丁では、これほど深くは抉《えぐ》れない。

「ここをよく見てみろ。横に深く抉っておいて、ここで撥ね上げているだろう。横の切り口は深いが、この撥ね上がりは浅い。老人によると、この手首の返しは、鯨にとどめを刺す時や鯨をさばく時以外は使われないというんだ。横に引き回す時に躊躇《ためらい》もない上、撥ね上がりも見事だ。熟練した鯨取りの仕事だそうだ」

晋吉の脳裏に、腹を引き裂かれる比丘尼の顔が浮かんだ。何が起こっているのか分からず、押し寄せる激痛に声も出ず、比丘尼は死の恐怖を味わいながら息を引き取ったに違いない。

――かわいそうに。

この女の生涯が、どのようなものだったかは知るよしもない。春をひさいでも生きようとしたその生活に、いかなる喜びがあったかも分からない。それでも稼ぎのよかった夜には、銭を握りしめ、明日も食べていけることに感謝したはずである。

――そのささやかな幸せを、下手人は奪いやがった。

晋吉の胸底から、喩《たと》えようもない怒りが込み上げてきた。

「ただ、その親父がな、一つだけ首をかしげていた」

「と、仰せになられると」

「常法では、向かって右から左に引いてから左上に撥ね上げるという。このとどめの刺し方を左撥ね尾と呼ぶらしいんだが、どういうわけか、これは右に撥ね上がっている」

「つまり――」

「左利きということだ」

下手人が左利きだったため、刃先は心の臓に達し、幸いにして比丘尼は即死できた。痛みさえ感じなかったかもしれない。

「これまで殺された白首も、同じような傷ですか」

「うむ。聞いた話によると、傷口はどれも向かって右に撥ね上がっている」

「そんなら同じ下手人ですね」

「まあ、そう考えるのが妥当だろうな」

「となると、老人のいた三輪崎の鯨取りが怪しいですね」

新宮藩は、三輪崎に藩経営の鯨組を置いている。

「いや、このさばき方は太地《たいじ》でしかやらないとさ」

「太地と仰せですか」

新宮藩の領内にありながら、太地は治外法権も同じ扱いを受けていた。というのも太地鯨組の棟梁《とうりよう》である太地角右衛門《かくえもん》家は、名にし負う大分限《だいぶげん》で、財政難の新宮藩に金を貸したり、新宮藩が、いずこからか金を借りる際の保証人になったりしていたからである。

庄左衛門が複雑な顔つきで言う。

「つまり差し紙（手配書）を回して、大っぴらに探すわけにはいかないが、このまま放っておくわけにもいかない」

「まあ、そうですね」

「それで奉行所に人を走らせ、与力の幸田次右衛門《こうだじえもん》様に諮《はか》ったのだが、幸田様は誰かを潜らせよと仰せだ」

「潜らせよと――」

「ああ、太地の中に入り、下手人を見つける。動かしようがない証拠を摑めば、太地の衆からも文句は出ないというわけだ」

――そういうことか。

晋吉にも、ようやく話が見えてきた。

「つまり、わしに船虫になれと」

船虫とは、いずこかに潜入して証拠を摑む者のことである。

「相変わらず察しがいいな」

庄左衛門はにやりとしたが、晋吉は小さくため息を漏らした。

太地の衆に新宮藩の口問いであることがばれれば、人知れず殺されて海に捨てられるだけである。

断ろうとする晋吉を制するように庄左衛門が言った。

「面《めん》が割れておらん口問いは、そなただけだ」

新宮藩主水野《みずの》家は和歌山《わかやま》藩の家老職なので、和歌山城下に屋敷を持っている。そこで中間《ちゅうげん》をしていた晋吉は、昨年、兄の病死によって故郷の新宮に帰り、兄がやっていた口問いの仕事を引き継いだばかりである。つまり新宮に遊びに来る太地の者たちにも、晋吉は「面が割れていない」のだ。

「やってやれないことはありませんがね」

今度は、晋吉がにやりとする番である。

「首尾よく行けば、褒美をやる」

「いかほどで」

「首尾の如何にかかわらず支度金は金貨で二両、うまくいけば別に十両出そう」

「へっ」

晋吉の顔色が変わった。

「文句はないだろう」

「そりゃもう」

「与力の幸田様は、長らく太地のことを苦々しく思っておいでだ。これを機に、ほかの村々と同様に扱いたいと仰せだ」

「ははあ、そういうことで」

いかに負い目があろうと藩は藩である。その領内にある村の一つが治外法権に近い状態では、藩の面目が立たない。また、それによって何かの不始末が起これば、水野家三万五千石など容易に改易されてしまう。

時は八代将軍吉宗《よしむね》による享保《きようほう》の改革の最中であり、幕府はその権威を取り戻すべく、緩み始めた〝たが〟を締め直そうとしている。

与力の幸田次右衛門は、晋吉が動かぬ証拠を摑み次第、即座に捕方《とりかた》を派遣し、下手人を押さえるつもりでいるという。それを目の当たりにすれば、太地の人々も、自分たちが新宮藩の支配下にあることを思い知るというのである。

この使命が大きな意義を持つことを、晋吉は覚った。

「あと二月《ふたつき》もすれば冬漕ぎが始まる。それまで三輪崎に入り、水主《かこ》の修業を積め。そうしないと太地では雇ってくれん。冬漕ぎの前に、東国から旅水主《たびがこ》を乗せた加勢船《かせぶね》がここに入る。その中に紛れ込み、そのまま太地に潜れ」

太地では、冬漕ぎと呼ばれる十月から二月までの間、各地から臨時雇いの旅水主を募る。

「それからもう一つ」

そう言うと、庄左衛門が首をひねった。

「殺された女たちには、簪《かんざし》がないのだ」

「簪と仰せで」

比丘尼といっても髪を残している歌比丘尼は、簪を使っている。

「下手人が持ち帰っているかもしれない」

「なぜですか」

「そいつは分からない。だが下手人が、証拠の簪を頭に差して歩くわけもないからな。やはり手掛かりは、左利きということしかなさそうだ」

下手人を見つけるのは並大抵のことではなさそうだが、何事もやってみなければ分からない。

「お前なら、きっとばれんさ」

「だといいんですがね」

二人の前から比丘尼の死体が運び去られようとしていた。このまま無縁仏として、いずこかの寺の墓に葬られるのである。

無縁仏には坊主の経もあっさりしたもので、蓆《むしろ》に巻かれたまま穴に放り込まれ、瞬く間に土をかぶせられるだけである。

——そして、この女は永劫《えいごう》の眠りに就く。

晋吉の胸底から、沸々《ふつふつ》とした怒りが込み上げてきた。

——下手人は必ず見つけてやる。

去りゆく比丘尼に、晋吉は手を合わせた。

二

三輪崎で水主の訓練を受けた晋吉が、新宮に立ち寄った加勢船に乗り組んだのは、九月も押し迫った頃である。

三輪崎では、ひどい時化《しけ》でも沖に出され、存分に胃の中身を吐かされた。船酔いすれば仕事にならないことはもちろん、船虫と見破られてしまうため、時化た日には沖に出すよう、庄左衛門が三輪崎の訓練役に依頼していたのだ。

地獄のような日々が続き、ようやく船酔いしなくなったものの、冬漕ぎの季節の前だったこともあり、鯨が寄り付かず、鯨漁を経験することはできなかった。

太地に着いた加勢衆は大納屋の前に整列させられ、それぞれの組に分けられていく。働きのいい常連の旅水主は取り合いになるが、初めての者たちは後に残される。中には給金のいい水主ではなく、納屋での解体仕事の下働きにされる者もいた。

晋吉は、経験が浅いことを理由に納屋仕事から始めることを希望した。それを聞いた差配役は「奇特なお方やな」と戯《ざ》れ言《ごと》を言いつつ、納屋仕事に回してくれた。

その時、差配役が晋吉の耳元で呟いた一言が、鯨取りの厳しさを物語っていた。

「どの道、誰《だい》かが泣きを入れるか、怪我しよるで、すぐに水主の仕事が回ってくるで」

納屋場での日々が始まった。

鯨が寄り付くには早いこの時期、納屋は「前細工」と呼ばれる準備作業で大わらわとなる。船、艪《ろ》、樽などの製作や修理も行われ、水主に選ばれた者も、その仕事を手伝うので、大納屋の周辺では随時、三百人ほどが立ち働いている。

晋吉ら下働きの朝は早い。夜明け前から起き出し、皆が出てくる前に納屋に大漁旗を掲げ、何カ所もある祠《ほこら》や神棚を清掃し、そこに祀《まつ》られた舟霊《ふなだま》に、御神酒《おみき》を供える。夜が明けきる頃には、納屋の中に入れてある製造途中もしくは修繕中の網代《あじろ》を引き出し、すぐに作業に掛かれるようにしておく。

この日は、脂を煮る大釜の清掃をさせられた。大釜を十人がかりで浜に引き出すと、その中に入り、内部にこびり付いた脂を擦り落とすのだ。汚臭が充満する釜の中での作業は、これまで経験したいかなる仕事よりも辛かった。

それが済んで、やっと朝飯である。

朝飯の座に着く頃には、すでにへとへとで、人と話をする気力も失せていた。

それでも晋吉には、船虫としての仕事がある。

「あのう、親方――」

「わいのことかい」

朝飯を片付けながら、近くで煙管《きせる》をふかす恰幅《かっぷく》のよい男に声をかけてみた。

「もちろんで」

「わいは、ただの賄頭《まかないがしら》や」

「こちらでは、大したものなのでしょう」

「まあな」

男は脂で汚れた首筋をかきながら、うれしそうに笑った。

「ときに鯨というのは、そんなにでかい代物なんですかい」

「なんや、新入りかい」

「ええ、まあ」

後頭部に手をやりながら、晋吉はいかにも軽薄そうに頭を下げた。

「鯨魚《いお》ゆうんはな、小山のごときもんよ。この大納屋に入りきらんもんもおる」

「へえー、そんなに大きいんで」

晋吉の驚き方が面白かったのか、男は鯨について様々なことを語ってくれた。

「ときに親方、そんな大きなものをさばくのは、一苦労なんでしょうな」

「ああ、慣れとらんと、うまくさばけん」

「ということは、さばくのは決まった人がやるのですね」

「ああ、生きとんのと死んどんのの違いはあるがな」

「生きとんのと死んどんの――」

「わいつはなんも知らんのやな。沖で生きた鯨を獲る刃刺《はざし》と、納屋で死んだ鯨をさばく魚切《いおきり》や筋師は違うゆうこつだ」

「魚切と筋師――」

少しうんざりしながら男は続ける。

「魚肉をさばくんが魚切。魚の筋をさばくんが筋師とゆうんや」

「ははあ。ありがとうございやした」

これ以上、問えば疑われる。潮時を覚った晋吉は、ぺこぺこと頭を下げつつ洗い場に向かった。


その数日後、大納屋の軒端《のきば》に吊るされた半鐘《はんしょう》が、けたたましく鳴らされた。

浜で働く男たちが、一斉に納屋に向かって走り出す。編んでいる途中の網を放り出した晋吉も、皆に倣って駆け出した。

納屋の前では、皆が南東の方角を指差して何事か語り合っている。

見上げると、燈明崎《とうみょうざき》の先端あたりから狼煙《のろし》が上がり、多くの旗が翻っていた。いくつもの吹き流しを付けた一丈（約三メートル）余の勢子采《せこさい》も大きく左右に振られ、耳を澄ませると、かすかに法螺《ほら》貝の音も聞こえてくる。

「口切りの獲物や！」

やがて褌《まわし》姿の男たちが集まってきた。その中には、何人か襦袢《じゅばん》を着けている者がいる。

晋吉にも、それが刃刺と呼ばれる銛《もり》打ち役だと分かった。

やがて厚司《あつし》を着た老人が現れ、「沖立《おきだち》や」と言って采配を振るうと、皆は競うように船納屋に走った。

極彩色の模様に覆われた船が、納屋から次々と担がれてくる。それらを波打ち際に下ろすと、男たちは素早く乗り組み、瞬く間に沖に漕ぎ出していく。

沖合衆と呼ばれる鯨取りたちが沖に去ってしまうと、浜に静寂が戻った。しかし、それも束の間のことで、すぐに納屋衆頭が、大声で指示を飛ばし始めた。

太地に来てから網衆の助手を務めていた晋吉は、備え網（予備の網）をいくつも載せた船に乗り組み、指示があり次第、すぐにでも沖に向かうよう命じられた。

道具船《だんぺい》と呼ばれる少し寸胴《ずんどう》な船に備え網を載せると、その場で晋吉らは待機させられた。

待機の間、ほかの者たちは世間話に花を咲かせていたが、晋吉は相槌《あいづち》を打つだけで、巧妙に己のことを話すのを避けた。こうした仕事は、どこから綻《ほころ》びが出るか分からない。とくに出まかせ話は偶然からばれることもあるので、厳に慎まねばならない。

一刻（約二時間）近くもそうしていると、五郎作《ごろさく》と皆に呼ばれている世話役が駆けてきた。片足を引きずっているのは、過去に怪我でもしたからに違いない。

「行くで」

五郎作は舷側《げんそく》の棚板に手を掛けると、船上に身を翻した。その意外な身軽さに唖然としていると、五郎作は「なんやっとう。はよせい！」と皆を叱咤《しった》した。

五郎作の声に驚いた晋吉らは、慌てて船を海面に押し出した。

沖で何が起こっているのか、五郎作は説明などしてくれない。

「びり切るで」

船首に陣取った五郎作が全力艪走《こそう》を命じる。

艫押《ともおし》の位置に着いた別の男が、「よおよい」と音頭を取るが、晋吉をはじめとした控えの旅水主たちは、うまく掛け声に合わせられない。

「うまく拍子に合わせい！」

五郎作が呆れたように首を左右に振る。それでも道具船《だんぺい》は、覚束ない足取りで沖に漕ぎ出していった。

初めの頃、艪をぶつけ合っていた水主たちも、艫押の絶妙の掛け声によって、次第に息が合ってきた。

「よおよおい」という艫押の掛け声に、水主たちは「えーいよおーよおーよーお」と和し、艪さばきも軽やかになる。

道具船は、うねりを切り裂くように加速し、やがて湾外に出た。

三輪崎で訓練を受けたとはいえ、これほど沖まで出たことはなく、晋吉は次第に心細くなってきた。

――まさか黒瀬川《くろせがわ》まで行かされるんか。

太地の四里（約十六キロメートル）ほど沖には黒潮が流れており、その本流に捕まってしまえば、どこまでも流されていくという。この時になって初めて、鯨漁には、遭難の危険が伴っていることを気づかされた。

――庄左衛門殿が、あれだけ弾んだ理由が、これで分かった。

海の怖さに気づいた晋吉は、背中に冷や汗が流れるのを感じた。

艪を漕ぐことに慣れていないため、晋吉の手の皮はすぐに破れ、手首から肘にかけては、棒のように固くなってきた。

――もう無理だ。

晋吉が音を上げそうになった時、五郎作から「おいこら、この阿呆《あつぽけ》、しっかり漕がん

ろな目をして前後に腕を動かしている。

罵声は晋吉ではなく、後方の男に浴びせられたらしい。その男は息も絶え絶えで、虚ろな目をして前後に腕を動かしている。

――苦しいのは皆、同じだ。

そう思うと、再び気力がわいてきた。晋吉は、何があっても脱落するわけにはいかないのだ。

やがて水平線の彼方に船団が見えてきた。振り向くと陸岸《おか》から二里（約八キロメートル）は離れている。

「どしたん」

近づいてきた網船の一艘に、五郎作が声をかけた。

「見ての通りや。荒夷《あらえびす》に一の網を破られたわ」

荒夷とは気性の荒い鯨のことをいう。

「そいつは腹立つの。沖合たちは、まだその荒夷を追うとるんか」

「ああ、四番船の菊太夫《きくだゆう》はんが、急所《ぜび》に早銛を打ち込んだで、動きが鈍っとる」

「また菊か。ありゃ、ねぶちな銛打ちやの」

ねぶちとは、「値打ちのある」という意味の最上級の褒め言葉である。

二人が話しているうちに網の受け渡しが終わり、瞬く間に網船は僚船の許に戻っていった。

「さてと」

役目を果たした五郎作が、ほっと一息つくと言った。

「見ていくか」

水主たちは互いに顔を見回していたが、皆、いつかは漁に参加せねばならないと知っている。誰とはなしにうなずくと、五郎作は上機嫌で小さな錨《たらし》を落とした。

「腰抜かすない」

やがて水平線が不規則に歪んだ。少なくとも晋吉にはそう見えた。続いて黒い塊《かたまり》が跳ね上がる。

「おお」

声にならないどよめきが起こる。

「鯨魚《いお》が、かぶった網や背に刺さった銛を外そうとしておるんよ」

黒い塊の後ろから多数の船影が見えてきた。それらは、刀の切っ先のように鋭い船首を鯨に向けている。

――勢子船《せこぶね》だ。

船団が、獲物を網代のある方に追い込んでいるのだ。

「来るで」

五郎作は、いかにもうれしそうに言う。

気づくと網船は扇のように広がり、鯨が来るのを待ち受けている。

道具船《だんぺい》に乗る見習いの水主たちは声も上げられずに、この様を見ていた。

「もう、逃げよらん」

五郎作が確信を持って言いきる。

背にいくつもの銛を刺したまま、鯨がこちらに向かってきた。その後方には、外れた網と多くの空樽が引きずられている。

近くまで来ると、鯨の背が血糊でべったりと染まっているのが見えた。それが日差しに輝いたと思った瞬間、鯨は網船に気づいたのか、海中に潜った。しかし、もはや網を避けることは叶わず、網船が揺らぐことで、鯨が海中で網に掛かったと分かった。

晋吉らの乗る道具船から二、三町（約二百二十〜三百三十メートル）ほどの距離で、凄惨な戦いが始まった。

しばらくすると、鼻先に網をかぶった鯨が浮上してきた。それを見た勢子船が、鯨に付いては離れてを繰り返しつつ銛を放つ。その多くは海に落ちるが、うまく鯨の背に刺さると、鯨の悲鳴と鯨取りたちの歓声が聞こえてくる。

海は真紅に泡立ち、いかにも苦しげな鯨の潮声《しおごえ》が耳底まで響く。潮臭さに血の臭いの混じった何とも言えない異臭が漂う。

突然、晋吉の脳裏に女の白い肌が蠢《うごめ》いた。

晋吉の胸底に眠っていた何かが、ゆっくりと頭をもたげてきた。

船は次第に鯨の近くに寄り集まり、何人かが飛び込んでいるのも見える。次の瞬間、鯨が赤靄《あかもや》と呼ばれる血の混じった潮煙を噴き上げた。

真紅の潮煙は放射状に広がり、風下にいた勢子船の船子たちを真っ赤に染める。

そのあまりに大量の血が、晋吉に正気を失わせた。

多少の船酔いも手伝い、頭がくらくらすると、酩酊《めいてい》したような奇妙な感覚に襲われた。

――ここはどこだ。

いつしか晋吉は刃刺となり、鯨に向かって手形包丁を構えていた。

やがて鯨のしなやかな体が、女の体に変わっていく。

女の上に馬乗りになった晋吉は、白絹のような肌に刃を突き立てた。

溢れ出る血と女の叫び――。

「あっ」

われに返ると晋吉は果てていた。

むろん周囲の誰もが、眼前の死闘に気を取られており、それに気づく者はいなかった。

三

陸岸《おか》に戻ると、巨大な神楽山《かぐらさん》（轆轤《ろくろ》）が据えられており、すぐに鯨の引き上げが始まった。

ところが見習い水主たちは皆、疲労困憊《こんぱい》し、船を下りると、その場に座り込んでしまった。

「立て、立て。まだ仕事は残っとるで！」

五郎作の指示に従い、道具船《だんぺい》を引き上げた一同は、放り出されている網を海水で洗い、定法に従って折り畳むと、それを網納屋にしまった。

「さあ、酒だ！」

作業の終わったことを確認した五郎作の言葉に、初めて歓声が上がる。

一同は、すでに解体作業の始まっている鯨の方に向かった。

――こいつはでかいな。

鯨は海上で見た時以上に大きかった。

すでに血は出尽くしたかと思っていたが、海といい砂浜といい、すべてが真紅に染まっている。その周囲には、鯨にまたがった魚切たちが投げる白皮や肉片を受け取ろうと、童子《わっぱ》らが歓声を上げている。

たまに空中に放り投げられた肉片を、海猫や信天翁《あほうどり》といった大型鳥が奪っていく。砂浜に落ちた小さな肉片は童子《わっぱ》も見向きもしないため、急降下してきた海雀《しゅうりき》や岩燕《はいろ》が摘まんでいく。

生のまま肉を食べているため、童子《わっぱ》の大半が口の周りを赤く染めている。

晋吉はたまらず顔を背けたが、傍らにいた若い水主は、膝をついて胃の中の物を吐いている。

その背をさすりつつ、晋吉は魚切たちの手元を見ていた。

ぶっさき羽織にたっつけ袴を着た魚切たちは、薙刀《なぎなた》のような大切包丁から一尺（約三十センチメートル）余の小包丁、万力《まんりき》と呼ばれる皮はがし用の大鉤《おおかぎ》、鯨の骨を断ち切る骨割鉞《ほねわりまさかり》などを手にして、鯨の周囲を歩き回っては何らかの作業をしている。

彼らがこうした正装で作業するのも、一つの巨大な命を奪うことで、人が生きる糧を得ていることを真摯《しんし》に受け止め、儀式を遂行しているという意識があるからだ。

――左利きはいない。

そこで働く者たちは皆、右手に包丁を握っていた。

やがて五郎作の後に続き、晋吉たちは大納屋に向かった。

胴と尾の部分で二分された鯨は、尾から大納屋に運び込まれる。そこで表皮、筋、赤肉、内臓、骨などの部位に分けられていく。

すべての作業手順は、あらかじめ決められているらしく、手際よく進んでいく。

分けられた部位の大半は搾油《さくゆ》するため、いったん大釜で煮られる。そのため、大釜に入る大きさに切り取られた肉や骨は鉤棒《かぎぼう》にぶら下げられ、二人一組となった男たちに担がれて奥に運ばれていく。

鯨の筋だけは、弓弦《きゅうげん》として高値で取引されるため、筋師と呼ばれる特殊な技能を持つ男たちが取り付き、慎重に切り取っていく。

——ここにも左利きはおらん。

動き回る納屋衆の手元をじっと見つめる晋吉の許に、五郎作がやってきた。

「わいつは、うんずいと思い入れとんな」

五郎作に「随分と関心があるのだな」と言われ、晋吉は冷や汗が流れた。

「物珍しゅうて、つい見入ってしまいました」

「そうかい。わいつはどこの生まれや」

五郎作が盃を差し出しつつ問うた。

「すまんです」と言いつつ盃を受け取った晋吉は、それを一気に飲み干す。

「わいは城下の産です」

「なんや、新宮の産か」

「いや、和歌山で」

「そうかい。そいならいっぱしの都人《みやこびと》や。わがらのような鄙人《ひなびと》とはちゃう」

「そんなこと、ありゃせんですよ」

五郎作の持つ徳利を奪い、その盃に酒を注ぐと晋吉が問うた。

「こうして見ていると、皆、右利きのようですが、左利きのお方はおらんので」

「おもしゃいところに、目え付けるな」と言いつつ、五郎作が盃を干した。

「納屋衆にも左利きはおる。やが皆、右手で包丁を扱えるようにしておるんよ」

「へえ、それはまた、なぜですかい」

「魚切にも筋師にも定法があり、右手でさばくようなっとうからだ」

「ははあ、なるほど」

外部の者も含め、すでに五十人余の包丁を持つ者を見てきたが、皆、右手に包丁を握っていた。その理由が今、ようやく分かった。

「生きた鯨魚《いお》を獲る方々にも、定法はあるんですかい」

「ああ、あるで」

その言葉に内心、晋吉はがっくりした。

「沖合衆にも左利きはおる。ただ急場のほかは左手を使わん」

「急場とは」

いる。

「命懸けの時や」

筋師の仕事も終わりかけているらしく、いくつもの筋が、山のように荷車に積まれている。

「そいにしても、やけにこの仕事に思い入れとんな」

「いえいえ、何事も知りたがる性質《たち》なもんで」

晋吉が、いかにも軽薄そうに後頭部をかいた時である。大納屋の入口が騒がしくなると、拍手が起こった。

「あれが菊太夫や」

「あのお方が――」

「菊は四番船の執刀役（殺し船刃刺）やが、たいてい親父どもが銛を外すで、いつも菊が急所《ぜび》に打ち込む」

「ははあ」

「菊はまだ二十と五やが、刃刺になるために生まれてきたような男よ。先々、筆頭刃刺になんのは間違いないで」

五郎作の口調には、多分に嫉妬の色が含まれていた。

五尺九寸（約百八十センチメートル）ほどある体軀を折りながら鯨に一礼した菊太夫は、続いて大きな手を合わせると、一心不乱に称名《しようみよう》を唱えた。

その姿を見つつ、晋吉は内心、気落ちしていた。

左利きの線から迫れないとなると、犯人を手繰り寄せる手掛かりはない。太地で包丁を扱う仕事に携わる者は、少なくとも百人はおり、一人ひとりが左利きかどうか探っていては、何年かかるか分からない。誰かに目を付けて張るにしても、これでは見当さえ付けられない。

晋吉は頭を抱えた。

初物が獲れてから五日ほど鯨が来なかったため、前細工の仕事もはかどり、晋吉たちは自由に出歩くことを許された。

晋吉は、ごく自然な素振りで太地の衆に声をかけ、鯨漁に関する様々な話を聞いて回った。ところが、旅水主たちが太地の衆と距離を取り、あまり親しく接しないという慣習までは知らなかった。

太地の衆と旅水主が談笑していても、それは仕事や天候に関することだけである。それに気づかなかったのは迂闊だった。そこまで空気を読めなかった晋吉は、それぞれの家族のことなど、つい立ち入ったことまで聞いてしまっていた。

ある日、雨と風がひどく、この日の漁がないと告げられたので、燈明崎にある山見番所に足を向けてみた。

太地の山見番所は、燈明崎、梶取崎《かんどりざき》、高塚《たかつか》、大平見《おおひらみ》、向島《むこうじま》の五カ所に設けられているが、寝泊りのできる支度小屋まで備えた燈明崎山見は、常番六人態勢という最大規模の番所である。

この日の漁がなくなったこともあり、燈明崎の山見番所には、在番の老人が一人いるだけだった。しかも愚痴ばかり聞かされ、さして役に立つ話はなかった。

すっかり日も暮れた中、燈明崎から寄子路《よろこじ》に通じる坂道をとぼとぼ歩いていると、背後から足音が近づいてきた。少なく見積もっても五人はいる。

――目を付けられたか。

晋吉は派手に動きすぎたことを悔やんだ。

咄嗟に逃げ出そうかと思ったが、寄子浜《よろこはま》にある納屋までは四半里（約一キロメートル）はある。走って逃げきれる距離ではない。

晋吉が立ち止まると、背後の足音も止まり、頬かむりした複数の影に取り囲まれた。

「嗅ぎ回っておるのは、わいつかい」

一つの影が前に進み出る。

この場は、軽薄者を装った演技で逃れるしかない。

「いったい何のことですかい」

「山見番所まで、なんしに行った」

別の声が聞こえた。どれも若々しい。

「わしは暇を持て余し――」

「嘘つくない」

突然、近づいてきた一人に拳を見舞われた。

一通りの護身術を身に付けている晋吉だが、それを見せては命まで取られる。

――この場は無様にのされるしかない。

崖際の繁みに転がった晋吉は、その場にひれ伏して命乞いした。

「お許し下さい。初めて太地にやってきて鯨漁に魅せられ、ただ思い入れただけです。どうか、お許しを」

「どうやら、つまらん漁師のようだな」

「いや、分がらん」

別の一人が晋吉の胸倉を摑むと、再び頰を殴った。

拳をよけることも、相手の手首を取って引き倒すこともできたが、己の体が反応しないよう、晋吉は懸命に堪えると、その場に正座し、声を上げて泣いた。

「お許し下せえよう」

「つまらん男だ。もうええ」

頭目らしき男がそう言い捨てた。

——しめた。

「ああ、ありがとうごぜえやす」

その男の足首にかじりついた晋吉は、唇に付いた血をその草鞋《わらじ》の紐に擦り付けた。

——馬鹿め。

探索を妨害する者こそ下手人に最も近いと、腕のいい口問いだった父親から、晋吉は噛んで含めるほど教えられてきた。

「放せ」

男は足を引くと、右手で晋吉の胸倉を摑んで立たせた。

男の顔が眼前にあった。しかし頬かむりをしている上、漆黒の闇の中で、その顔つきまではよく分からない。ただ、その瞳は憎悪に燃えていた。

大きく深呼吸すると、男は力を貯めて晋吉の右頬を殴った。

——つまり左の拳だ。

そう思った次の瞬間、四囲にいた男たちが襲い掛かってきた。

その場に転がった晋吉は、男たちから殴る蹴るの暴行を受けた。

屈強な体軀から繰り出される拳や蹴りは、かつて捕方として渡世人《とせいにん》と揉み合った際に食らったものよりも、はるかに強烈である。

——くそっ、覚えてやがれ！

反射的によけようとする己を自制しつつ、「お許し下せえ、堪忍して下せえ」と声を上げて許しを請いながら、晋吉は暴行を受け続けた。

やがて暴風雨のような暴力はやんだが、晋吉は立てなくなっていた。

頭目らしき男の声が頭上から聞こえた。

「これで分がたな。ここではな、互いの分を守ることが大事や。これに懲りたら、もう太地の者とは口をきかんことや」

「へ、へい」

その場にへたり込む晋吉を残し、男たちは去っていった。

――どうやら命だけは助かったようだな。

晋吉の意識は次第に遠のいていった。

四

かまびすしい海鳥の声により、晋吉は目を覚ました。

すでに朝日は昇り、はるかに見える寄子路の家々からは、おびただしい数の炊煙が上がっている。

記憶が徐々に呼び覚まされてきた。

——気を失い、そのまま寝入ってしまったのだな。

しかし殺されなかったということは、襲撃してきた連中も、晋吉が船虫だという確信を持っているわけではなさそうである。それなら、まだ探索は続けられる。

——このくらいで引き下がれっか。

口問いとしての闘志が、沸々《ふつふつ》とわき上がってきた。

足を引きずりながら坂を下っていくと、寄子浜《よろこはま》に人垣ができていた。

よく見ると、加勢の衆だけが集められている。

「帰《けえ》りてえ者《もん》はおるか」

差配役の言葉に数名が進み出た。勢子船に乗り組む屈強な男たちでも、鯨漁はよほど辛いらしく、その顔はどれも憔悴《しょうすい》していた。

腫《は》れた顔のまま、晋吉が皆の後ろに立つと、差配役が問うてきた。

「わいつは、まだやるんか」

皆の視線が晋吉に注がれる。

その顔を見れば、何があったのかは一目瞭然だが、それを問うてくる者はいない。

「どうした。答えんかい」

差配役は晋吉を帰らせたいのだ。

「へえ、やります」

差配役が「馬鹿な男だ」と呟くのを、晋吉はその唇の動きから読んだ。

「さて、帰《けえ》る者《もん》は昼時に出る廻船に乗り組め。それまでに、これまでの給金を用意しておく」

その場を去ろうとする加勢衆を差配役が呼び止めた。

「一番船一人、四番船一人、七番船一人、網船二人に欠員が出とる。見習いでやりたい者はおるか。給金は納屋で働くよりもええぞ」

その言葉に、見習いたちが顔を見合わせた時である。

納屋の前に設《しつら》えられた、御座所と呼ばれる刃刺たちの待機場から、長身痩軀《そうく》の男が近づいてきた。その後を追うように、いま一人の男も、こちらに向かってくる。

「誰《だい》も名乗らんなら、こっちで選ぶで」

五郎作が菊太夫と呼んでいた男が、差配役に言った。

「わいが選んでもええか」

続いて現れた中肉中背の男が言う。

「わいにも選ばせてな」

――この男。

聞き覚えのある声だった。すかさず足元を見た晋吉は、その草鞋の紐に血糊が付いているのを確認した。

──此奴《こやつ》だ。

「おい」

長身の男が晋吉を指差す。

「わいの船に乗れや」

「へ、へい」

予想もしなかった指名に唖然としたが、晋吉は弾かれたように頭を下げた。

「兄者、なといせ、かような面《つら》しとる奴を乗せるんや」

──兄者だと。二人は兄弟か。

「わいの勝手やろ」

「兄者、此奴はな──」

「平蔵《へいぞう》、うるさいわい」

平蔵と呼ばれた弟は、菊太夫に胸を突かれて後ずさった。

「そんなら勝手にしいや。わいはこちらをもらう」

兄に対抗するかのごとく、平蔵は晋吉よりも大柄な男を選んだ。

「もうええ。後はわいが決める」

勝手に決められては困るとばかりに、割って入った差配役が、残る者の中から屈強そうな者を選んで乗り組みを決めた。

それで解散となり、皆は、それぞれの仕事場に戻っていった。

「こっち来いや」

菊太夫に呼ばれた晋吉は小心そうに腰をかがめ、その後をついていった。

「晋吉はん、やったな」

「へい、どうしてわしの名まで知ってるんで」

「太地の衆とかかわりを持とうとする旅の者《もん》はおらんからな」

晋吉は、空気が読めずに動き回ったことを今更ながら悔いた。

——海の上で、わしを殺そうというのか。

平蔵の兄だとすると、おなじ若衆仲間に違いない。

「気い病まんでええ。わいは平蔵とは違う」

晋吉の心中を読んだかのように、菊太夫が言った。

「えっ、何のことで——」

「平蔵の阿呆《あつぽけ》が、あんさんをなぶったと自慢しとるんを今朝、聞いた」

「あっ、へい」

「鯨魚《いお》や漁について分がらんこつがあったら、わいに聞くがええ」

「あいがとごぜます」

「晋吉はん、わがらは日々、命懸けて鯨魚《いお》獲っとる。一つことに命を懸けとるとな、何でも見えてくるんよ」

「えっ」

「まあ、ええ。あんさんが何者かは知らんし、知りたくもない。やが弟《おとと》が、あんさんに無礼を働いたことは事実や。堪忍してな」

この時、晋吉は、太地のような閉鎖社会に潜入などできないことを覚った。常の町や村よりも命を張って生きている分、太地の者たちの神経は研ぎ澄まされており、晋吉のような船虫が入り込める余地などないのだ。

――こいつは真剣勝負だ。

晋吉は覚悟を決めた。


船団に緊張が走った。山見番所に揚がった大幟《おおのぼり》は、十五間（約二十七メートル）以上の大鯨の時しか揚がらないものだからである。

「はぐれ座頭《ざとう》らしいの」

「へい、わいにもそう見えたのし」

四番船の上では、刃刺の菊太夫と刺水主《さしがこ》の勘六《かんろく》が獲物を確かめ合っている。

その前方では、一番船から三番船が波を蹴立てて走っている。

やがて高々と潮を噴き上げる巨体が見えてきた。

「あっ」

菊太夫が小さく声を上げる。

「座頭やない。野曾《のそ》や」

野曾とは長須《ながす》鯨のことである。

「刃刺はん、あいは二十間（約三十六メートル）はあるよ」

勘六が震え声で言ったが、菊太夫は平然と「ああ、分がとる」とだけ答えた。

「沖合も、野曾はやらんのとちゃうかな」

勘六の言葉を無視して、菊太夫は前方を見つめたままである。

一番船から三番船が集まり、語らいに入った。

獲りに行くのかやめるのか、意見が合わないのだ。

三輪崎で聞いた話だが、野曾は日本近海に出没する最大の鯨で、網を二枚同時に外すほどのすさまじい力を持ち、泳速も格段に優れているという。

それゆえ、よほど水揚げが悪い時以外、野曾を見逃すのが鯨組の定法である。しかし、たまに流れ着く野曾の死骸からは、同じ大きさで座頭の二倍分の脂が取れるため、野曾の流れ鯨（死体となって陸地に流れ着く鯨）は、どこの鯨組でも垂涎《すいぜん》の的となっていた。

船団が近づいても、その野曾に動く気配はない。

餌を取っているそぶりもなく、ただ海の上を漂っているようにしか見えない。

「あん野曾は、ちとおかしいの」

菊太夫の言葉に勘六も賛意を表した。

「弱っとるのし」

「そやな」

その野曾が、いかなる理由で弱っているのかは分からない。老衰とも考えられるし、病気かもしれない。最も高い可能性としては、天敵の逆又《さかまた》（鯱《しゃち》）と戦い、どこかを怪我していることだ。

それでも野曾を獲るのは容易でない。

野曾は俊敏な上、なかなか死なない。しかも海中に沈みやすく、せっかく漁に成功しても、持双船《もっそうぶね》に掛けるのに失敗し、沈めてしまうこともある。

また急所《ぜび》が狭く深いため、とどめを刺すのは容易でなく、鯨の背に乗って、銛か手形包丁を深く刺し込まねばならない。その点、銛の投擲《とうてき》だけでも致命傷を与えられるほかの鯨とは、わけが違う。

やがて語らいが終わり、漁の開始を告げる純白の大印が揚がった。

「どうやら沖合も肚《はら》を決めたようやの」

船団が二つに割れ、網船が勢子船から離れていく。一方、一番から三番までの勢子船は、ゆっくりと沖に回り込む。その背後から四番船以下が続く。

それでも野曾は動かない。

緊張の時が流れる。

一番船は微速で少しずつ近づいたが、それでも野曾に反応はない。一見、無傷のように見えるが、野曾の体調は、予想以上に深刻なのかもしれない。

その時、一番船の船尾に旗が揚がった。

「八丁切りや！」

隊形を整えた船団が一斉に動き出した。

追い込み漁の隊形は、両外側が前に出る馬蹄形だが、指揮を執る一番船だけは、その中央前方に位置を取る。

その時、ようやく野曾が泳ぎ始めた。初めは様子をうかがうように、ゆっくりと泳いでいたが、瞬く間に泳速を上げてきた。

「こいつはいけへん」

菊太夫が口惜しげに呟くと、勘六も応じた。

「あん野曾は、怪我しとらんのし」

そんなことにお構いなく、一番船は野曾を網代に追い込もうとしている。

語らう資格のない四番船以下は、それに従うしかない。

晋吉も懸命に艪を漕いだ。

すでにまめはつぶれ、血が噴き出していたが、さほどの痛みは感じない。掛け声に合わせて艪を漕ぐという作業は、漕ぎ手に高揚感をもたらし、疲労や痛みといった感覚を鈍らせるのかもしれない。

一方、ようやく死の危険に直面しつつあることに気づいたのか、野曾はその快速ぶりをいかんなく発揮し、勢子船から距離を取り始めた。しかし勘が悪いのか、誘導されるままに網代の方に向かっていく。

やがて網船が見えてきた。

野曾も網船に気づいているはずだが、泳速を緩めず、そのまま突っ込んでいく。まれに鯨虱《くじらじらみ》が耳の中まで入り込み、体は健康でも、感覚に不調を来す鯨がいると聞いたことがある。こうした鯨に率いられた群れは、健康な者も含めて、群れごと陸地に乗り上げることがある。この野曾は、その類の病を抱えているのかもしれない。

「こいつは厄介なことになるで。心して掛かれ」

菊太夫が勘六に注意を促す。

野曾は、何も考えていないかのように網に突っ込んでいく。

賢い鯨であれば、前方の網船に気づくと、何らかの避退行動を取ろうとする。つまり左右に逃れようとするか、海中に潜るかする。しかしこの野曾は、いっこうに泳速を緩めない。

一方の網船は、そんなことはお構いなしに、常のごとく半円形の陣を布《し》き、野曾を包み込もうとしている。

「いがん。まくれるで！」

次の瞬間、凄まじい勢いで網船が揺らぐと、反動で何人かが転落した。

それでも網代は、野曾の鼻に掛かったように見える。

「刃刺はん、どうする」

「待て」

海中で暴れる鯨の作る不規則なうねりが、海面に生まれては消える。

転落した者は必死に何かに摑まっているが、摑まる物がない者は、すぐに助けねば手遅れになる。

「旗、揚がりましたで」

勘六が一番船を指差した。

「よし」

間髪を入れず、銛打ち開始の旗が揚がった。転落した者の救助は、網船に託される。

一番、二番、三番と、勢子船が順繰りに突っ込んでいく。

「野曾、来るで！」

海面にできた渦の動きから、それを察した菊太夫が大声を上げたが、一番船は気づかない。

「うわっ！」

浮上した野曾の鼻先に掛かる形で、一番船が転覆した。褌姿の水主たちが、ばらばらと海面にこぼれ落ちる。

二番と三番は、転覆を免れるよう操船するのが精一杯である。

一番船から三番船の様子を見て、当面、指図ができないと判断した菊太夫が、後方に合図を送った。

五番船以下を救助に当たらせるのである。

野曾は網代を引きずり、北東に逃れようとしている。

五番船以下が、一番船から落ちた者の救助に入ろうとした時である。何を思ったのか、いったん北東四半里（約一キロメートル）ほどに離れた野曾が、大きく弧を描いて転回すると、再びこちらに向かってきた。明らかに方向感覚がおかしい。

「追い払うで。銛をよこせ！」

菊太夫が銛を催促したが、勘六は銛を束ねた蓆《むしろ》を解くのに手間取っている。

「この、どぐされが！」

「不器用者」と罵りつつ勘六を張り倒した菊太夫は、手早く蓆を解くと、早銛を手にした。

「行くで」

艫押が船首を野曾の方に向けた。

網をかぶった野曾の巨体が近づいてくる。その喉から腹にかけて、幾本もの畝《うね》が走っている。その滑らかそうな白い腹は、女の柔肌を思わせた。

晋吉は、野曾の腹に包丁を入れる己の姿を想像した。

白い腹から迸《ほとばし》る無尽蔵の血——。

耐え難いほどの高揚感が突き上げてきた。

その時、「二十間（約三十六メートル）はあるで！」と叫ぶ隣の水主の声が、耳に飛び込んできた。

それにより晋吉は、かろうじて現実に踏みとどまった。

菊太夫は野曾と並行して走り、沖に追いやろうとしていた。しかし野曾は、お構いなしに勢子船の集まる方に向かっていく。

遂に四番船は、野曾の左側面二十間ほどに張り付く格好になった。

——こいつは凄い。

晋吉は、初めてその巨大な生き物を間近で見た。まさにそれは、凄まじい生命力に溢れていた。

その手羽《たっぱ》（手鰭《てびれ》）が海面を一かきするごとに、腹の畝の一本一本が生き物のように動き、大きな口からのぞく鯨鬚が葦《あし》の林のようにゆらめく。

疲労の極にある肉体と遊離したかのように、晋吉は陶然としていた。

――何て美しいんだ。

「まっと押せ！」

菊太夫の指示に従い、水主たちは懸命に艪を漕いだ。

野曾は、並行する四番船を気にすることなく平然と泳いでいる。

視線を前に移すと、壇上で菊太夫が銛を構えていた。投擲の機会が訪れるのを待っているのだ。

やがて前方に転覆した一番船が見えてきた。救助に当たっていたほかの船は、致し方なく四散する。

このままでは、溺れかかっている者たちの中に野曾は突っ込んでいくことになる。

菊太夫が、苛立たしげに「もっと漕げ」という合図を水主たちに送った。

晋吉もほかの水主も懸命に艪を漕ぐ。

やがて野曾の頭部が迫ってきた。

ようやく四番船に気づいたのか、野曾の小さな目が動いたと思った時、菊太夫の腕から銛が投じられた。

それが、日光を浴びつつ落ちていくのを見た瞬間、晋吉の記憶が途切れた。

海面を揺るがすほどの絶叫が耳をつんざいたかと思った次の瞬間、晋吉は静寂の中にいた。

晋吉の体は、海底に向かってゆっくりと沈んでいた。

途中、息苦しいことに気づいたが、体は動かない。

——これで死ぬのか。

それならそれでよいと、晋吉は思った。

しばらくして、四肢に力がよみがえってきた。

——生きられるか。

それを思った時、死の恐怖が突然、押し寄せてきた。

晋吉は懸命に水をかいた。

頭上が明るくなると、続いて海面に頭が飛び出した。

大きく息を吸って周囲を見回すと、ところどころに仲間の水主の頭が見える。

——四番船は転覆したのだ。

そのことに気づいた時、背後から、何かがやってくる気配がした。

「あっ！」

振り向くと、すぐ近くを野曾が通り過ぎていくところだった。

その上に一人の男が乗っていた。

菊太夫である。

四番船が転覆した際に、野曾の体のどこかにしがみ付いたに違いない。

その振りかぶった手形包丁が、陽光にきらめく。

「うおっー！」

絶叫と共に菊太夫が包丁を振り下ろすと、次の瞬間、凄まじい渦が押し寄せ、海中でもみくちゃにされた。

それでも菊太夫の持つ包丁が、どちらの手に握られていたかを、晋吉は見逃さなかった。

## 五

突然、飲まされた水に咳き込み、晋吉は意識を取り戻した。

「おう、気いついたか」

目を開けると、五郎作の顔があった。その周りを、旅水主たちが取り巻いている。

「いったい、ここは――」

「なん寝ぼけとう。太地に決まっとろうに」

五郎作の膝に載せられていた頭が、ぞんざいに下ろされた。

「わしは、どうしたんですか」

「気い失って浮いとるのを助けられたんや」

記憶が徐々によみがえり始めた。

逆巻く波濤《はとう》、泡立つ海面、真紅の世界――。

「野曾は――、野曾はどうしましたか」

「仕留めたことは仕留めたんやが、あれだけ引き散らかっとると、すぐに持双に掛けられん」

野曾は海中に没したらしかった。

「菊太夫さんは無事ですか」

「ああ、此度も見事やったで。菊の奴、無謀にもあの野曾に乗ってな、手形包丁を急所深くに突き刺しよった。そいで片が付いたんよ」

「それでは誰も――」

「ああ、手負いはおるが、死んだ者《もん》はおらん」

あれだけの混乱で、誰も死ななかったというのは信じ難いが、ああしたことが日常的に行われている太地では、当たり前のことなのかもしれない。

「網《かがす》がずたずたになってしもうた。こいで明日《あいた》からたいへんや」

晋吉の肩を叩くと、「酒だ、酒だ、残念酒だ」と言いつつ、五郎作は足早に納屋の方に行ってしまった。周りにいた水主たちも、それに続く。

ようやく立ち上がった晋吉は、すでに日の暮れた水《みず》の浦《うら》を見回した。

あれだけの死闘があったことなど、忘れてしまったかのように、海は漆黒の闇の中に沈み、静かに波を運んできている。

――あの海のどこかに、野曾は沈んでいるのだな。

静かな海中の奥深くに、あの小さな目を見開いて、野曾は横たわっているはずである。

何が原因かは分からないが、あの野曾は何かの病にかかっていたに違いない。

――あの瞳は、確かに正気のものではなかった。

病によるものなのか、何か特殊な性癖によるものなのか、あの野曾は、はぐれ鯨となったのだ。

視線を陸岸《おか》に転じると、納屋の方に大きな篝《どやご》がいくつも焚かれ、人々が忙しげに動いていた。

すでに多くの船が引き上げられていたが、日のあるうちに汚れを落として納屋に入れる暇がなかったらしく、そのままになっている。

それらの船の間に男が一人、立っているのを晋吉は認めた。

記憶が徐々によみがえる。

足は自然とそちらに向いた。

「何を見ているのですか」

晋吉の問いを予期していたかのように男が答えた。

「わいはこの海で育った」

月光に照らされた太地の海には、昼の喧噪《けんそう》が嘘のように、海鳴りだけが聞こえていた。

「この地に生まれ、わいは当たり前のように鯨取りになった」

晋吉が何の合いの手を入れなくても、菊太夫は語り続けた。

「太地はわいを温かく包んでくれた。この地で生き、この地で死ぬることが、わいにはなんよりもうれしかった」

「では、なぜあんなことをしたんですか」

すでに晋吉は、菊太夫が己の船に晋吉を乗せた理由を知っていた。

菊太夫は捕まえてほしかったのだ。

「わいは、この地に生まれてきてはいけん男やった」

「どうしてですか」

「わいは童子《わっぱ》の頃、皆と違うことに気づいた。皆は、鯨の血い見てもなんも感じんようだったが、わいだけは血い見ると、胸底から何かが沸き上がってきたんや」

「それで、血を見ないことには耐えられなくなった、と――」

「ああ、それでも童子《わっぱ》のうちはなんとかなった。やけどな、長じるにしたがい我慢ならなくなったんや。鯨魚《いお》が来ない間、わいは一人で苦しんでいた」

晋吉に返す言葉はなかった。人格も体格も、すべての面で刃刺になるために生まれてきた男には、持って生まれた抜き難い性癖があった。それは、太地という鯨の血とは切っても切れない地で、長きにわたって育まれ、抑え難いところまで来てしまっていたのだ。

「わいはな――」

菊太夫が、その場に片膝をつく。

「女らを殺しとうはなかった。やがな、どうしても血が騒いで仕方なかったんや」

寄せては返す海鳴りの間に、長く尾を引くような菊太夫の嗚咽《おえつ》が聞こえた。

「そのことは――」

大きく息を吸い込むと晋吉が言った。

「分かるような気がします」

「嘘こくな。わいの苦しみが、他人に分がるか」

晋吉の脳裏に、引き裂かれる鯨の肉と溢れ出る血潮がよみがえった。それは、いつしか女の白い肌に変わっていた。

鯨の潮声と女の悲鳴が混ざり合う。

「わいはな――」

すすり上げつつ、菊太夫が続けた。

「わいはこの地に要らん男や。こんままでは皆の迷惑になる」

この地に来て間もないとはいえ、晋吉にも、その事情はよく分かった。

「この地ではな、皆と同じでないと、生きられんのや」

あの野曾のように、菊太夫は群れから離れて生きねばならない男だった。しかし、鯨の血を見ることのない地に行ってしまえば、その性癖は押しとどめられなくなる。

――つまり鯨の血だけが、菊太夫を救ってきたのだ。

「わいつは、どこから来た」

「新宮藩の口問いです」

「やっぱそうやったか。新宮か和歌山か、どっちかの船虫や思うとった」

菊太夫が口端に苦笑いを浮かべた。

「では、口を割ってもらえますね」

「ああ、右に撥ね上げた傷は、すべてわいの仕業や」

そう告白すると、菊太夫は懐から手巾に包まれた何かを取り出した。

「こいをやる」

手巾を開くと四つの簪が並んでいた。

「わいはな、女たちにすまないと思うていた。いつか、わいつのような人が来るこつも分かってた。そやから女の髪から簪を抜き取っておいたんや」

「そうでしたか」

「これがあれば、褒美がもらえるな」

「ええ、間違いなく」

晋吉はそれを懐にしまった。

「最後に一つだけ聞いてくれんか」

「はい。何なりと」

「わいが下手人だったことは、太地では内緒にしてほしいんや。親や弟の迷惑になる」

簪を渡された時から、晋吉もそうするつもりでいた。

「分かっています」

下手人が死んでしまえば、新宮藩が、捜査目的で太地に入る理由はなくなる。

庄左衛門には下手人の名を知らせねばならないが、太地に踏み込めないとなれば、与力の幸田次右衛門も、とたんに関心を失うはずである。

――つまり下手人の名は、手控え（捜査記録）に記されるだけだ。

「わいは、この呪われた身を海に沈める」

「沖に行かれるのですね」

「ああ、わいが死んで詫び入れんと、女たちも浮かばれん。女たちには、ほんにすまんと思うとる」

菊太夫の気持ちもよく分かるが、それでも罪なき女たちを殺したことに、同情の余地はない。

「弟《おとと》の平蔵は、このこつをよう知っとる。わいがすべてを話したからや。そいで平蔵はわいを庇い、わいつを脅かした。弟を許してやってくれ」

「平蔵さんは右利きですね」

「ああ、わいつを左手で張ったのは、わざとや」

そこまで言うと、菊太夫は刃刺の襦袢を脱いで褌一丁になった。

菊太夫の体が月光に照らされた。その脂肪の一片もない完璧な体軀は、刃刺になるために生まれてきた男と呼ばれるにふさわしいものだった。

「野曾が呼んどる」

「手間かけてしもうたな」

「なんの」

それが最期の言葉になった。

白い歯を見せて笑った菊太夫は、何ら怖じることなく海に入ると、抜き手を切って泳ぎ出した。

月光に照らされたその体は、瞬く間に小さくなっていき、やがて水平線に吸い込まれるように消えていった。

——菊太夫の遺骸は、あの野曾と共に海底に葬られるのだ。皆とは共には暮らせない、はぐれ者として。

晋吉は海に背を向けると、ゆっくりと納屋の方に歩いていった。

新宮に戻ってきた晋吉から一部始終を聞いた岡野庄左衛門は、証拠の品を確かめた。片手に持つ手控えには、殺された比丘尼や辻君の仲間から聞き出したとおぼしき簪の絵が描かれている。

それを一点ずつ照合した後、庄左衛門は大きくうなずいた。

「よくやった」

「下手人が覚悟を決めてくれたおかげです」

「いずれにせよ、約束の褒美は出す」

満足そうに手文庫を開けた庄左衛門は、用意しておいた褒美の金を晋吉に差し出した。

それを押し頂くようにして受け取った晋吉は、一礼すると、そそくさと座を払おうとした。

「これで安心だな」

出ていこうとする晋吉の背に、庄左衛門の声が掛かる。

「安心とは――」

「比丘尼や辻君が、これで安心して商いできるようになったな」

「ああ、はい」

複雑な笑みを浮かべると、晋吉は逃げるように去っていった。

庄左衛門の許に、新たな白首の死骸が上がったという一報が入ったのは、それから数日後のことである。

# 訣別の時

# 一

太蔵《たいぞう》は、一人で物思いにふけるのが好きだった。

この世のすべては、太蔵にとって不思議なことだらけだからである。

なぜ日は昇り沈むのか、なぜ夜空に星が瞬くのか、なぜ海はあり、そこに魚がいるのか。

そうしたことを大人に問うても、皆、「そんなこつ考えてもしゃーないやろ」と言って笑うだけである。

それらのことに少しも疑念を抱かず、日々の仕事に精を出す大人たちの方が、太蔵には不思議でならなかった。

それは同年輩の者とて変わらない。

彼らは、仲間と離れて空を見上げる太蔵を指差しては、〝へこい者《もん》〟と言って囃《はや》した。

〝へこい者〟とは変わり者の意である。

長ずれば長ずるほど、太蔵はこの地で生きることに、息苦しさを覚えるようになって

になっていた。

いった。

そんな太蔵も今年で十四になり、万物の不思議よりも、己の将来について考えるようになっていた。

沖合衆が出払った後、十五歳以下の少年たちは、いったん解放される。そんな時、同年輩の者たちは貝や岩海苔を取るのを手伝ったり、老人たちと小魚釣りに行ったりするのだが、太蔵だけは、一人になれる場所で様々な思いをめぐらすのが常だった。

この日も沖合衆が出払うと、太蔵は一人、太地《たいじ》北方に延びる鷲《わし》の巣崎《すざき》に向かった。

太地湾は、蟹がはさみを広げるように北東に向かって開いており、東側の燈明崎《とうみょうざき》と相対するように、西側の鷲の巣崎も、その先端部が北東に向かって延びている。

水《みず》の浦《うら》から燈明崎にかけては大人たちの行き来も多く、声をかけられることもあるが、鷲の巣崎へ向かう道は、人と会うのがまれで、一人になるのに適している。

海岸沿いに付けられた道は、やがて行き止まりとなって崖上に向かう。その道は、鷲の巣崎の先端まで続いているが、一人になるために、そこまで行く必要はない。

鷲の巣崎に至る道の途中に分岐があり、そこから始まる脇道は、〝せのつろ〟と呼ばれる小さな岬の突端まで続いている。松の木が茂る〝せのつろ〟には、太地湾を一望の下に見渡せる眺めのいい崖縁《ぞれこみ》がある。

そこが太蔵のお気に入りの場所だった。

〝せのつろ〟に着いた太蔵は、眼下に広がる光景を見渡した。

左手には、皆がシラ碆《はい》と呼んでいる岩礁地帯があり、その先に、常渡《じょうど》の鼻《はな》という鷲の巣崎の突端が見える。正面に広がる太地湾の先には、緑豊かな平見《ひらみ》の台地が、手を伸ばすように燈明崎まで続いている。右手に視線を移すと、こんもりと木々の繁った向島《むこうじま》が見えるだけで、太地の中心である水の浦や寄子路《よろこじ》の町並みは死角となっている。そこでは、鯨が獲れた時に備え、納屋衆が忙しげに走り回っているはずだ。

――ここで生まれた者は、ここで死なないがんのか。

太地に生まれた者の多くは、太地で生き、太地で死んでいく。皆、それを疑問にも思っていない。しかし太蔵は、出入り商人の世間話から、太地だけが、この世のすべてではないと知るようになった。

――太地の外には、広い世界がある。

そうは思っても、知己《ちき》一人いない外の世界で生きていくのは、あまりに心細い。

太地で生まれた者は、その共同体の中で、社会的にも制度的にも生活が保障されている。その温《ぬく》もりから出るには、よほどの度胸と自立心が要る。

とくに世間は「御一新《ごいっしん》」と呼ばれる内戦の最中にあり、これまで連綿と続いてきた徳《とく》川《がわ》幕府が廃され、どこかの西国大名家へと天下様が変わろうとしていた。こんな時に、江戸《えど》や大坂《おおさか》にのこのこと出ていけば、兵士にされるか飢え死にするのが落ちである。

――わいは、どう生きるべきか。

幾度となく太蔵は、それを己に問い続けた。

その時、縮緬《ちりめん》のように細い縞を描く海面を切り裂くようにして、新宮《しんぐう》行きの船が沖に向かうのが見えた。太地と外界を結ぶ唯一の糸が、この便船である。

――わいは、いつかあれに乗って広い世界に出てゆくんや。

それは願望というよりも、決意に近いものだった。


太蔵の父は腕のいい水主《かこ》だった。

隠退前には、最後尾の舵《かじ》を担う艫押《ともおし》を任されるまでになっていたが、刃刺《はざし》株を持たなかったため刺水主《さしがこ》にもなれず、その夢を三人の息子に託して隠退した。しかしその翌年、卒中で倒れ、そのまま帰らぬ人となる。

その跡を取った長男の吉蔵《きちぞう》は、同じ年に七番船刃刺となり、吉太夫《きちだゆう》という名をもらった。すでに二十二となった吉太夫は、この冬漕ぎが終わった後に許嫁《いいなずけ》との婚儀を控えている。

吉蔵が刃刺になれたのは、許嫁である加耶《かや》の家の刃刺株を譲られたからである。

加耶は一人娘のため、当初は吉蔵を養子に迎えようとしていたが、吉蔵や太蔵の母にあたる初《はつ》が、「長男は養子に出せん」と言い出したため、刃刺株と共に加耶が嫁入りすることになったのである。

加耶の父は老耄《ろうもう》が激しく、母親も万事、娘任せになっていたので、加耶の家では、跡を取る者が絶えることを気にしていない。それを見越した初が、「かまをかけた」ことは明らかであり、そうした大人の世界の駆け引きが、太蔵には不快だった。

長男の吉蔵だけでなく、二十になる次男の才蔵《さいぞう》も、九番船の刺水主として将来を嘱《しょく》望《ぼう》されていた。

才蔵の場合、今のところ刃刺株のあてはないが、働きが認められれば、鯨組棟梁《とうりょう》・太地角右衛門頼在《かくえもんよりあり》の口利きにより、どこかの家に養子入りするか、棟梁から一代限りの貸し出しという形で、刃刺株を借りることもできる。

二人とも、ごく自然に鯨取りになり、その中で立身し、生涯を終えるのが当然と思っているようである。

――わいは、あんまらと違う。わいは、この地に染まりはせん。

兄弟の中で、太蔵だけは鯨取りという仕事を憎んでいた。

――なといせ、大人しゅう海で暮らしとうもんを無理に殺して連れてくるんや。

童子《わっぱ》の頃、引き上げられた鯨が解体される様を見て、太蔵は幾度となく、そう思った。

それだけならまだしも、太蔵は生まれついて血を見るのが嫌いで、浜で鯨の解体が始まる度に吐いた。それでも父は「慣れなあかん」と言い、嫌がる太蔵を無理に立ち上がらせ、目を開けていることを強いた。

太蔵は泣き喚き、その場から逃れようとしたが、父は太蔵を摑んで放さず、「これを見な、あかんのや」と言っては、頭を押さえて目を開かせた。

太蔵にとって、あれほど辛い記憶はなかった。

以来、鯨の肉は生のままでは喉を通らず、無理に食べれば必ず吐いた。そのため太蔵の体は糸のように細くなり、友人たちからは糸蔵と呼ばれるようになった。

どうしたわけか太蔵は、人だろうが獣だろうが、血を見ることに耐えられない体質に生まれたらしく、少年から青年への階《きざはし》を登り始めた今となっても、それは変わらない。

しかし、この頃になって、ようやく父の気持ちも分かってきた。

――おとはんは、わいにこの地で生きてほしかったんや。

かといって太蔵が、鯨取りという仕事を憎む気持ちに変わりはない。

「あっ」

その時、水平線上に鯨船とおぼしき、いくつかの点が見えた。

――獲ったんか。

しばらくすると、黒々とした小山が、扇状に広がった勢子船《せこぶね》に曳航《えいこう》されてくるのが見えた。

鯨が獲れるのは四回から五回の沖立《おきだち》で一回くらいだが、獲れたとなれば、すぐに水の浦に駆けつけ、引き上げ仕事を手伝わねばならない。

耳を澄ませると、招集を告げる法螺《ほら》の音も聞こえてきた。

裾に付いた砂を払いつつ立ち上がった太蔵は、獣のような速さで、水の浦へと通じる道を戻っていった。

二

「背美《せみ》がはらんで産めばこそ、産めばこそ、沖にお背美が絶えやらん」

白地に日の丸の描かれた大扇子を振り回しつつ、白粉《おしろい》を頰に塗った老人が拍子を取ると、轆轤《ろくろ》の軸を回す男たちや、轆轤綱を引く女子供がそれに応える。

太地では、神楽山《かぐらさん》と呼ばれる巨大な轆轤綱を、納屋衆、隠居した老人、女子供らが列を成して引き、鯨を浜に引き上げる。その総勢は百から二百に達する。

沖合衆は、鯨を獲って陸岸《おか》まで引いてくるだけで体力を使い果たしており、この作業は浜で待つ人々に託される。

これは一種の儀式でもあり、この作業を通じて、沖合衆とそれを待つ人々との間に一体感が生まれ、太地が一つになる。つまり沖合衆とそれ以外の人々という垣根が、この作業によって取り払われ、双方に太地の衆という同胞意識が生まれるのだ。

母は形だけでも子に綱を引かせ、老いた者は、役に立たないことを知りつつも綱に手を掛ける。

この作業にどうしても参加できない者、つまり幼児や病人らは、弱《よわ》ん人《ど》として特別扱いされる。

「背美の子持ちを突きおいて、突きおいて、春は参ろや伊勢《いせ》様へ」

轆轤歌に和しつつ、太蔵も懸命に綱を引いた。

やがて黒々とした頭《かばち》が、浜に姿を見せ始めた。

背美鯨である。

茶臼山《ちゃうすやま》と呼ばれる丸々とした頭から鮮血を滴らせ、鯨鬚《ひげ》を真っ赤に染めたその鯨は、虚ろな瞳で轆轤綱を引く者たちを見つめていた。

その鯨は勢子船と激しい戦いを繰り広げた末、苦痛と絶望の果てに息絶えたに違いない。その打ちひしがれた様を見れば、鯨が人間と何ら変わらぬ感情を持つ動物であることは、一目瞭然である。

うっかり鯨の瞳を見てしまった太蔵は、込み上げてくるものに耐えかね、列から離れると、ひざまずいて嘔吐《おうと》した。

太地で生まれた者は、女子供でさえ鯨の解体を見ても嘔吐などしない。しかし太蔵には、どうしても耐えられないのだ。

幼児の笑い声と母親の叱責が聞こえる。

軽蔑と同情の混じった皆の視線が背に痛い。

──などいせ、わいだけがこないなってしまうんや。

それを考えたところで、どうなるものでもない。この場はいち早く隊列に復帰し、目をつぶって綱を引くだけである。

嘔吐物に砂をかぶせ、太蔵が立ち上がろうとした時である。

「この、きないぼうめ！」

突然、「役立たず」と罵られるや尻を蹴られた。

思わず嘔吐物の中に手をついてしまった太蔵が、「なにすんねん！」と叫んで振り向くと、母の初が立っていた。

「なんや、おかはんか」

「いつまで甘えとるんや。そなに鯨魚《いお》がおとろしいか」

「おとろしいわけじゃない」

衆人環視の中での親子喧嘩である。皆、綱を引きながら笑いを押し殺している。

「おとろしゅないのに、なといせ鯨魚《いお》が見られん」

それが分かれば、太蔵にも苦労はない。

「おかはん、もうやめにしてや」

手に付いた嘔吐物を砂でぬぐうと、決まり悪そうに太蔵が立ち上がった。

「太蔵、あんまらを見れ。わいつと違い、はしかい芸者になっとう。それに比べてわいつは――」

はしかい芸者とは、すばしこい熟達者のことである。

「もうええ」と言いつつ、太蔵はその場から走り去ろうとした。

「どした」

その時、背後で吉蔵の声がした。

振り向くと、身の丈六尺（約百八十センチメートル）にも及ばんとする美丈夫が立っていた。その鋼《はがね》のような体には、脂肪の一つもなく、腹筋が、はちきれんばかりに浮き出ている。

太蔵の顔が救われたように明るむ。

しかし、吉蔵の体に点々と付いた血痕を見た時、全身が総毛立った。

殺し船に乗る吉蔵は、鯨の腋壺《わきつぼ》に大剣《だんす》を入れるとどめ役なので、赤靄《あかもや》と呼ばれる血の混じった潮をかけられることが多い。

「また、喧嘩しよっとな。おかはんも、そなに太蔵をこなしたらいがんよ」

こなすとは、罵るという意味である。

「そないゆうても、この穀つぶしが――」

初の声が甘えを含んだものに変わる。

「もうええやん」

そう言いながら、吉蔵が初を女たちの群れに押しやると、まだ何か言いたそうにしている初の腕を取った二人の女が、何事か語りかけつつ初を連れていった。

「あんま、わいは――」

「なんもゆわんでええ。わいつのことは、よう分がっとう」

「あんがとな」

泣くまいと太蔵は唇を嚙んだ。

「やがな、おかはんは、わいつを憎うて尻を蹴っぱぐったわけではないで」

「では、なといせ蹴っぱぐった」

「太地に生まれたからには、夷《えびす》様獲らな食うていけんやろ」

「わいは、そいが嫌なんや」

これほど血なまぐさい日々が死ぬまで続くなど、太蔵は考えたくもない。

「そいが嫌なら、ここから出ていかなならん」

太地で生まれたからには、鯨にかかわる仕事をせねばならない。それが嫌な者は、出入り商人に頼んで丁稚《でっち》にしてもらうか、坊主になるしかない。

「そん肚《はら》があんなら、わいはなんもゆわん。やけど外に出るゆうこつは、ここにおるよりも辛いことで」

商人となるなら、帳付けが得意でなければならない。坊主になりたいなら、文字に明るくなければならない。しかし太蔵は、そのどちらも得意ではない。

気づけば、浜に引き上げられた鯨の解体作業が始まろうとしていた。大小の包丁を手にした男たちが慌《あわ》ただしく行きかい、声を嗄《か》らして指示を飛ばし合っている。

——ここに、わいの居場所はない。

立ち去ろうと背を向けた太蔵に、吉蔵の声が掛かった。

「太蔵、わいは鯨魚《いお》切り手伝わないがん。わいつは、はよ去《い》のら」

それが太蔵を気遣う言葉であっても、太蔵には「ここは、わいつのおる場所ではない」と言われている気がした。

太蔵は背後を見ないように浜を後にした。しかし、そこで行われようとしていることを想像するだけで、吐き気が突き上げるように襲ってきた。

三

山鳩の声が、今夜はやけにうるさい。

――やかましな。

布団をかぶっても山鳩の声はやまない。開き直って耳を澄ますと、死にかけた海豚《いるか》のような初のいびきも混じっていた。

――厠《かわや》にでも行くっか。

すっかり目がさえてしまい、尿意を催した太蔵が立ち上がると、初と才蔵の間で寝ているはずの吉蔵がいない。

――まだ納屋場におるんか。

鯨が獲れた夜、十八歳以上の独身者たちは、大納屋の前に設《しつら》えられた御座所と呼ばれる桟敷《さじき》のような場所で酒盛りをやる。

翌日は休漁となるため、若者たちは朝まで酒を飲んで騒ぐのである。

そんな晩は、年頃の娘や後家となった女たちが給仕をする。

妻帯者は、若者たちが結ばれることを促すかのように早めに家路に就く。

若者たちは、いつとはなしに男女二人の組になって闇の中に消えていく。

夜明けまで御座所にいるのは、相方のできなかった者か、酔いつぶれた者だけである。

――わいは大きゅうなっても、あん中には入れん。

太地で生きていくつもりのない者は、その輪の中には入れない。それを太蔵は心得ていた。

布団から這い出すと、室内の空気がひどく酒臭いことに気づいた。夜中に御座所から戻ってきた才蔵が、酒臭い息を吐きながら寝ているからだ。

次兄の才蔵は、あっさりした性格のためか、懸思《けんし》（恋人）はもとより、一時的な相方さえできない。

顔をしかめながら外に出ると、澄んだ空気が胸腔《きょうこう》に満ちた。

――わがらは、いつもこんなうまい空気を吸うとるんやな。

太蔵は、あらためて空気のありがたさを知った。それは、あって当たり前のものこそ貴重であると教えていた。

――わいにとっての太地とは、そういうもんなんかもな。

太地を出て生きていけるかどうか、太蔵にも分からない。しかし考えたところで、結論が出るものでもない。それゆえ「まだ先のことなので、後で考えよう」となる。

師走《しわす》になっても、今年は例年になく暖かいので、厠に行くのは楽である。

太蔵が裏庭に出た時である。

押し寄せるような山鳩の声の中に、人のうめき声が混じっていた。

何かを求めるような切ない声である。

――加耶だ。

吉蔵の懸思の加耶だと、すぐに分かった。

加耶は、目鼻立ちが整っていて気立てもよい上、鯨組棟梁である太地角右衛門の遠縁にあたるという、吉蔵にとって願ってもない相手である。

耳を澄ませると、吉蔵の囁く声も聞こえてくる。

反射的に物陰に身を隠した太蔵は、声のする方を凝視した。しかし、周囲は漆黒の闇に包まれているため、何も見えない。

その時、雲間に隠れていた月が顔を出し、周囲が一瞬、明るんだ。

闇の中に、青白い腿が浮かび上がった。腰までたくし上げられた着物の中から伸びるその腿が、妖しげに躍動している。

その上方には、切なげにあえぐ女の半顔《はんがん》があった。

厠の板塀にもたれかかった加耶は、その胸の辺りに顔を埋めた黒い影、すなわち吉蔵に、何かを貪《むさぼ》られている。

見てはいけないものを見てしまったことに気づいた太蔵は、そっと母屋に戻ると、わざと荒々しく戸を開け、大あくびを吐いた。

すぐに身づくろいする音が聞こえると、息を潜める気配がした。

わざと覚束ない足取りで厠の戸を開け、用を足した太蔵は、大きな音を立てて母屋の戸を閉めると、寝床に戻った。

再び横になって耳を澄ませると、待ちかねたように作業が再開された。

太蔵は聞くまいと寝返りを打ったが、山鳩の声に混じって聞こえる加耶の切ない声が、いつまでも耳に付いて離れなかった。

## 四

翌朝は休漁となったので、一家四人そろっての朝食となった。

常であれば、太蔵に小言を言いつつ給仕をする初だが、今朝ばかりは少し様子が違う。おかわりをしても何の皮肉を言うでもなく、兄たちと同じだけの飯をよそってくれる。

何かあるなと思っていると、食後、妙に改まった口調で吉蔵が切り出した。

「太蔵、おかはんとも語らったんやが、わいつに順心寺《じゅんしんじ》の住持と会《お》うてもらいたいんや」

「えっ」

片付けに立とうとした太蔵は、腰が砕けたように座に戻った。

「住持は今日、法事で寄子路の檀家に呼ばれとるで、それが終わったら、うちに寄ってくれることになった」

その言葉が意味することに気づいた時、太蔵は愕然とした。

「こうしたこつは、早い方がええ思うんよ」

初が追い打ちをかけてきた。

「わいを――」

震える唇から、ようやく言葉が出てきた。

「寺に入れるんか」

三人が沈黙した。

父が死んでから、一家四人は互いに支え合って生きてきた。そんな日々がずっと続くものと、太蔵は思っていた。しかし初と吉蔵が、鯨取りになる気のない太蔵を早めに別の道に行かせようとするのは当然である。

しかも冬漕ぎが終われば、加耶が嫁に来るので、一家は五人となる。子でもできれば、家は手狭どころか住めなくなる。

「太蔵、おかはんだって辛いんや」

吉蔵が初に代わって言った。

「嘘や」

「いま、なんとゆうた」

「おかはんは、わいが憎うてならんから追い出したいんや」

そう言った瞬間、吉蔵の平手が飛んだ。

「親不孝、ゆうな！」

太蔵は悲しかった。この天地で誰も自分を必要とせず、家族からも邪魔者として扱われているのだ。

堪《こら》えようとすればするだけ、涙が頰を伝う。

「あんま」

気まずい沈黙を破るように、これまでうつむいていた才蔵が顔を上げた。

同世代の仲間の間では大将格の才蔵だが、吉蔵には頭が上がらず、その意見に異議を唱えたことはない。

「わいが口を挟むようなことじゃないんやが――」

「そいなら黙っとれ」

吉蔵がぴしゃりと決めつける。

二人のやりとりから、初と吉蔵の計画を才蔵も聞いており、それに反対していることが分かった。

「いや、聞いてくれんか」

「なんやと」

以前のように、才蔵を張り倒そうとした吉蔵の手が止まった。

才蔵も二十歳となり、いつまでも子供でないことに気づいたのだ。

「分がた。はよ語れ」

「すまんのし」

嗚咽《おえつ》する太蔵の肩に、才蔵が手を載せた。

その手は温かく、思いやりに溢れていた。

「太蔵は童子《わっぱ》の頃から夷様の血い見られんかった。そいは、わがらもよう知っとう。やがな、太蔵を海に出したことはなかった。海に出して漁を見せれば、性根が据わるかもしれん思うんだ」

吉蔵と顔を見合わせてから初が言った。

「そやけど、わいつらと違い、太蔵は体も弱いし、沖合仕事は向かん思うんよ。納屋仕事は、まっと血い見るから無理や。そうなんと坊主か丁稚《でっち》しかないやろ」

初の言葉に吉蔵も同意する。

「わいつも知っとう通り、鯨魚《いお》獲るんは半端な肚ではできない。皆の足を引っ張るこつにでもなったら、どうすんや」

「そいは分がっとう。でもな、誰《だい》でも初めは少女《ねしょ》みたいなもんじょ。そいより太蔵がどうしたいか、聞いてみたらどうや」

三人の視線が太蔵に向けられる。

「わいは――」

大きく息を吸うと、太蔵が答えた。

「坊主にはなりとない」

かつて太蔵の遊び仲間で僧侶にされた者がいた。その子はある日、突然いなくなると、しばらくして頭を丸め、僧衣を着て、住職と共に現れた。どこかの家の法事に来たらしいが、太蔵が話しかけても、その子はうつむくだけで返事もせず、悲しげな顔をしていた。

後に大人から聞いた話だが、僧になると終日、寺の仕事と修行に明け暮れる日々を送らねばならないという。

「んなら、丁稚はどうや」

吉蔵が苛立《いらだ》ちをあらわにして問う。

「丁稚奉公するゆうこつは、遠くに行かなならんのやろ」

「当たり前や」

太地を出ることは嫌でなかったが、話に聞く丁稚奉公の辛さは言語に絶するもので、とても耐えられそうにない。

「丁稚は嫌や」

「この勝手ぼしが。あいも嫌、こいも嫌で、いつまで穀つぶしするつもりや！」

これまで耐えてきた初が、遂に怒りをあらわにした。

「おかはんは黙っとけ」

そう言うと、吉蔵が向き直った。

「ほいなら、鯨取りになるしかないで」

「そや、いっぺん見てみんのがええ」

才蔵が、ここぞとばかりに助け船を出した。

「わいの乗り組む九番船の炊夫《かしき》が、疱瘡《ほうそう》にかかってな。炊夫を探してこいと、満太夫《みつるだゆう》はんからゆわれてるんや」

満太夫とは九番船刃刺のことである。

「太蔵なら、飯炊きから小魚のさばきまで器用にこなせるやろ」

太蔵は、そうした仕事で一家に貢献するしかないため、小魚であれば、血を見てもさばけるようになっていた。

「仕方ないの。太蔵、どうする」

――ここが正念場や。

太蔵は、次の言葉一つで己の人生が決まることを覚った。

――そいでも坊主と丁稚は嫌や。

岸壁から身を投ずるような気持ちで、太蔵が言った。

「わいは船に乗る」

「鯨魚《いお》獲んの見るのは辛いで」

「ええよ」

「よし分がた。いっぺんやってみい」

それで太蔵の身の振り方は決まった。

その日の午後、やってきた住持に家族の決定を伝えると、住持も賛成してくれた。むろん鯨取りが無理と分かれば、いつでも引き受けると言ってくれた。

その翌日、覚悟を決めた太蔵が、兄二人と共に水の浦に向かう石段を下っていると、寄子路と交差する四辻で加耶が待っていた。

「どした」

吉蔵が無愛想に問うと、「見送ろう、思うて」と答えつつ、加耶が、この世の幸せをすべて集めたような笑みを浮かべた。

その口からこぼれた歯列の白さが、太蔵には眩しかった。

古来、黒潮に乗って他国の男がやってくることの多い太地では、うまい具合に血が混じり、浅黒くとも目鼻立ちの整った美しい女が多い。その例に漏れず、加耶の肌も浅黒いが、憂いを含んだ切れ長の瞳と、ほどよく高い鼻梁が、美人ぞろいの太地の女たちの中でも際立っていた。

「あれ、太蔵はんも沖立するん」

「あっ、はい」

加耶の顔が近づいてきたので、太蔵は恥ずかしげに横を向いた。

「才蔵が連れていけゆうんで、いっぺんだけな」

吉蔵が、明らかに家族に対するのとは異なる口調で答えた。

「怪我させんようにね」

「ああ、分がとう。大事な三男坊様やからな」

そう言うと、才蔵を促して吉蔵は先に行ってしまった。

「太蔵はん」

「は、はい」

二人に続こうとする太蔵を、加耶が呼び止めた。

「吉蔵はんをよろしゅう頼んます」

「えっ、なといせわいが吉蔵あんまを――」

予想もしなかった言葉に、思わず太蔵が聞き返す。

「あたいの旦那様になる人やから」

「うん、分がったよ」

生返事をすると、太蔵は兄たちを追って石段を駆け下った。

――加耶は、吉蔵あんまのことで頭がいっぱいや。

男と女という生き物の不思議が、太蔵にも分かり始めていた。

五

陸岸《おか》から一里（約四キロメートル）も離れた場所で、船団は鯨を探していた。

今日は風が弱く天気もよいので、沖待ちには絶好の日和である。

沖待ちとは、山見が鯨を見つける前に燈明崎の沖に船懸かり（停泊）し、鯨が近くを通るのを待つことである。

十二歳を超える頃から、太地の子らの中には、使い終わった綱《かがす》や銛《もり》の回収要員として樽船に乗り組み、漁を手伝う者がいる。しかし太蔵は兄たちのおかげで、そうした経験をしなくて済んでいた。

船は、小山ほどのうねりを越えたり下ったりすることを繰り返していた。

すでに陸岸《おか》は、霞が懸かったようにかすんでおり、一里（約四キロメートル）どころか一里半（約六キロメートル）は沖に出ているはずだ。

先ほどまで楽しげに歓談していた水主たちも、話題が尽きたらしく、皆、思い思いの方角を眺めて黙っている。

それがずっと続くかと思われた時、一番船に何らかの合図旗が揚がったらしく、突然、船内が色めき立った。合図旗を確認した刃刺の満太夫が「さあて、行くか」と言うと、水主たちは艪《ろ》を漕ぎ始めた。

――鯨魚《いお》を見つけたんか。

それを問いたくても、掛け声に合わせて艪を漕ぐ水主たちに声をかけるのは憚《はばか》られる。

――鯨魚など、どこにもおらんが。

四方を見渡しても、鯨らしきものの姿は全く見えない。

そんなことにお構いなしに、船団は同一の方向に船首を向けて進んでいた。どこに向かっているのか、太蔵には見当もつかない。

「おかしいのう。山見番の旗だと、ここらなんやけどな」

船の水押《みよし》に立ち、波よけの立尺《たてじやく》に片足を掛けた満太夫が、周囲の海面を見回しつつ言った。

「見間違いとちゃいますかの」

「山見親父め、また酒かっくらってたんとちゃうか」

九番船刃刺の満太夫と刺水主の才蔵のやりとりに、水主たちがどっと沸いた。

どの船でも水主たちは、原則として私語を禁止されている。船上では刃刺、刺水主、艫押だけが自由に口をきける。刃刺の指示を瞬時に皆に伝えるためである。

しかし九番船は、満太夫の性格ゆえか、さほど厳しい規律があるわけでもなく、ある程度の私語は許されていた。

満太夫は三十を少し超えたくらいの中堅刃刺だが、刃刺としての出世は止まっており、補助的役割の九番船刃刺の座に甘んじていた。本人もそれを気にしているらしく、序列が上の船に乗る刃刺を、さかんに揶揄《やゆ》しては舌打ちする。

鯨を獲るために結束する沖合衆とて人である。それぞれが憎悪、嫉妬、やっかみなどの感情を持っている。しかし、そうした感情を抑制できない満太夫が、思うように出世できないのは、鯨組という共同体の中では当然のように思えた。

「おう才蔵、わいつのあんまの七番船は、また勝手な動《いご》きすんとちゃうか」

才蔵に絡むかのように、満太夫が言う。

「そいなことないのし」

「こないだも四番船より先に大剣《だんす》入れて、真っ先に赤靄浴びよって。皆、頭に来とったぞ」

四番船から七番船は殺し船と呼ばれ、鯨にとどめを刺す役割を担っている。これは弱った鯨に近づき、腋壺にある心臓に大剣《だんす》を突き立てるという危険な仕事である。

刃渡り四尺六寸（約一・四メートル）、桿長《かんなが》八尺（約二・四メートル）の大剣《だんす》が鯨の心臓を貫くと、そこから血が噴水のように噴き出す。同時に潮吹き孔からも噴霧が吹き上がり、周囲にいる者たちを赤く染める。この赤靄を誰よりも早く浴びることが、殺し船刃刺の栄誉となる。

「あん時は、あんまの位置取りがいがったから、一番大剣《だんす》を入れられたのし」

「なんゆうとる。吉蔵がこすいからや」

唇を嚙んだまま押し黙った才蔵に、満太夫が追い打ちをかけた。

「吉太夫は本方《ほんかた》の覚えもめでたい。そやから親父の座も約束されとう。こんあたりで功を挙げ、正月には番手、上げときたいんやろ」

死傷などで欠員が出ない限り、刃刺や刺水主の編制替えは、正月の例会で発表されるまで待たねばならない。つまり出世や格下げは一年ごとに行われる。

鯨組には年功序列などなく、刃刺でも働きが悪くなれば、容赦なく序列を落とされる。場合によっては船から降ろされ、納屋衆に入れられることさえある。

それが、命懸けで漁を行うがゆえの厳しい掟《おきて》である。

「うちのあんまは、己の功など考えとらんのし」

「生《なま》ほざくな」

憤然として才蔵が答えたので、満太夫が才蔵の尻を軽く蹴った。

船内に気まずい空気が漂う。

「四番船刃刺の千代太夫《ちよだゆう》はんが、『七番船が勝手に位置取るんで、いつか懲らしめたる』と、ゆうとったぞ」

「そいは千代太夫はんが、どぐさいからのし」

水主たちがどっと沸いた。

実際、千代太夫はもたもたすることが多く、親父連中から叱責される場面が、しばしば見られた。隠退した老人たちの中には、来年の夏漕ぎには「吉太夫に替えられる」と、あからさまに言う者さえいる。

「わいつも、ようゆうよな。そんだけの肚、決めてゆうとんのかの」

満太夫と千代太夫は、年が近いため仲がよい。三十前後の彼らが若衆全体を牛耳っており、生意気な若者は、容赦なく制裁を加えられる。

船内に緊迫した空気が漂った時、沖を見つめていた艫押が声を上げた。

「おったで！」

皆の顔が艫押の指し示す方角を向いたが、太蔵には何も見えない。太蔵の目が悪いわけではなく、経験の差である。

「山見親父のゆうた通り、子持ちの背美やな」

満太夫も鯨の姿を認めたようだ。

続いて一番船の船尾に純白の大印が揚がり、追い込み漁の開始が告げられた。

網船数艘が船団を離れ、陸岸《おか》の方に去っていく。網代《あじろ》を張る場所が決まったのだ。

船団全体が色めき立つのが分かる。

「狙うは背美の雌、長さ十三間（約二十三メートル）余」

才蔵が一番船の合図旗を即座に読んだ。

先ほどのことを棚上げし、満太夫と才蔵は親密そうに何事か話し合っている。最後尾にいる太蔵には何も聞こえないが、二人の顔は真剣そのものであり、鯨漁が命懸けであることが、ひしひしと伝わってくる。

一番船を中心にして船団は左右に広がり、子持ち鯨に迫っていた。

空は黒々とした雲に覆われてきており、那智妙法山《なちみようほうさん》から吹き降ろす北西風《ならえ》も徐々に強くなってきている。北西風《ならえ》は、西北風《やまぎた》に次いで吹き上がるのが早いため、太蔵の不安はさらに募った。

「えいよう、えいよう」という掛け声に合わせて、褌《まわし》一丁の水主たちが艪を漕ぐ。その腕は樫のように逞《たくま》しく、その背骨は鋼《はがね》のように強靭《きようじん》に見える。

——とてもわいにはできん。

炊夫の太蔵は最後尾にいる艫押の傍らに控え、水主たちの背を見る格好になるため、彼らの表情を読み取ることはできない。しかし、汗を滴らせながら躍動するその背を見ているだけで、十分に緊張が伝わってくる。

水主たちの掛け声に煽られるようにして、太蔵の胸の鼓動も高まってきた。

先ほどまで、「案じるな」とばかりに、しばしば視線を向けてくれた才蔵も、今は自分の仕事に集中しており、太蔵のことを顧みる余裕はない。

やがて鯨の巨体が、太蔵の視界にも捉えられた。

鯨船が近づいても、さほど危険を感じていないのか、背美鯨は潮を噴き上げながら、ゆっくりと沖に向かっている。そのすぐ後ろから、三間半（約六メートル）ほどの子鯨が、懸命に母鯨を追っている。

「この子持ちは、初めて瀬つきしたんとちゃうか」

「そんようのし」

餌の豊富な沿岸に鯨が寄ってくることを瀬つきと言うが、初めて瀬つきする鯨は警戒心が弱く、勢子船の接近にも、さしたる反応を示さない。

船団が徐々に船足を上げ始めた。

一番船を中央前方に置き、残る船は馬蹄形を作る。

九番船は右翼の中ほどに位置を取った。

船団は八丁切りと呼ばれる最速状態に入り、いよいよ追い込み漁が始まった。

――何があっても堪えねばならん。さもないと坊主か丁稚にされる。

真紅に染まった海面でのたうつ鯨の姿を想像し、太蔵は身震いした。

やがて、前方に網代を張って待ち受ける網船が見えてきた。法螺の音も聞こえてくる。

網戸《みと》親父が、鯨の接近を僚船に知らせるために吹かせているのだ。

「砧《きぬた》の支度をせい」

一番船の艫に「貫抜《かんぬ》き打ち」の旗が揚がった。

舷側《げんそく》に身を乗り出した才蔵が、木槌のようなもので、船の先端左右に張られた張木《はりぎ》を叩き始めた。九番船は右翼に位置するので、左側の張木を叩く。

海面上の音には、さしたる反応を示さない鯨だが、なぜか海中の音には敏感である。それゆえ「貫抜き打ち」によって海中に伝わる音をたて、鯨を恐慌状態に陥れ、網代に追い込むのだ。

各船から発せられる、けたたましい音が、太蔵の動悸をさらに高める。

母鯨も、ようやく命の危機が迫っていることに気づいたのか、大きく潮を噴き上げながら、泳速を上げ始めた。その背が鈍色《にびいろ》の日を反射して波打つ度に、背後の海面は白く泡立ち、大小の不規則なうねりを生み出す。

しばらくそうした状況が続いたが、気づくと、子鯨の姿が見えなくなっていた。貫抜きの音と、母鯨の作り出すうねりに翻弄されているうちに、あらぬ方角に泳いでいったらしい。

子鯨がいないことに母鯨も気づいたのか、その場で反転しようとしている。

鯨は人間同様、出産時には一頭しか子を生まないので、母子の絆は極めて強い。子鯨を気遣って泳速を上げられない母鯨は捕えやすいが、早い段階ではぐれてしまうと、狂ったように探し回るため、極めて捕えにくくなる。

つまり子鯨という要素が加えられると、母鯨の動きを想定するのは難しくなる。

母鯨が反転したため、船団は混乱した。一番船の指示も明確さを欠き、隊列は乱れた。

「そいやから、子持ち獲りに行くんは、性根据えて掛からんといがんのや」

満太夫が、一番船に乗り組む沖合の采配を揶揄する。

尤《もっと》も、子持ち鯨を見逃したら見逃したで、満太夫はその指揮を批判するはずだ。

母鯨が、こちらに向かってくる。

「艪を伏せい！」

満太夫が叫んだ。

すでに海面は荒れに荒れ、漕走《こそう》できる状態にないため、各船は転覆を避けるべく、艪で海面を押さえている。

不規則な三角波が逆巻き、どの船も転覆を堪えるのがやっとである。勢子船は細長いため、安定を保つのが容易でない。どの船の水主たちも艪を海面に伏せ、カワゲラのように這いつくばっている。

左回りに反転を終えた鯨は、潮声《しおごえ》を上げつつ左翼方面に突っ込んでいった。

大きなうねりにあおられ、何艘かの勢子船が右往左往している。

「満太夫はん、あれを！」

才蔵が指差す方向を見ると、一番船の船尾に「仕切り直し」の旗が揚がっている。しばしの間、鯨と距離を取り、態勢を整え直してから再び漁を始めようというのだ。

左翼の勢子船を蹴散らした母鯨は、潮を頻繁に噴き上げつつ、南西にある梶取崎《かんどりざき》に向かっていた。

網船が網代を片付け始める。一番船が網戸《みと》親父の船に近づき、ささやき筒（拡声器）で何事か指示している。網代の位置を変えようとしているに違いない。

「満太夫はん、こいはまずいのし」

「ああ、うまくないな」

才蔵と満太夫の会話が、水主たちの掛け声の間を縫い、切れ切れに聞こえてきた。

母鯨は梶取崎の一里（約四キロメートル）ほど手前で西に向かい、山見鼻《やまみばな》と呼ばれる暗礁地帯に向かっていた。

蟹のように手を広げた太地湾の、ちょうど背にあたる部分である。

この辺りに鯨を追い込んでしまうと、潮流が不規則なため、隊形をうまく整えられず、逃げられることが多い。

ところが母鯨は、泳速を落とした。

「あれは何のし」

「子鯨《こんぼ》か！」

梶取崎と山見鼻の間にある継子投《ままこなげ》の沖に、白い腹を出した子鯨が浮いていた。子鯨の出すわずかな合図音に、母鯨が気づいたのだ。

「ありゃ、息切らしたんとちゃうか」

満太夫が顔をしかめた。

子鯨は恐慌を来すと、過呼吸のような症状となって失神することがある。そのまま呼吸ができずに溺れ、窒息することもあるが、蘇生する場合が多い。

しかし問題は子鯨ではなく、子鯨が死んだと勘違いした母鯨である。

「沖合はなんやっとう」

一番船が止まり、二番船と三番船を呼び寄せて何事か談じ合っている。

「思案《しわい》しとる場合か。獲るんか獲らんか、はよ決めい！」

満太夫が喚く。

母鯨は円を描くように子鯨の周囲を泳ぎつつ、悲しげな潮声を上げ、さかんに手羽《たつぱ》（手鰭《てびれ》）で触れては、子鯨を刺激している。

やがて旗が揚がった。

「いったん引くとゆうんか」

「そんようのし」

「馬鹿くさ。目の前に、死骸《ろくじ》も同じ鯨魚《いお》おんのに行かんのか」

を貫いた。


満太夫が悪態をつく。

「沖合の思案に従うのし」

「わいつにゆわれんでも、そんなこつ分がとる」

満太夫の命に応じ、艫押が船首を北東に立てた時である。母鯨の怒りの雄叫びが蒼天を貫いた。

「どした」

「こっちに頭《かばち》向けたのし」

母鯨が潮を噴き上げつつ、こちらに向かってくるではないか。

母鯨は子が死んだと思い込んでおり、どういうわけか、その原因が九番船にあると思っているらしい。

「こりゃ、わいの船が目路《めじ》に入ったか」

「そんようのし」

満太夫と才蔵が、恐怖に引きつった顔を見合わせた。

「目路に入る」とは「視界に捉えられる」という意で、こうした場合、鯨は目を付けた船だけを執拗に追い回す癖がある。

「びり切れい！」

満太夫が全力漕走を命じた。

鯨は、いったん狙いを定めると目移りしない。ほかの船が眼前にいても、最初に狙いを付けた相手を追い回すのだ。

「ひーやー、ひーやー」

艫押が拍子を取ろうとするが、声が上ずり、うまく行かない。

水主たちも冷静さを失い、艪をぶつけては怒鳴り合っている。

太蔵がちらと船尾を見ると、すでに母鯨は一町半（約百六十五メートル）ほどの距離に迫っていた。

償船が左右に取り付き、貫抜きを叩いて母鯨の進路を変えようとしているが、効き目はない。思い余って銛を打つ者もいるが海面に落ちるだけである。

泳速を上げた母鯨は、瞬く間に一町（約百十メートル）ほどの距離に迫ってきた。

――もう駄目や。

振り向くと、母鯨の巨大な鼻先が目の前にあるように見える。

近くで見ると鯨の頭には、黄土色に変色した瘤《こぶ》状の隆起がいくつもあり、それが凶悪な意思を持っているように感じられる。

すでに水主たちの漕走力も衰えてきているので、あと少しで、九番船は鼻先で引っ掛けられ、転覆させられる。

そうなれば海にほうり出され、荒れ狂う巻き波の中で、懸命にもがきながら、助けが来るまで海面を漂わねばならない。もちろん海中で気を失ってしまえば、そのまま海底深くに引き込まれるだけである。

そんなことにでもなれば、さほど泳ぎが得意でなく、痩せて体力のない太蔵が、生き残れるかどうかは分からない。

――堪忍してけれよう。

黒光りする鯨の頭が眼前に迫ってきた。死の恐怖が脳裏を占める。

その時である。一艘の勢子船が鯨の進路を阻むべく、鯨と九番船の間に割り込もうとした。

「あれは――」

才蔵が声を上げた。

「吉蔵あんまの船だ！」

次の瞬間、母鯨の狙いが変わった。潜っては浮き上がることを繰り返す鯨は、狙いを付けた相手を間違えることがある。

吉蔵はそれを狙ったのだ。

七番船の水主は若い者が多く、疲労しきった九番船よりも逃れられる可能性が高い。しかし怒り狂った鯨は衰えを知らず、あとわずかで、その鼻先が七番船を捕えようとしていた。

一方、ようやく狙いから外れた九番船は、鯨が残した航跡の中にとどまり、この様子を見ていた。水主たちは肩で息をしつつ、皮袋に入った飲料水《すまし》を回している。

「満太夫はん、行こうよ！」

その時、才蔵の喚き声が聞こえた。

「行こうゆうて、どこ行く」

「鯨の方や」

今度は、九番船が七番船を助けようというのである。

「なんゆうとう、この阿呆《あつぽけ》が！」

「満太夫はん、頼むのし」

才蔵が手を合わせた。

「馬鹿ゆうな。水主休ませな、船は走らん」

満太夫の言うことは尤もであり、ここで追いかけろと命じられても、九番船の水主たちに体力は残っていない。

二人がやり合っている間も、弧を描くようにして、母鯨は七番船を追っていた。

「こんままでは、七番船が身代わりになるやろ！」

「わいの知ったこつか！」

「なんやて！」

才蔵の鉄拳が満太夫を捉えた。

皆が唖然とする中、殴られて海に落ちた満太夫は気を失ったらしく、そのまま沈んでいく。

すかさず数人の水主が飛び込み、満太夫の体を引き上げた。

「ああっ！」

その時、艫押が叫んだので、太蔵は反射的に反対側を見た。

七番船が、母鯨の鼻先に引っ掛けられているではないか。

「あんま！」

才蔵と太蔵が同時に声を上げた。

七番船を鼻先に載せた母鯨は、尾羽《おっぱ》を振り上げて勢いをつけると、七番船を中空に放り投げた。

鯨は流木《つまぜ》などの浮遊物を使って、こうした遊びをよくやっていると聞いたことがあるが、まさにその通りだった。

手を差し伸べるように身を乗り出す太蔵の体を、背後から艫押が押さえた。

二間（約三・六メートル）ばかり撥ね上げられた七番船から、水主と艪がばらばらと海面に落ちている。そう思ったのも束の間で、次の瞬間には、船が海面に叩きつけられた。

鯨はそれを突っ切るように進むと、新たな狙いを探すように反転した。

「こっちに来よるで！」

水主の誰かが叫んだ。

すでに満太夫は引き上げられていたが、気を失ったらしく、底板《かわら》の上でぐったりしている。

母鯨が、再び加速しようと尾羽を振り上げた時である。

逃げ惑う勢子船の間を縫うように近づいてきた白い何かが、甘えるような声を上げながら潮を噴き上げた。

「子鯨《こんぼ》や」

母鯨もそれを認めたらしく、うれしそうにそちらに向かっていく。

その隙に七番船の近くにいた船が、救出作業を始めている。

――吉蔵あんま、ごねんなよ。

遠目でも、ぐったりした者が何人かいるのが分かる。

太蔵は那智権現《なちごんげん》の方角に手を合わせ、吉蔵の無事を祈った。

やがて母子鯨は、互いの無事を喜び合うかのように寄り添い、沖に去っていった。

気づくと日は西に傾き、海面に陰影を深く刻み始めていた。先ほどまで吹いていた北《な》西風《らえ》も西北風《やまぎた》に変わっている。

こうなれば一刻《いっこく》も早く沖上がりせねばならない。

勢子船は海面の一所に集まり始めていたが、指揮者のいない九番船は、その場に漂っているだけである。

そのことに気づいた太蔵が才蔵を見ると、才蔵は銛壇に腰掛け、ぼんやりとうつむいている。

一方の満太夫は依然として気を失ったままである。

「行くで」

その様子を見た艫押が、水主たちに指示を出したので、九番船は、皆の集まっている方に向かって漕ぎ出した。

――たいへんなことなった。

刃刺を殴った才蔵が、どのような罰を下されるのか、太蔵には分からない。しかし今は、吉蔵の安否の方が気がかりである。

太蔵は、五町（約五百五十メートル）ほど先にたむろする船団に一刻も早く合流することを願った。

## 六

本方に運び込まれた吉蔵の枕頭《ちんとう》に座し、太蔵は膝頭を震わせていた。その傍らでは、初が泣きながら手を合わせている。その背をさすりながら、懸命に涙を堪えているのは加耶である。

三人の背後では、鯨組棟梁の太地角右衛門や山旦那の和田金右衛門《わだきんえもん》ら年寄衆が、苦い顔で煙管《きせる》をふかしている。

医師の源庵《げんあん》が吉蔵の首筋を当て木で押さえ、晒しをぐるぐる巻きにした。

処置を終わらせると、源庵は額の汗を手巾《しゅきん》でぬぐい、年寄衆を促して別室に向かった。

「ああ、吉蔵、去《い》かんでよ」

初が吉蔵の腕を取り、涙ながらに訴える。

むろん気を失っている吉蔵は、一切の反応を示さない。

「吉蔵はん、ごねんでな」

初を背後から抱きつつ、加耶がかすれた声を絞り出した。

吉蔵は真っ青な顔をして微動だにしない。

吉蔵の傷が深刻なのは、太蔵にも分かった。海面から引き上げられた時、吉蔵は息をしておらず、引き上げた船の者たちが懸命に息入れ（人工呼吸）し、かろうじて蘇生させたという。

「わいと代わってやりたいよう」

初が獣のような嗚咽を漏らす。

そうした光景を茫然と見つめる太蔵の肩に手が置かれた。振り向くと源庵である。

「太蔵だけ、ちと来てくれんか」

「へい」と言いつつ、太蔵が立ち上がった。

それが吉蔵の容態についての話だと、初も加耶も分かっている。しかし、こうした場で診断を告げられるのは、一家の男と決まっている。

二人の祈るような視線が、太蔵の背に刺さった。

隣の間には、深刻そうな顔をして年寄たちが車座になっていた。

これほどの重鎮たちと同席したことのない太蔵は、座を開けられても座ることができない。

「遠慮せんと、座せ」

両肩を源庵に押され、ようやく太蔵が座に着くと、床の間を背にした最上座で、煙管《きせる》をふかしていた角右衛門が口を開いた。

「太蔵、心して聞けい」

「あっ、はい」

「吉蔵は命を取り留めた」

傍らの源庵も力強くうなずく。

——いがった。

肩の力が一気に抜け、その場にくずおれそうになった。

「やがな——」

ゆっくりと白煙を吐きだすと、険しい顔つきで角右衛門が言った。

「吉蔵は、もう動《いご》けん」

「えっ」

角右衛門が煙管《きせる》を源庵に向けた。代わりに話せという指示である。

「太蔵、吉蔵あんまはな、落ちてきた勢子船の縁《ふち》が首の後ろに当たり、たいそうな怪我を負うてしもうたんや」

源庵が己の首筋から背に手を回した。

「首のここんとこな——、この首と背の骨が、つながっているところを痛めてしもうた。ここを痛めるとな、首から下は——」

源庵はいったん言葉を切ると続けた。

「動《いご》かんよう、なってしまうんよ」

煙管を置いた角右衛門が、言葉を引き取る。

「つまり吉蔵は生涯、寝たきりになる」

目の前が真っ暗になり、太蔵はその場に両手をついた。

――あんまは、もう歩けんのか。

「男ならしゃんとせい」

角右衛門の厳しい言葉に、太蔵は威儀を正した。

「源庵先生の伝手《つて》を頼って、和歌山《わかやま》にいる骨接ぎの名人を呼んだる。いくらかかっても金は、わいが出す。やがな――」

角右衛門が再び源庵を促した。

「骨接ぎの名人とて元のようには治せん。うまくいけば指の先くらいは動《いご》かせるかもしれんが」

「指の先――」

首から下が動かせないというのは、歩けないだけでなく、手も指も動かせないということなのだ。

「首から下は一切、動《いご》かないと仰せで」

「ああ、難しいやろな」

源庵が、太蔵の未練を断ち切るように言った。

太蔵は衝撃から声も出ない。

――あの吉蔵あんまが、もう動《いご》けんと。

童子《わっぱ》の頃から猿《ましら》のようにすばしこかった吉蔵が、もう動けないなど、太蔵には信じようにも信じられない。

「わいつも太地の男なら、しっかりせなあかん」

「は、はい」

太蔵が背筋を伸ばした。

「そういうこつやから納屋に使いを出し、才蔵を赦免するよう伝えた」

勢子船の長である刃刺に逆らった才蔵は、重い罪を負った。

太地では組織秩序を乱す者を最も嫌う。才蔵はよくて五年以上の追放、悪くすれば仕置の末、足の一つも折られ、納屋衆の末端に落とされる。

納屋で行われた詮議で、満太夫の判断が誤っていなかったと分かり、才蔵の立場はさらに悪くなった。しかし吉蔵が大怪我を負ってしまった今、一家を支えるのは才蔵である。それゆえ年寄たちは、特別に才蔵の罪を許すことにしたのだ。

「吉蔵がこんなこつにならんかったら、才蔵は所払いや。しかし此度《こたび》ばかりは、吉蔵の働きに免じて赦免したる」

「すまんこってす」

「ただし――」

竹製の灰落としに小気味よく煙管の灰を落とすと、角右衛門が言った。

「才蔵は、これからいくら気張っても刃刺にはなれん」

一度でも上位者に逆らった者は刃刺になれない。それが太地の掟《おきて》である。

「そいでな、わがらが語ろうとったのが、吉太夫の刃刺株だ」

その時、背後の中庭に人の気配がすると、後ろ手に縛られた才蔵が、千代太夫とその刺水主に腕を取られて姿を現した。その足取りは重く、顔は青黒く腫《は》れ上がっている。

後ろ手に縛られている才蔵を見た角右衛門の顔色が変わった。

「やい千代、わいの赦免が出とるのに、いつまで才蔵を罪人扱いしよる。縄解けゆうたのが分がらんか」

「そやけど棟梁――」

「しかも、こんなんいたぶりおって、この乱暴者《やんが》が！」

すくと立ち上がった角右衛門は、太蔵の傍らを走り抜け、履物も履かずに中庭に飛び降りると、拝跪《はいき》する千代太夫の肩を足蹴にした。

「わいの下知《げち》に逆らう阿呆《あっぽけ》は、才蔵と同じ目に遭わせたる」

「堪忍して下せえ」

千代太夫が、その肥満した巨体を縮めるようにして詫びを入れた。

篝《どやご》に照らされた才蔵の顔は醜く腫《は》れ上がり、原形をとどめていない。

「あんま――」

太蔵が声をかけても、才蔵は何の反応も示さず、ただ茫然と中空を見つめていた。

悪態をつきつつ座に戻った角右衛門が、乱れた襟を直すと言った。

「そいで吉太夫の刃刺株やが――」

網取り漁法が始まってから間もなくして、刃刺の地位は、親から子に引き継がれるようになった。太地角右衛門ら本方の年寄たちは、実力主義を貫きたかったが、刃刺となった者たちは、それぞれの知識や技を子弟にしか伝えなくなり、暗に世襲制を求めた。

これに音を上げた本方により刃刺株という制度ができ、刃刺の職は世襲制となる。しかし子弟に適性がなかったり、子が絶えたりした家の株は、本方が金を出して引き取り、適性のある者に一代限りで貸し出されるようになった。

世襲制と実力主義のせめぎ合いは、太地鯨組がなくなる明治維新後まで続く。

「そいで、吉太夫の株をな、本方に引き取らせてほしいんや」

年寄衆の視線が太蔵に注がれた。しかし太蔵は、どう答えてよいか分からない。

本来、株は加耶の家のものであり、二人が婚礼を挙げていない限り、加耶に問うべきである。

「むろん、わいかて先に加耶に問うた。しかし加耶は、いったん渡したもんは吉太夫の

「もんとゆうんや」

「そやかて、加耶殿のおとはんとおかはんが――」

「あそこの親父は、ぼけてしもうておるし、母《かか》は何でも娘任せや」

「とはゆうても――」

太蔵には、どう判断してよいか分からない。

「わいは、わいつに聞いとる。株を売れば、わいつらのおかはんは死ぬまで食うに困らんし、わいつも好きなことができる」

角右衛門は、太地を出たいという太蔵の気持ちをよく知っていた。

「ただしな、わいつが鯨取りになるゆうなら、話は別で」

角右衛門が太蔵の目をのぞき込む。むろん、これほどまでに恐ろしい目に遭った太蔵が、鯨取りなどやるつもりがないことを、その目は知っていた。

太蔵の頭の中は混乱し、何もかも放り出して逃げ出したい心境だった。

――この饐《す》いた地から出られんなら、坊主にでも丁稚にでもなったる。

「わいは――」

太蔵が口を開きかけた時である。

「やります」

くぐもった声が背後から聞こえた。

煙管の火皿に細刻《ほそきざ》みを詰めようとしていた角右衛門の手が止まる。

「いま、なんとゆうた」

「太蔵は沖合衆になります」

背後から、はっきりとした声が答えた。

「才蔵か」

角右衛門の瞳に憤怒の焔《ほむら》がともる。

「わいつは黙っとれ」

「太蔵を刃刺にして下せえ」

「黙れ才蔵。わいつは、もう口きけんゆうこつが分がらんか！」

その言葉に呼応し、背後に控えていた千代太夫と刺水主が、才蔵を地に押し付けた。

「太蔵、あれは才蔵が勝手にゆうとることや。わがらは、わいつの肚が知りたいんや」

年寄たちの視線が再び太蔵に注がれた。その目は、どれも「棟梁のゆう通りにせい」と言っていた。

――わいはここから出ていきたいと、ずっと思うてきた。やが吉蔵あんまを放《ほ》かして、ここから逃げることはできん。

「わいは――、やります」

「なんやて」

「わいは刃刺になります！」

自分でも驚くほど大きな声が出た。

「よう、ゆうた」

背後から、誇らしげな才蔵の声が聞こえた。

「ほうか」

角右衛門の瞳が冷たく光る。

「よし、そいなら性根入れ直して鍛えてやるけえ、そんつもりでな。千代――」

「へい」

「明日から太蔵を、わいつの船の水主にせい」

「承知」

わが意を得たりとばかりに、千代太夫が首肯する。

「太蔵、懸命《むさくら》に気張ることや」

それで談議は終わった。


翌朝、吉蔵が家に運ばれてくるのと入れ違うように、太蔵は水の浦に向かった。

吉蔵の世話は、才蔵が引き受けてくれた。

本方としては、満太夫と気まずい状態のまま、才蔵を九番船に乗せることもできず、だからといって、才蔵のために鯨組の編制替えを行うわけにもいかず、この冬漕ぎの間、才蔵を海に出さないという沙汰を下した。

## 七

千代太夫の下で働くことは、過酷の一語に尽きた。

何か面白くないことがあれば、激しい罵倒と共に蹴倒され、「働きが悪い」と言われては、飯まで抜かれる。

見かねた水主の一人が千代太夫を諫《いさ》めると、その水主まで殴打された。以後、四番船で太蔵を擁護する者はいなくなった。

鯨が獲れた日は千代太夫も多忙なのでまだましだが、獲れなかった日は、陸岸《おか》に戻って正座させられ、説教されては鉄拳が飛んだ。

角右衛門は千代太夫に太蔵を託し、音を上げるのを待っているとしか思えない。

太地では、鯨組棟梁の提案は決定に等しく、その意に反した者は、相応の仕打ちを受ける覚悟をせねばならない。

生活を保障してくれる見返りは服従であり、それに反すれば誰も守ってくれない。

それが太地の暗黙の掟だった。

それでも太蔵は、歯をくいしばって耐えた。

「なにくそ」という思いが、太蔵の胸に芽生え始めていた。

太地からの逃避ばかり考えていた太蔵にとって、それは不思議な感情だった。

――逃げてばかりではいがん。

父が生前、「逃げる鯨魚《いお》を捕えるのは楽や。やけど、こっちに向かってくる奴は、一筋縄ではいがん」と言っていたのが思い出される。

あの母鯨はそれを証明した。

逃げてばかりでは、何も得られないのだ。


ここのところ獲れなかった鯨が、ようやく獲れた日、千代太夫は太蔵に、最初の大剣《だんす》を入れることを命じてきた。

水主仕事であれば、鯨を直視せずとも仕事を全うできる。しかし大剣《だんす》でとどめを刺すとなると、血みどろの鯨と正面から対峙せねばならない。

太蔵に試練の時が訪れた。

幾重にも網をかぶったその巨頭鯨《ごんどう》は、戦いに疲れ果てた兵士のように、海面に横たわっていた。

太蔵に大剣《だんす》を握らせた千代太夫が、「はよやれ」と言いつつ、太蔵の背を押す。

本来であれば、刃刺に代わって最初の大剣《だんす》を入れさせてもらえるなど、刺水主でもない平水主《ひらがこ》にとって光栄なことである。しかしその真意が、別のところにあるのは明白である。

四番船が徐々に巨頭の横腹に近づいていく。

三十本近い銛を突き立てられたその巨頭は、痛みから失神しかけており、うなるような潮声を発しつつ、惰性で手羽《たっぱ》(手鰭《てびれ》)をかいている。

「はよ、やらんか！」

千代太夫に尻を蹴られた太蔵は、倒れた拍子に額を銛壇にぶつけた。

慌てて額に手をやると、手の平が真っ赤になった。

——血や。

顔一面が鮮血にまみれているのだ。

「この愚図者《どぐそうもん》が。できんのやったら大剣《だんす》返せ！」

背後から千代太夫の怒鳴り声が聞こえる。

水主たちは網に手鉤を掛け、巨頭鯨を引き寄せている。これ以上、ほかの船を待たせておくわけにはいかない。

「もうええからよこせ」

千代太夫の毛深い手が伸びてきた。それが大剣《だんす》の柄に掛かろうとした時、太蔵は言った。

「いや、渡さん」

「なんやて」

額から血を滴らせながら立ち上がった太蔵は、鯨に近づくと、見よう見まねで大剣《だんす》を脇に引き付けた。

――わいはここで生きるんや！

思ってもみなかった言葉が胸奥《きようおう》からわき上がってきた。

「うおおお――」

凄まじい気合いと共に、大剣《だんす》が巨頭鯨の腋壺《わきつぼ》を刺し貫いた。

雷が落ちたかのような潮声が轟くと、鮮血が鉄砲水のように噴き出した。

太蔵は、それをよけようともせず全身で浴びた。

生臭さが鼻孔に満ち、吐き気が怒濤《どとう》のように押し寄せてくる。

――ここで、逃げたら負けや。

太蔵は腹筋に力を入れた。

やがて鮮血のほとばしりは勢いをなくし、それと歩調を合わせるように、吐き気も去っていった。

――わいは勝ったんか。

血まみれの鯨を見ても何も感じない己に、太蔵自身が驚いていた。

この様を茫然と見ていた水主たちは、手鉤を外して鯨と距離を取った。

「善《よ》した、善《よ》した」

しばらくして水主の誰かが、「よかった、よかった」と称賛の声を上げると、やがて拍手が起こった。それは、近くにいたほかの勢子船にまで伝播していった。

皆、太蔵のことを案じてくれていたのだ。

太蔵から血染めの大剣《だんす》を返された千代太夫でさえ、「ようやった」とばかりにうなずいている。

この瞬間、己の生涯が決まったことを太蔵は覚った。


その日、太蔵が立派に役目を果たしたと聞いた初は泣いて喜び、ここのところ吉蔵の看病で付きっきりだった加耶と共に、森崎《もりさき》の市まで買い出しに行った。新鮮な野菜を吉蔵に食べさせるよう、源庵から申し付けられていたからである。

才蔵と共に吉蔵の枕頭に座した太蔵は、今日の顚末を報告した。

「いがった。いがった」と言いつつ、吉蔵は心から喜んでくれた。

「わいも、はようようなって、わいつらと鯨魚《いお》獲らんとな」

二人は苦い笑みを浮かべて首肯した。

「しかし、あれから一月近《ひとつきちこ》う経つが、首の下はなんも感じんのや。どしてかの」

「源庵先生によると、ちいとずつようなるで、気長に治せとのことや」

才蔵が如才なく答える。

「そやかて皆に迷惑かけられん。今年の冬漕ぎは無理でも、夏漕ぎまでには治さんとな」

吉蔵の顔が曇った。吉蔵も、どこまで快復するか不安なのだ。

一生涯、動けないと知った吉太夫が舌を嚙むことを懸念した源庵は、「時が経てば治る」と伝えるよう、家族に言い含めていた。

源庵は言った。

「一年か二年すれば、本人も分がってくる。したら、もう心も落ち着いとるはずや。そん時には、真《まこと》を告げてもええかもしれん」

加耶も含めた家族は、その言葉に従うことにした。

吉蔵は、太蔵が鯨の腋壺に大剣《だんす》を入れるまでの話を詳しく聞きたがった。

今までであれば、思い出すだけで吐き気を催すことだったが、どうしたわけか太蔵は、あの時のことを、すらすらと語ることができた。

三人で談笑していると、初と加耶が帰ってきた。

二人に吉蔵の世話を任せた才蔵は、「話がある」と言って、太蔵を寄子路の裏手にある愛宕山《あたごやま》神社に誘った。

八

「あらたまって何ねん」

灌木《かんぼく》の繁る日当たりの悪い場所まで来たところで、太蔵は歩みを止めて問うた。何やらあらたまった雰囲気を、才蔵の態度に感じたからである。

「太蔵、わいつはもう一人前や。わいが気い病むこともないな」

「なんゆうとう」

「もう、鯨取りになる決心がついたやろ」

「ああ、うん」

「いがった」と言って振り向いた才蔵の目には、涙がたまっていた。

「あんま、どしたん」

「わいは鯨取りを、やめよう思うとる」

「なんやて」

予想もしなかった才蔵の一言に、太蔵は啞然とした。

「こんまま太地におっても、いったん上の者《もん》に栈打《さんう》ったら、一生、引かれ者《もん》や。今はまだ一番船から三番船の親父らも元気やが、そのうち千代や満が仕切るようになる。したら、わいはしまいや」

　桟を打つとは、逆らうという意味である。

「そやかて、そんなん急にゆわれても――」

　あまりの衝撃に、太蔵は二の句が継げないでいた。

「納屋頭《がしら》に、わいの気持ち打ち明けたら、『尤もや』ゆうて、親しくしとる油商人《あきゅうど》を紹介してくれた。そん商人も、わいなら雇うてくれるゆうんや」

「というこつは――」

「わいは江戸に行く」

「江戸やて」

　大坂ならまだしも、江戸と言えば、はるか雲煙の彼方という印象しかない。

「外に出たい思うとったんは、わいつだけではない。わいも、ちいとは考えとった」

　己の運命を素直に受け入れているとばかり思っていた才蔵の意外な言葉に、太蔵は唖然とした。

「わいかて若いんや。生き方つうもんを、なんも考えんわけではなかった」

　御一新の荒波は、太地のような隔絶された地にも押し寄せてきており、若者たちの心は、何かに突き動かされるように沸き立っていた。

――〝へこい者《もん》〟は、わいだけではないんや。

太蔵は、あらためてそのことに気づいた。

「なといせ今まで、そいをゆわんかった」

「ゆうてどうする。そういうこつは胸にしまっとくもんや」

才蔵は太蔵よりもはるかに大人だった。

――そやから才蔵あんまは懸思も作らず、あんなこつもできたんやな。

上位者に逆らうことが、鯨取りとしての出世を止めることを、才蔵もよく知っていたはずである。それでも才蔵は満太夫を殴った。

あの時、吉蔵を救うためなら、この地から去ってもいいと思っていたのだ。

「わいの心残りは吉蔵あんまだけや。やが、わいの思案を棟梁に語ったら、棟梁は賛じてくれて、こうゆうた」

いったん言葉を切った才蔵は勇《ゆう》を鼓《こ》すように言った。

「吉蔵のことは気い病まんでええ。死米定《しにまいさだめ》に従い、海で死んだ仏さんと同じ食い扶持《ぶち》出す、とな」

死米定とは、仕事中に事故で命を落とした者の遺族や、再起不能になった者の家族に対する救済法で、現金と扶持《ぶち》米が支給される。これにより、沖合衆は安堵して危険な仕事に就ける。

「やがな、吉蔵あんまの面倒は、誰《だい》かが見なあかん。おかはんは年取っとるし、いつまでも世話できるゆうもんでもない。わいつも座敷に出るようになれば無理や。そいでわいが困っておったら、棟梁は、加耶が一生、吉蔵の世話をしたいと申し出たとゆうんや」

吉蔵が治らないことは、加耶も知っているはずである。それでも加耶は、吉蔵の世話をしたいというのだ。

「そんじゃ、加耶はんは、一生を吉蔵あんまに捧げるゆうんか」

「そういうこつになる」

太蔵には男と女のことなど分からない。しかし加耶が、尋常の女ならしないであろう決断をしたことだけは分かった。

「そいでな、仕方なく棟梁は、加耶にあんこつを語ったというんよ」

「あんこつ――」

「吉蔵あんまが子を成せんというこつや」

言うまでもなく、吉蔵の男根は何も感じず、排尿以外の機能を果たさない。

「しかし加耶はな、『そいでもええ』ゆうたと」

才蔵は涙を堪えるように唇を噛んだ。

「棟梁は『そこまで好いとんならええ』と許した。棟梁としては、加耶を尼寺に入れたつもりでおったんやろう。ところがや――」

才蔵の顔に苦悶の色が広がった。

「うちのおかはんが、そいに文句ゆうたんよ」

「おかはんが――」

加耶が来てくれれば、初の負担も軽減されるだけでなく、吉蔵のことを心配せずに死んでいける。しかし初は、それに反対したというのだ。

「いや、おかはんは加耶とは仲がよく、嫁に来てくれるこつに何の文句もない。ただな、心がかりは刃刺株なんや」

「刃刺株――」

予想もしなかった言葉に、太蔵は啞然とした。

「そや、せっかくもろうた刃刺株を手放しとうはないと、おかはんはゆうんや」

これには、複雑な事情が絡んでいた。

加耶の家の刃刺株は、吉蔵の許に加耶が嫁ぐ前提で譲られた。しかし二人に子ができなかった場合、太地鯨組の掟により、吉蔵の隠退と共に本方が召し上げることになる。

今回の場合、吉蔵に子ができないのは明らかなので、太蔵が適格と認められれば、一代限りで太蔵が刃刺株を引き継げる。しかし太蔵が、加耶の家とかかわりのない女を娶《めと》って男子を成しても、その子は刃刺株を引き継げないことになる。

刃刺の世襲制を許した代わりに、本方は、代替わり時に厳しい規定を設けることで、実力主義の余地を残そうとした。

「そやかて――」

太蔵の頭の中は混乱した。

「わいも困った。頭を抱えておったら、昨日、わいつが座敷に出とる時、おかはんと共に本方に呼ばれたんや」

そこには加耶と、その老母もいたという。

「棟梁は『じっくり考えたが、刃刺株を持っていたいなら、これしか策はない』とゆうた」

「策と――」

「そうや、わいつに加耶を娶《めあわ》せる」

太蔵は笑い出したくなった。野盗や野伏《のぶせり》の類でも、兄弟の嫁を奪うことなどしない。しかも太蔵の意思を確認せずに、事が進められていることに腹も立った。

「わいかて人や、そんな勝手なことさせっか」

「――」

「わいが加耶を抱いて、嬰児《やや》産ませんのか。わいは牛馬やない！」

「そんなこつ、分がっとう。そやから棟梁はゆうた。『子を作る作らんは太蔵の勝手や。

そいでもええな』とな」

むろん子ができなければ、刃刺株は召し上げとなる。

「でもな、おかはんはゆうた。『太蔵かて男や。こない姫様のような女子《おなご》と暮らして、手を出さんわけがない』とな」

「なんやて」

太蔵の胸底から憤怒の情が沸き上がってきた。

「ええかげんにせえ。そいなら、才蔵あんまが加耶はんをもらえ！」

その言葉を発した瞬間、才蔵の顔が曇った。

「わいが刃刺になれんことは、知っとうな」

太蔵は己の口から出た言葉を悔いた。

「棟梁は、『考え尽くしたが、ほかに手はない』とゆうて座を払った」

「加耶はんの気持ちは、どうなんや」

「そいはな――」

口ごもりつつも才蔵は言った。

「あんまの近くにおられるなら、そいでもええと――」

「何やて」

加耶は己の身がどうなろうと、ただ一心に吉蔵の側にいたいのだ。

「つまり、形ばかりにわいが加耶をもらえば、すべては丸く収まるゆうんな」

「そや。子ができるできんは誰《だい》も責められん」

「やがな、あんまは、大事なことを一つ忘れておるで」

太蔵は、たぎり立つ怒りを抑えて言った。

「吉蔵あんまに、体が元に戻らんことと、加耶がわいの嫁になることを、誰《だい》が伝えるんや」

背を向けた太蔵に、才蔵が言った。

「江戸に向かう前の夜、わいが伝える。そいが、わいの最後の務めや。そやからわいは、心安うしておれ」

「誰《だい》が心安うできる。才蔵あんまは、すべてわいに背負《しょ》わせるつもりなんや！」

「そうや。何の申し開きもできんが、そん通りや」

「そいで才蔵あんまは、江戸で新たな人生を切り開くんや」

嫉妬と羨望の混ざった感情が、太蔵の頭の中を駆けめぐる。

「才蔵あんまは卑怯や」

「そいは分がっとう。わいつが、そうしたかったことも分がっとう」

才蔵が肩を震わせる。

「やがな、重荷を背負いたくても、わいは、もう背負えんのや」

いくら頑張っても、才蔵は刃刺になれない。ということは、太蔵がその重荷を背負うしかないのだ。

「わいは――、わいはどうすればええんじゃ！」

太蔵の喚き声に驚いた百舌《もず》が、怒ったような啼き声をたなびかせ、奥山に飛び去った。

――わいもあんまたちも、運命《さだめ》の網に絡め取られてしもうたんやな。

太蔵が振り向くと、涙で顔をくしゃくしゃにした才蔵が、その場に土下座していた。

「すまん太蔵、ほんにすまん。わいの勝手を許してくれ！」

太蔵にも才蔵の気持ちは分かる。このまま太地にいても、才蔵は刃刺になれず、平水主か納屋衆として生涯を終えるしかない。たとえ生活が保障されていたとしても、そんな生涯を送るくらいなら、新天地で新たな人生を切り開く方がましに決まっている。

土下座したまま才蔵は泣いていた。

それを見つめる太蔵の心に、新たな感情が生まれていた。

「あんま、どう考えても、それしか手はないようやな」

「分がってくれたか」

「でも、わいは加耶を抱かん」

「そいでええ。よう分がってくれた」

才蔵が太蔵に手を合わせた。

「やめてくれ。それより才蔵あんまも、江戸で気張れよ」

「ああ、気張ったる。死んだ気んなって働き、一人前の商人になったる」

才蔵の顔に己の失ったものを見た太蔵は、思わず顔を背《そむ》けた。

「あんま、便りくらいはくれよな」

「必ず送る」

才蔵が二度と太地に戻る気がないことを、太蔵は知っていた。

これまで太地を出ていった者の大半は、商用以外で戻ることなどなかった。

かつて、皆の激励の言葉と共に太地を出ていき、商人として成功し、帰郷した者がいた。しかし皆は、帰ってきた男によそよそしい態度を取った。それに理由などない。もう男が太地の衆ではないからである。

その男が帰郷することは、二度となかった。

――太地とは、そういうとこや。

一度出てしまうと、太地では仲間として扱われない。

そう思った時、太蔵は、己が太地に染まりつつあることを知った。

――こいで、ええんや。

才蔵の嗚咽を背後で聞きつつ、太蔵は一人、石段を下りていった。

# 九

才蔵が江戸に発つ前夜、太蔵は家に帰らず、御座所で夜を過ごした。

瞼《まぶた》の裏が明るんできたので目を開けると、すでに燈明崎の端から、明るい光が溢れ始めていた。

その光の中に人影が立っている。

「才蔵あんまか」

逆光でよく見えないが、小さな荷物を提げているので、才蔵に違いない。

太蔵やほかの者にとっては、常と変わらぬ平凡な朝だが、才蔵にとっては、太地で迎える最後の朝となる。それを思うと、太蔵にも込み上げるものがあった。

「終わったんか」

くるまっていた蓆《むしろ》を払って桟敷《さじき》に座り直した太蔵が問うと、才蔵は「ああ」と答えて横に座した。

「どうやった」

自分でも不粋な問いと分かっていたが、それ以外に言葉は見つからない。

「吉蔵あんまは立派やった」

「もう動かんと告げても、取り乱さなかったんやな」

「わがらのあんまや。当たり前やろ」

目に涙をためて才蔵が続けた。

「あんまは、そいなこつ皆の様子から分がっとったとゆうんや。やが、あんまは『わいは負けん』ともゆうた」

「負けんとな――」

予想もしなかった吉蔵の言葉に、太蔵は胸を打たれた。

「そいだけやない」

才蔵の声は上ずっていた。

「昨日くらいから、指の先に何か触れるのが分がるともゆうてた。そやからわいと加耶は、ひっきりなしに指の先をさすった。そしたら、あんまは『くすぐってえな』とゆうたんや」

才蔵が、堰を切ったように泣き崩れた。

「そいは真《まこと》か」

「真や。指ん先が、かすかに動《いご》くんも見た」

「いがつた。ほんにいがった」

喜びの波が胸奥《きょうおう》から押し寄せてきた。

指先さえ動かせれば、銛先を磨いたり、網を結ったり、太地に仕事はいくらでもある。

吉蔵は胸を張って、太地の衆として生きていけるのだ。

――吉蔵あんまは、わいと加耶が治しちゃる。

太蔵の心に新たな闘志が沸き上がってきた。

「あんまは、わいの勝手も許してくれた」

「江戸行きのことか」

「ああ」と言うや、才蔵は涙をふいて立ち上がった。

「あんまはな、わいつと加耶が夫婦《めおと》になることも承知したんで」

「そうか」

それ以外に、太蔵に言葉はない。

「あんまは加耶に『真の夫婦になれ』とゆうた」

「なんやて」

それは「子を作れ」という意である。

「わいの仕事はここまでや。後のこつは、わいつに任せる」

浜には、徐々に人が集まり始めていた。

桟橋に繋留《けいりゅう》された便船に乗る人々である。

「船はもう出るんか」

「ああ、もう小半刻（約三十分）もすれば出る。あん船で新宮まで行き、大きな便船に乗り換えて江戸に向かう」

才蔵の顔が引き締まった。それは、未知の未来に希望を抱く男の顔だった。

太蔵の心に羨望の念が芽生えたが、それが残滓《ざんし》にすぎないことを、すでに太蔵は知っていた。

「才蔵あんまは、ほんに行ってしまうんやな」

「うん」とうなずくと、才蔵が寂しげな笑みを浮かべた。

「あんま、元気でな」

「太やんもな」

太蔵を童子《わっぱ》の頃の愛称で呼ぶと、才蔵は桟橋の方に向かって歩き出した。

太蔵も付いていこうとしたが、桟橋の上に初がいるのを見てやめた。母と子二人にしてやるべきと思ったのである。

逆光なので影しか見えないが、初と才蔵は言葉を交わしているようだった。しばらくして、ほかの客が乗り込み始めると、いよいよ出港の時が迫った。

はじめ初は、才蔵の袖に取りすがるようにしていたが、やがて才蔵の胸に顔を埋めて泣き出した。

初も、これが才蔵と言葉を交わす最後と分かっているのだ。

――あんま、負けんなよ！

心の中でそう呟くと、太蔵は御座所を後にした。

才蔵の乗る船を見送るために、鷲の巣崎に至る道の途中にある〝せのつろ〟に向かうのだ。

それは才蔵を見送るだけでなく、己の少年時代と訣別するためでもあった。

――わいは、いつしか太地に染まり、若い頃に抱いた夢を笑い飛ばすようになんのやな。

太蔵は、もう、〝へこい者《もん》〟に戻れないことを知っていた。

海鳥が、かまびすしい声を上げながら空いっぱいに舞っていた。すっかり朝日は姿を現し、燈明崎から平見台へと続く崖を橙色《とうしょく》に染めている。

常と変わらぬ太地の景色が、今朝からは違って見える気がした。

太蔵は、いつの日かきっと加耶を抱くことを予感していた。そのことに、加耶もきっと同意してくれるに違いない。

それが吉蔵の心をいかに波立たせようと、太地の男として、家を守るためにせねばならないことだからである。

――わいは太地を迎え入れる。

雲雀《ひばり》の声が尾を引くようにたなびき、鷲の巣崎の緑が、幾分か生気を取り戻したように感じられた。
太地の春は、もうそこまでやってきていた。

# 弥《や》惣《そう》平《へい》の鐘

「はよせい、ゆうのが分がらんか！」

大人たちに怒鳴られ、幼水主《すなり》と呼ばれる見習い水主《かこ》たちが、慌てて勢子船《せこぶね》に乗り移ってきた。ほぼ同時に、大人たちが勢子船から持双船《もつそうぶね》に渡っていく。

乗り換えが終わると、持双船の周りに群れていた数艘の勢子船が、少年たちを乗せて離れていく。

持双船には、勢子船の刃刺《はざし》、刺水主《さしがこ》、水主《かこ》の若い衆ら三十人余りが乗り移った。

海面に横たわる鯨を隔てた一方の船団でも、同様の乗り換えが行われている。

持双船とは、二本の檜《ひのき》を互いの舷に差し渡し、鯨の体を棕櫚綱《しゅろ》で持双柱に固定させ、吊り下げるようにして陸岸《おか》まで運ぶ船のことである。

すでに鼻切りは済んでおり、鯨は鼻に通された留綱一本でつながれていた。後は、背《せ》鰭《びれ》に留綱を通す手形切りという作業を残すばかりである。

「よし、手形切れい！」

乗り換えが終わったことを確認した沖合の辰太夫《たつだゆう》の声に応じ、小包丁を咥《くわ》えた若い刺水主たちが、大量の血で濁った海に次々に飛び込んでいく。

水主の弥惣平《やそうへい》も、体に巻き付けた留綱を強く締めた。鯨に上った刺水主に留綱を渡すのが、弥惣平たちの役目である。

「おい、どした」

弥惣平と同じように体に留綱を巻き付けた常吉《つねきち》の顔は、すでに真っ青である。

「常吉、なんも気い病まんでええ。ただ、こいつを渡してくるだけや」

「はい」

「ええか、行くで」

刺水主たちに続いて、弥惣平と常吉も、赤黒い血と脂の漂う海に飛び込んだ。

長さ九間（約十六メートル）ほどの小ぶりな鰯《いわし》鯨は、すでに瀕死の状態だが、どれだけ力が残っているかは分からない。

注意深く抜き手を切って鯨の体に泳ぎ着いた弥惣平は、側面に刺さっている銛《もり》の一本を手掛かりにして鯨の背に上ると、背鰭に穴を開け終わった刺水主たちに、留綱の端を差し出した。その時である。

「おい、あれ見い」

刺水主が顎で示した方向を見ると、常吉が、溺れかかっていた。体に巻き付けた留綱が絡まったのだ。

持双船は位置を変えられず、勢子船は鯨から遠ざかっているので、弥惣平が助けに行くしかない。

「行ってやれ」

「すまんのし」

鯨の背から海面に飛び込んだ弥惣平が、常吉の許に泳ぎ着いた時、すでに常吉は沈みかけていた。

その足に絡んだ留綱を解き、常吉を海面に引き上げた弥惣平は、駆けつけてきた勢子船に常吉を託すと、その留綱を咥えて鯨に戻った。

刺水主たちがその留綱を背鰭に通すと、弥惣平は、それを咥えて反対側の海に飛び込んだ。鯨の体の下に留綱を回し、二艘の持双船に渡された持双柱に結び付けるのだ。

鰯鯨は小型なので、留綱は〝中どな〟と呼ばれる胸辺りに渡したものと、〝下どな〟と呼ばれる背鰭から下腹に渡したものの二本で十分である。

鯨を持双に固定すると、「帰《けえ》るで」という沖合の辰太夫の声が聞こえた。それに応じ、船団は意気揚々と太地《たいじ》湾を目指した。

小ぶりな鰯鯨とはいえ、獲物があったことで、船子たちの顔は一様に明るい。

鯨の背に渡された持双柱と呼ばれる櫓の一本に、弥惣平はまたがっていた。留綱が緩んだ際に、締め直すためである。

——こんなちこい奴なら、緩むこたないな。

船団は、先漕ぎと呼ばれる扇状に開いた曳航《えいこう》態勢を取りつつ、沖上がりしていた。全身に夕日を浴びながら、鯨と共に引かれていくのは、自分が沖合か親父になった気がして、何とも気分がいい。

眼下の鯨はつぶらな瞳を開いたまま、うねりに身を任せている。瞼《まぶた》の開閉を行わないのは、すでに事切れている証拠である。

——成仏してな。

その瞳に向かい、弥惣平は手を合わせた。

やがて浜が見えてくると、銅鑼《どら》や太鼓の音と共に女たちの歓声が聞こえてきた。鯨取りにとって最も誇らしい瞬間が訪れようとしていた。

船を片付け終わると、ようやく弥惣平ら水主も、仕事から解放される。疲れがどっと出るが、獲物があった日は、それも心地よいものに変わる。

すでに鯨は納屋衆の手に渡り、解体作業が始まっていた。

焚火で焼いて食べるために、肉の塊《かたまり》をもらおうと納屋の方に足を向けると、浜辺で一人、ぼんやりと佇《たたず》む男がいる。

常吉である。

「常吉、どした」

わざと乱暴に肩を叩くと、常吉が驚いて振り向いた。

「あっ、弥惣平さん。今日はすみませんでした」

「当たり前のことや。礼など要らん」

常吉の歯の根が浮くような江戸弁《えどべん》を聞いていると、弥惣平は、どうにも居心地が悪くなる。

――文明開化の世だ。しゃあない。

すでに明治も十一年（一八七八）になり、孤島のようだった太地にも、人の出入りが激しくなってきていた。

「常吉は江戸から来たってな」

「はい。東京《とうきよう》の品川《しながわ》からです」

東京の品川と言われても弥惣平には、ぴんと来ない。

「よく、ここに潜り込めたな」

「こちらの納屋衆頭《がしら》と亡き父が遠縁にあたりまして」

「そいつはいがったな」

嘉永《かえい》七年（一八五四）、日本とアメリカ合衆国の間で日米和親条約が締結されて以来、米国の捕鯨船が近海に出没するようになり、太地では、坊主と呼ばれる不漁が続いていた。

そのため、季節労働者である旅水主《たびがこ》の数も減ってきていた。それでも死の危険と隣り合わせの仕事のため、ほかの出稼ぎ労働に比べて賃金は高く、希望者は引きも切らない。三十人余に減った旅水主に入り込むには、これまでの実績が必要である。しかし旅水主とて年は取る。櫛の歯が抜けるように、一人来なくなり二人来なくなるので、新参者を雇い入れざるを得なくなる。そうした場合、身元が保証されている者は有利になる。

常吉は、そうした伝手《つて》を使って太地の旅水主に雇い入れられた一人だった。

「ただな、あんまし役に立たんと、送り返されるで」

「それは困ります」

常吉の顔が蒼白になるのを見て、弥惣平は脅かしたことを少し悔やんだ。

――此奴《こやつ》は、どうしても金を稼ぎたいんやな。

その理由が何なのか、太地では問うことをしない。それが太地の衆と旅水主であれば、なおさらである。

常吉を誘って納屋に赴くと、沖合の辰太夫と四番船刃刺の沢太夫《さわだゆう》が、御座所で煙管《きせる》を吹かしていた。

「弥惣平」

沢太夫に呼ばれた弥惣平が御座所に向かおうとすると、「常吉はええ」という辰太夫の声が続いた。

肉をもらって皆の許に戻るよう常吉に指示した弥惣平は、恐る恐る二人の前に立った。

「今日はお疲れさんな」と言うと、辰太夫が紫煙を吐き出した。辰太夫はすでに六十歳を超えており、その赤銅色《しやくどういろ》の顔には、縦横に深い皺が走っている。

一方、真っ白い髷《まげ》を長く垂らす辰太夫とは対照的に、髷を落とした沢太夫は、文明開化の世を体現しているかのようである。

その気風《きつぷ》のよさは男も惚れると言われる沢太夫は、いまだ独身の二十代半ばで、和歌山《わかやま》や新宮《しんぐう》の芸者と多くの浮名を流していた。

「わいつも刺水主までもう一息や。次はまっと気張れ」

「へ、へい」

直接の指揮者にあたる沢太夫からそう言われ、弥惣平は舞い上がった。

明治に入ってから、役所の指導で刃刺株制度は廃止され、先祖に刃刺のいない弥惣平にも、刃刺になれる機会が生まれた。尤《もつと》も、これだけ漁獲量が減ってくれば、鯨組の存続自体が危ぶまれ、刃刺どころではないのだが、太地の人々は、不漁は一時的なことと信じていた。

小粋に煙草の灰を落とすと、沢太夫が言った。

「実はな――」

何を言われるのかと、弥惣平の鼓動が高まる。

「わいつにめんどう見させていた常吉のことや」

反射的に背後を見たが、近くには誰もいない。

辰太夫が後を引き取る。

「あん働きでは、ここでは使えん。そんこつは、もう納屋衆頭には申し聞かせた」

「そいは真《まこと》で――」

驚く弥惣平に沢太夫が告げた。

「しあさってには五十集船《いさばぶね》が来る。その乗り組みに潜り込ませてもらえるよう、納屋衆頭が掛け合うことになった。なんか理由《わけ》ありらしゅうて、こんまま放り出すわけにはいがんゆうこつだ」

太地には、大阪へ鯨肉や鯨油を運ぶ四十石積み（約十一立方メートル）の五十集船がやってくる。江戸期には、冬漕ぎともなれば週に一度やってきても無駄足になることはなかったが、今は、鯨が獲れたという電報を打たなければやってこない。そのため来航は、鯨が獲れた日から三日後となる。

「明日は休みやから、常吉は、あさっての沖立《おきだち》でしまいや」

これまで何回かあった沖立でも、常吉は後れを取ることが多く、皆からよく怒鳴られていた。

弥惣平は懸命に指導に当たったが、それも水泡に帰した。

「すまんのし」

「わいつのせえではないで」

辰太夫にそう言われても、弥惣平の気持ちは晴れない。

去り際、五十集船が来るまでに、このことを常吉に告げるよう命じられた弥惣平は、重い足を引きずり、皆が集まる焚火に向かった。

二

雨模様の寒空の下で沖待ちするのは、誰にとっても辛い。しかも北東風《わいた》が強くなり、波長の不規則な大小のうねりも姿を見せ始めている。

沖上がりとなるのも時間の問題だと、誰しも思っているはずだが、一人として、それを口にする者はいない。それでも水主たちは、ちらちらと燈明崎《とうみょうざき》山見の旗を盗み見ていた。

鯨漁に関する様々な判断は、燈明崎にある山見番所の旗が見えている限り、それに従うことになる。しかし見えない位置まで来てしまえば、沖合と三人の親父に委ねられる。親父とは、一番船から三番船刃刺のことである。

いよいよ雨足が強くなり、沖上がりの旗が揚がるのは確実という雰囲気になった時、どこからか、がちがちと歯の根を鳴らす音が聞こえてきた。

「どいつや」

刃刺の沢太夫が、どすの利いた声で問う。

沢太夫は四番船から七番船の殺し船を仕切っているだけあり、刃刺の中でも厳格なことこの上ない。

音を出しているのは、三列目左艪《ろ》を受け持つ常吉である。

「常吉か」

銛壇から鋼《はがね》のような体を躍らせると、沢太夫は容赦なく常吉を平手打ちした。

残る水主たちは、船が覆《かえ》らぬよう海面に艪を伏せる。

「ええか、どんな寒うても、襦袢《じゅばん》一丁で平気でおるんが太地の鯨取りや。分がたら、そいを止めい」

「あっ、はい」

そう言われても、いったん震えだした顎は、すぐに止まらない。

弥惣平は首にかけていた己の手巾《しゅきん》を摑むと、常吉の口に嚙ませた。

「刃刺はん、旅水主のことや、堪忍して下せえ」

弥惣平が常吉をかばうように間に入った。

「沖に出りゃ、旅の者《もん》も地場の者もないで」

そう言い捨てると、沢太夫が水押《みよし》に戻った。むろん間もなく、常吉が太地から去ることを知っているからである。

皆は無言でいたが、こんな天候の悪い日に沖待ちさせる本方《ほんかた》への不満が募っていた。そのため沢太夫でさえ、常より気が立っている。

鯨漁の難しさは、鯨が気まぐれな点にある。

太地沖を瞬く間に通り過ぎていく鯨がいる一方、餌を求めて岩礁の間を寄り道しながら、ゆっくりと去っていく鯨もいる。

太地沿岸に鯨が多く来ていた江戸初期から中期までは、沖待ちなどせずとも、ゆっくりしていく獲物を捕えるだけで十分に食べていけた。しかし米国の捕鯨船のおかげで、捕獲量が激減した江戸末期から明治にかけては、そうも言っていられなくなり、近海を通る鯨をすべて捕えることになった。

そこで沖待ちという方法が考案された。

沖待ちとは、鯨が来る前に流し番と呼ばれる船を四方に出し、いずれかの船が鯨を発見すると、海上に散っている船が集まる方法である。これなら浜から沖立するより、迅速に捕鯨態勢に入れる。

しかし天候がよい時だけとはいえ、沖待ちは船子に負担を強いる。とくに冬漕ぎの沖待ちは体力さえも奪っていく。

三輪崎《みわさき》沖で待機していた東端番から鯨発見の一報があったのは、十二月二十四日の八つ(午後二時頃)を少し回った頃である。

燈明崎沖で西端番を務めていた四番船も、急いで東に向かおうとしたが、日の出から沖待ちしていた水主たちは精彩を欠いていた。

弥惣平も歯を食いしばって艪を漕いだが、冷えきった体はすぐには温まらず、関節が悲鳴を上げた。ちらりと横を見ると、隣の常吉も苦痛に顔を歪めている。

――そんなん、精出さんでええに。

弥惣平は常吉に、明日から外されることをまだ伝えていない。今日の仕事に全力を尽くしてもらうためである。

冬漕ぎは、南西から北東に流れる下り潮の日が多く、それに乗れば、たとえ水主たちの体力が落ちていても、小半刻《こはんとき》(約三十分)で那智《なち》湾まで漕ぎ着けられる。

この日も、うまく潮に乗ることができた。

周囲で沖待ちしていた船も次第に集まり、隊形を整えた太地鯨組は一路、東を目指した。

やがて森浦《もりうら》湾を経て勝浦《かつうら》半島を過ぎ、那智湾に入った。

東番は新宮の沖二里（約八キロメートル）ほどまで張り出しており、沖待ちは広範囲で行われていた。

江戸末期まで、太地鯨組と新宮藩経営の三輪崎鯨組は競合関係にあったが、維新後、三輪崎鯨組は太地覚吾《かくご》（旧名は角右衛門頼成《かくえもんよりなり》）に払い下げられていた。

つまり互いの漁場は以前と変わらずとも、双方に協力関係が構築されているため、流し番は一日おきに、どちらかの船団が就く取り決めになっていた。

今日は太地の番のため、新宮や三輪崎の沖まで船を出していたのである。

太地の船団が宇久井《うぐい》半島赤島《あかしま》沖に至った時、一番船に「待ち」の旗が揚がった。

三輪崎鯨組の漁が開始されたのだ。

経営は同じでも鯨組の編制は別なので、宇久井半島赤島沖を境にして、双方の漁場が決まっている。

宇久井半島より東で沖待ちしていた勢子船が、次々と合流してきた。

このまま三輪崎鯨組が鯨を仕留めれば、太地鯨組は用済みである。しかし宇久井半島赤島沖から那智湾に鯨が入れば、太地鯨組に漁の権利が移る。

「来んかなあ」

刺水主の万喜太夫《まきだゆう》がひとりごちたが、それに答える者はいない。

沢太夫も険しい顔で、東方を見つめている。

快晴であれば、二里（約八キロメートル）ほど東を行き交う三輪崎鯨組の船影も見えるはずだが、あいにくこの日の海面には靄《もや》がかかり、半里（約二キロメートル）先も見えない。

三輪崎鯨組の網代《あじろ》は、赤島沖から二里ほど東の孔島三石岩礁《こうじまみついし》の近くに張られているはずだが、そこに追い込むのに失敗すれば、四半里（約一キロメートル）ほど先の宇久井御殿場沖《ごてんばおき》網代に移動してくる。

小半刻（約三十分）近く待機していると、先ほどかいた汗も乾き、再び寒くなってきた。

夏漕ぎであれば、刃刺は白黒だんだらの平袖《ひらそで》半襦袢に白い褌《まわし》姿、刺水主は紺刺子《こんさしこ》の半纏《はんてん》に赤い褌、水主たちは赤い褌一丁で過ごすが、冬場は船子たち全員が、襦袢の上に柿渋や桐油《とうゆ》を塗って防水した合羽《かっぱ》を羽織り、その上に蓑《みの》を着け、頭には網代笠をかぶっている。

それでも着ている物はこれだけなので、寒いのは当然である。いくら寒くても、これ以上の重ね着をしないのは、いざという時に動きが鈍くなるからである。

「来《ぎ》た！」

刺水主の万喜太夫は三里見通しと言われるほど、よい目を持っている。

「御殿場に張るんかのう」

「そんようのし」

沢太夫の問いに万喜太夫が答えた。

やがて弥惣平の目にも、彼方を行き交う三輪崎鯨組の船が見えてきた。

——随分、つんどるの。

三輪崎の船団はひどく混乱していた。なぜそうなっているのかは、遠すぎて分からない。

「網《かがす》、掛かったか」という沢太夫の問いに、万喜太夫が「分がらんのし」と答える。そうしたやり取りが幾度か繰り返された後、変化があった。

「どした」

「どうやら、逃したようのし」

「あっ、沖に出したんか」

「そんようのし」

鯨に網を掛けられるのは三回か四回に一回ほどで、さらにその半数には、網を掛けたまま逃げられる。それでもうまく西に逃せば、再び漁の機会はめぐってくるが、南や南東に逃してしまうと、漁は失敗に終わることが多い。

「三輪崎は、昔からどぐさいかんな」

沢太夫が嘲《あざけ》るように言った。

実際は、明治に入ってから不漁が続き、二つの鯨組の漁獲高は優劣付け難くなっていたが、鯨漁発祥の地であり、長らく自主経営を貫いてきた太地鯨組には、いまだ誇りがあった。

やがて三輪崎の船団の動きが緩慢になり、船足が止まると一カ所に集まり始めた。

「あきらめたようのし」

「そんようだの」

太地の船団にも、弛緩《しかん》した空気が漂い始めた。

――今日もだめかの。

そう思った時である。

一番船に白一流の吹き流しが翻った。

「鯨魚《いお》、見つけたんか」

「よう分がらんのし。あっ、あれか」

宇久井半島の沖一里（約四キロメートル）ほどに、かすかな潮煙が上がっている。

続いて一番船の旗が白の大印に変わった。

鯨が縄張りに入ってきたことにより、太地鯨組に漁の権利が移ったのだ。

解き放たれた猟犬のように、網船が船団から離れていく。その向かう方角から、網代は燈明崎沖に張られると分かった。

網代の位置は、その日の潮と風によって決められるが、ここのところ、陸岸《おか》に近い燈明崎沖が多くなっている。以前に比べ、水主たちの体力がすぐに尽きてしまうため、太地湾に近い海面で漁をせねばならないからである。

勢子船が隊列を組み、沖に向かって漕ぎ出していく。

続いて一番船の船尾に、黒地に白一本縞の入った旗と、同じ柄の小旗が揚がった。

「背美《せみ》の子持ちのし」

「厄介やな」

背美鯨は穏やかでのんびりした性格だが、子連れであれば獰猛《どうもう》な獣と化す。

船子たちの間に緊張が走る。

――そいで三輪崎はつんどったんやな。

三輪崎鯨組は背美の子持ちをもてあまし、取り逃がしたに違いないと、弥惣平は思っていた。

やがて、山成島《やまなりじま》の沖一里（約四キロメートル）ほどを悠然《ゆうぜん》と南に向かう背美鯨の親子が見えてきた。

「なんやあれ」

その時、噴き上がった潮を目にした船団の誰もが啞然とした。それは、常の背美鯨の倍くらいの高さまで上がっている。

「とてつものう、どんかいのし」

万喜太夫の言葉も震えている。

時折、見える茶臼山《ちゃうすやま》(背美鯨の頭部)は、ちょうど右手に現れた山成群島の一つ、ハゲ島と同じくらいの大きさに見える。

三輪崎鯨組の混乱の理由が、これで分かった。

――こいつはやらんがええ。三輪崎見習《みなろ》うて、はよ、しまいにしょ。

鯨船に乗り始めて三年ほどの弥惣平でも、巨大な子持ちの背美鯨と戦う愚を知っている。

ところが一番船の船尾には、純白の大印が翻ったままなのだ。

――やっぱ、やるんか。

辰太夫の采配が振られると、船団は、中央の一番船をやや前に出した馬蹄形の追跡態勢を組んだ。

隊形が整うと、一番船の艫《とも》に「貫抜《かんぬ》き打ち」の旗が揚がった。

「よし、気張れ」

沢太夫に肩を叩かれた万喜太夫が、木槌で舷側《げんそく》の張木《はりぎ》を打ち始める。

突然の音に驚いた母鯨は、怒ったように潮声《しおごえ》を上げたが、子鯨が気になって泳速を上げられない。

いつものように追い込み漁が始まった。

実は、辰太夫が漁を強行するのには、ある理由があった。

太地鯨組棟梁《とうりょう》の太地覚吾は、かつて不漁にあえいでいた太地鯨組を救うべく、事業の拡大を図り、明治四年（一八七一）の三輪崎鯨組の払い下げに始まり、同六年（一八七三）には、かつて和歌山藩が経営していた古座浦《こざうら》鯨組の経営権をも買い取っていた。

さらに土佐室戸《とさむろと》の鯨組の買収や蝦夷地《えぞち》への遠征を目論み、金融業を営む小野組《おのぐみ》から、一万五千円という多額の借金をした。

ところが、この話がまとまった直後、借入先の小野組が取り付け騒ぎを起こし、それが覚吾にまで波及、これまで覚吾がしてきた借金の債権者による返済要求へと発展した。

その結果、覚吾は、太地鯨組の経営権まで手放さざるを得なくなる。

それでも覚吾はあきらめず、金策に走り回り、この明治十一年、かつて三千円で手放した経営権を一万二千円で買い戻し、この九月、太地鯨組が発足した当時と同じ体制を敷くことに成功した。

むろんこの一万二千円も全額、借金である。

――棟梁は借金でずぶずぶだ。それを知る沖合たちが、でかい背美を見逃すわけがない。

十五間（約二十七メートル）ほどの背美鯨を獲れば、三千円ほどの売り上げが立つ。

つまり一万二千円の借金など、鯨組の給金や道具代といった原価を差し引いても、背美鯨四頭か五頭で返せる計算になる。

三

やがて燈明崎が見えてきた。

追尾してくる勢子船を警戒し、母子鯨も泳速を上げ始めた。しかし、子鯨の遅れが目立ち始め、母鯨は蛇行するように進まざるを得ない。

「近づくな」と言っているような、度外れた大きさの潮声が曇天に轟く。

「やっぱ獲るんかの」

「そんようのし」

潮声と風の音の合間に、沢太夫と万喜太夫の会話も聞こえてくる。二人は、一番船に乗る沖合の辰太夫が漁の中止を宣するのを、本心では待っているのだ。

燈明崎が視界いっぱいに広がってくると、その手前を行き来する網船が見えてきた。それに鯨も気づいたのか、潮声を上げたかと思うと、尾羽《おっぱ》を振り上げ、その反動で体を宙に躍らせた。

黒く巨大な山嶺が、滝のように海水を振りまきつつ海中からわき上がる。

皆が啞然とする中、鯨は海面を鉈《なた》で叩き割るかのごとく着水した。

「うわっ！」

「艪を伏せい！」

続いて巨大なうねりが押し寄せてきた。各船が艪で海面を押さえる。

しばらくして、うねりは収まったが、皆、今見たものを思い出し、茫然としていた。

「刃刺はん、今の見たか。二十間（約三十六メートル）はあるで」

「たいがえにせえ。そんな背美がおってたまるか。十六間（約二十九メートル）くらいや」

沢太夫が恐怖に引きつる万喜太夫を叱責したが、その怯《おび》えた瞳は「二十間の背美を見た」と、正直に告白していた。

背美鯨は、体長が十五間（約二十七メートル）でも、座頭《ざとう》や抹香《まっこう》の倍くらいの重さがある。つまり全身がずんぐりしている分、その巨大さは、体長だけでは測り難いのである。

むろん、それを見て漁を中止する辰太夫ではない。逆に闘志がわいたに違いない。

追跡は再開された。

やがて半里（約二キロメートル）ほど先に、網代らしきものが見えてきた。

疲労からか、子鯨の泳速は目に見えて衰え、勢子船に追い抜かれそうである。

親鯨が子鯨を見捨てそうな際は、あえて子鯨に細い銛を付け、その悲鳴によって、母鯨の母性本能を呼び覚まそうとするのだが、たいていの場合、母鯨は子鯨を見捨てない。逆に子鯨を獲ってしまうと、母鯨が怒り狂い、勢子船を襲う可能性もあるため、子鯨は無視するに限る。

やがて子鯨は船団に追い抜かれていった。

その時、弥惣平はちらりと見たが、子鯨は全長二・五間（約四・五メートル）ほどで色も白い。つまり生後二月《ふたつき》ほどであり、母鯨なくして生き延びることはできない。

——すまんの。

弥惣平は心中、手を合わせて詫びた。

前方に網代が待っていると知ってか知らずか、母鯨はそのまま突き進んでいく。

——なといせ、突っ込む。

その大きさに、初め戸惑っているように見えた網船だが、常と同様、鯨を包み込むように半円を描き始めた。

網代まで二町（約二百二十メートル）ほどに迫った時、母鯨が突然、潜水した。

「突っ込むで！」

次の瞬間、海が揺れた。

網船と網代を結んでいた細綱が外れ、その反動で網船が海面から飛び上がる。

鯨が網代に掛かったのだ。

「行くで！」

銛打ちの隊列を整えた勢子船群が、鯨に突進していく。

ところが鯨は、そんなことを意に介さず、再び跳躍すると、網を振り解いた。

その母鯨は、網に掛かった経験があるらしく、着水の衝撃で外すという最も効果的な方法を知っているのだ。

一の網が空しく海面を漂っている。

「もういっぺんや」

再び網船が隊形を整え始める。

母鯨は子鯨を探すように周囲を行き来し、沖に逃れようとしない。

隊形を整えた勢子船が、再び母鯨を網代に追い込もうとする。

母鯨は追われるままに網に飛び込むが、再び跳躍して網を外す。

それを繰り返しているうちに、鯨もろとも船団は沖に流され始めた。

八つ半（午後三時頃）を回った頃から、小雨交じりの北西風《ならえ》が強くなり、陸岸《おか》から沖に流れる満潮《こみしお》も速くなってきた。

船団に疲労の色が見え始めた。沖待ちでの体力の消耗が、ここに来て影響し始めたのだ。

一方、鯨とて無尽蔵の体力を有しているわけではない。最初の頃のような跳躍力はなくなり、海面上で体を回転させて網を外すようになった。

こうなると根比べである。

網を掛けては外されることを繰り返し、七番網まで使って、ようやく一枚掛けることに成功した。

それでも、網一枚だけでは到底、その巨大な背美鯨の動きを止めるには至らず、いまだ銛打ちの許可は出ない。

網を外すことに躍起になっているように見えて、その実、母鯨は、子鯨を保護するように沖に逃れようとしていた。時折、母鯨の傍らで子鯨の小さな潮煙が上がる。

やがて母鯨は、少しずつ東南方向に向かい始めた。

母鯨は子鯨の位置を船団に気取《けど》られないよう、東に向かったと思えば南に向かい、蛇行しながら逃げていく。

おそらくこの母鯨には、鯨船の追跡から逃れた経験があるに違いない。熊野《くまの》の鯨取りが最も嫌う東南の方角に向かえば、逃れられると知っているのだ。

その途次にも、頭に掛かった一枚の網を外そうと、母鯨はもがくが、すでに体力は残っておらず、体を回転させるだけである。

それが、さらに網を絡めてしまう。

網は手羽《たっぱ》（手鰭《てびれ》）の動く範囲を制約しているに違いなく、次第に母鯨の動きがぎこちなくなってきた。

――こいつは獲れっかもな。

水主の経験が三年ほどしかない弥惣平にも、それは分かった。

沖合の辰太夫も手応えを感じたらしく、何とか二枚目の網を掛けようと、網船を沖に回り込ませようとする。しかし鯨は、巧みにそれを察知して網船に近づかない。

――此奴は、とてつもう賢《はばし》い鯨魚《いお》じゃ。

先ほどまでは、跳躍で網を外す自信があったため、あえて網をかぶることをしていた母鯨だが、己の体力が残っていないと察し、網を避けるようになった。

――ちゅうこつは、さっき網をかぶり続けたのは、子鯨《こんぼ》から、わがらの注意をそらすためか。

鯨の中でも、背美鯨の脳はとくに大きく、人間以上に読み詰む（深く考える）ことができるという。

それでも、あと一網も掛ければ間違いなく銛を打てる。

曇天なので分かりにくいが、空は薄墨を刷《は》いたように濃淡がなくなっており、日没が間近《まじみ》であることを告げてきていた。

その時、鯨が潜り、それに応じて船団が止まった。

一時《ひととき》の休息が訪れた。

炊夫《かしき》の少年が、瓢《ひさご》に入った飲料水《すまし》と共に、魚籠《ばんりゅう》に入った稗飯《ひえめし》の〝にんにこ（握り飯）〟と〝いりこ〟を回してきた。

〝いりこ〟とは、鯨の皮を油で揚げた携帯食で、脂肪分を多く含んでいるため、体力が持続する。

回されてきた〝いりこ〟をかじろうとした時、横にいる常吉が声をかけてきた。

「弥惣平さん」

「なんや」

水主どうしの会話は禁止されているので、弥惣平は小声で応じた。

「随分と沖に流されているようですが、黒潮に乗り入れてしまうことは考えられませんか」

「あっ」と思いつつ沖を見たが、海面はすでに胴間黒《どうまぐろ》となり、黒潮特有の青黒い帯は識別できない。

「そんなこつは気に病まんでええ。わがらの命は沖合と親父らに預けとる」

「そうは言っても、このままでは黒潮に乗ってしまいます」

常吉が悲壮な声で言う。

――いかにも、こいつはうまくない。

沖合の辰太夫も、「あと一息」のつもりで鯨を追い続けているのだろうが、すでに燈明崎の灯りは瞬くほどになっており、大まかに見積もっても、太地から三里（約十二キロメートル）は離れている。

黒潮は陸岸《おか》から四、五里（約十六〜二十キロメートル）ほど沖を流れているが、様々な要素が絡むと、その支流が一里（約四キロメートル）ほどまで近づくこともある。それに乗ってしまうと、悪くすれば本流まで持っていかれることもあり得る。

「わたしは、死ぬわけにはいかないのです」

その時、雷鳴のような沢太夫の声が轟いた。

「水主は黙っとれ！」

小半刻（約三十分）ほど待っても鯨は浮上せず、遂に夕暮れ時が訪れた。人間が夜に弱いことを知っているかのように、母鯨は浮上しない。

もうどこかに逃げてしまったのではないかと思った頃、三町（約三百三十メートル）ほど東に巨大な水柱が上がった。

母鯨が姿を現した。

海底で身じろぎもせずに力を貯め、最後の力を振り絞った跳躍により、網を外そうとしたのだ。

――やはり二十間（約三十六メートル）はある。

ちらりと見えただけだが、弥惣平は、それを確信した。

しかし中空で身をよじらせても、網は外れていないようだ。網の中心が、うまく鯨の鼻先に掛かると、ずれ落ちないのだ。

漁を続けるか否か、ここが思案のしどころである。

すでに夜の帳《とばり》は降り始めており、このまま漁を続ければ、捕獲しても帰還は深夜に及ぶ。

しかし沖上がりの法螺《ほら》は、いっこうに聞こえない。

夜間の鯨漁は危険が多すぎるので、最近はめったにやらないが、江戸中期は平気でやっていたという。かつての沖合衆は、それだけ強靭《きょうじん》な意欲と無尽蔵の体力を有していたのかもしれない。

その時、一番船の船尾に船篝《ふなかがり》が焚かれた。続いて、追い込み漁再開の幟《のぼり》が翻る。

「よっしゃ、行くで！」

沢太夫が気合いを入れる。

漆黒の海を舞台に、再び死闘が始まった。

## 四

その巨大な背美鯨が生きることをあきらめたのは、翌二十五日の朝方である。

母鯨は子鯨が生きている限り、決して観念しないと聞いていたが、子鯨とはぐれたことに絶望し、やがて花がしだれるように、その生気も衰えていった。

一方、船団が深入りしすぎたことも明らかだった。

「もう一息」と思いながら、漁を続けてしまうのが鯨取りの性《さが》であり、それを冷静に見極め、引くべき時には引くと判断するのが、沖合の役割である。しかし十分な経験を積んでいる辰太夫とて、心のどこかで鯨組の将来に不安を感じていたためか、その判断が少し曇ったのかもしれない。

むろん深追いの理由は、それだけではない。

「誰も見たことのない巨大な背美を獲る」という功名心に、辰太夫は駆られたのだ。

二十五日になっても、相変わらず小雨交じりの曇天で、北西風《ならえ》が強く吹きつけてきていた。

太地から十里（約四十キロメートル）以上は離れているはずだが、潮の流れは、さほど早くない。というのも、太地からは離れていても、勝浦半島からは三、四里（約十二

～十六キロメートル）ほどしかなく、いまだ黒潮やその支流に乗り入れていないからである。

しかし問題は、風や潮だけではない。疲労と空腹により、船団の体力は、とみに落ちてきていた。ここ一番で全力漕走《こそう》できなければ遭難もあり得る危険な海域に、近づいてきているにもかかわらず、船団に残された力は、わずかだった。

傍らを見やると、常吉もぐったりしている。

やがて鼻切りを許可する旗が揚がり、どこかの船の刺水主が、その功名に与《あずか》った。

それを認めた四艘の殺し船が鯨に近づき、とどめを刺す。

皆、疲労の極にあったが、誰も見たことのない巨大な背美鯨を仕留めたことで、気分が高揚していた。

続いて、鯨を持双に掛ける作業が始まろうとしていた。

留綱を渡す役に指名されていた弥惣平は、急いで支度をした。

背美鯨の場合、脂肪層が厚く、死んでもすぐに沈まないため、持双掛けには比較的、余裕を持てる。

持双船が近づき、いつものように幼水主たちとの乗り換えが行われた。

それが終わった時、留綱を手にした常吉が目に入った。

「わいつはええ」

「どうしてですか」

「ええもんはええ」

常吉の肩を押して座らせると、弥惣平は炊夫の竹助《たけすけ》を呼び、体に留綱を巻き付けた。

「弥惣平さん、もしかして――」

「黙っとれ」

己の体に巻き付けた留綱をもう一度、強く締めると、弥惣平は濃藍色《こあいいろ》の海に飛び込んだ。


持双掛けに半刻（約一時間）ほどを費やし、ようやく陸岸《おか》に向かう態勢が整った。

いったん持双船に乗り移り、鯨を縛り付ける作業に従事していた弥惣平たちも、再び四番船に戻った。常は持双船に戻る幼水主たちは、辰太夫の指示で樽船《だんぺい》や道具船に乗り移った。持双船の水主たちの負担を、少しでも軽くしようという配慮である。

持双船には、各船から選ばれた屈強な水主たちが乗り組んだ。

那智妙法《みょうほう》の頂《いただき》も見えないほどの曇天だが、水押が陸岸《おか》を向いたことで、体に力が戻ってきた。

直太夫《なおだゆう》の五番船が辰太夫に呼ばれ、先に太地に向かい、水と食料を携えて、再び船団の許に戻ってくることになった。五番船は屈強な若者を多く乗せており、こうした場合に、よく使われる。

五番船が矢のような速さで船団から離れていく。この分なら一刻半（約三時間）もあれば戻ってくるに違いない。

仕事はいつものように回り始めており、後は太地に帰るだけである。

再び〝にんにこ〟と〝いりこ〟が飲料水《すまし》と共に配られ、それらを食した後、船団は沖上がりの準備に入った。

中央の鯨を左右から支えるようにした持双船から太縄が渡され、それが順繰りに勢子船に結び付けられていく。

持双船の斜め前方に広がる形で、勢子船が連なり、先漕ぎと呼ばれる曳航態勢が整った。

鯨を軸にして扇のように開いた船団が、ゆっくりと動き出す。

四番船は、持双船と二番船に次いで右翼の三番手の位置に就いた。

北西風《ならえ》は少し西に振れ、西北風《やまぎた》となりつつあるが、強さは変わらない。

その後、一刻（約二時間）ほどは順調に進んだ。

問題が起きたのは八つ（午後二時頃）を過ぎた頃である。

鯨の重みに耐えきれず、鯨の腹に回した留綱が切れたのだ。こんなことは、これまでになく、二十間（約三十六メートル）の背美鯨がいかに重いかを証明していた。

海は徐々に荒れてきており、再度、留綱を掛ける作業は難航した。幾度かやり直した後、半刻（約一時間）ほど費やし、ようやく掛け直すと、再び船団は、威勢のよい掛け声を上げながら陸岸《おか》を目指した。

しかし、うねりは次第に大きくなり、逆潮逆風《さかしお》下での漕走は困難を極めた。勢子船は前後の水主の距離が近いので、うねりが大きくなると、息が合わなくなる。いかに経験を積んでいても、水主は、最も効果的な推進力を得られると思った瞬間に艪を入れたがる。しかし一人ひとりがそれをすれば、息が合わなくなり、総和としての推進力は得られない。

さらに西北風《やまぎた》も強く吹き付けてきた。

艪を漕いでも戻される感覚が強くなり、船団が前に進んでいるようには思えない。万喜太夫が時折、懐《ふところ》から磁石を取り出し、「下げてるのし」と沢太夫に報告している。「下げている」とは、西北風《やまぎた》が強すぎて、東へ東へと押されているのである。つまり、その場にとどまるどころか後退しているのだ。

「弥惣平さん」

唐突に常吉が声をかけてきた。すでにその手は、皮がずり向けて真っ赤である。

「なんや」と返しつつ、弥惣平は艪を漕ぎ続けた。

「どうも船が進んでいないようです」

空は相変わらず薄鼠色《うすねずいろ》をしており、陸岸《おか》の方に目を凝らしても、目印となるものは何もない。ただ太地でも西洋磁石を使うようになったため、いかに沖に出ても、方位だけは正確に弾き出せる。

「先ほどから鯨の頭は、さかんに左右に動いています。その度に船団は、鯨の頭を風上に立て直さねばなりません。そのためには、しばしの間、頭の方角に漕ぎ進み、だましだまし頭を風上に向けさせます」

常吉の言いたいことが、弥惣平にも分かってきた。

「それゆえ船団は、進んでいるように見えて蛇行しているだけです」

「そんなん知るか」

そう言ってはみたものの、船団が直線的に陸岸《おか》を目指せていないのは確かである。

「風と潮が強すぎる上、うねりが大きく、さらに鯨が重すぎるのです」

風は真逆な上、潮も南西から北東に流れている。うねりは、小山ほどの大きさがある上、鯨は常の獲物の二倍の重さである。

あらゆる悪条件が重なっているのだ。

「このままでは、無駄に体力を消耗するだけです。刃刺さんに、鯨を捨てて陸岸《おか》に向かうべきとお伝え下さい」

「馬鹿ゆうな」

水主にすぎない弥惣平が沢太夫に意見を言っても、殴られるのが落ちである。語らいに加わ
だいいち四番船刃刺の沢太夫にも、沖合の方針に意見する権利はない。
れるのは、一番船から三番船の親父と呼ばれる熟練刃刺だけである。

風はいっそう激しくなり、艪を漕ぐ音さえかき消されるようになった。
「弥惣平さん、おそらく皆さんは、これほど沖に出たことがないのでしょう。それゆえ
どう判断してよいのか分からず、いつまでも鯨の曳航にこだわっている。しかしわたし
は――」

そこまで言ったところで、前方から走り来た沢太夫の平手が常吉に飛んだ。「あっ」

と思う間もなく、それは弥惣平の頬にも飛んできた。

「この阿呆《あっぽけ》、それほど語らいたいなら、海ん中でやれ！」

「すまんのし」

「すいません」

二人は悄然と首を垂れた。
やがて空を覆っていた雲が幾分か薄くなり、空全体がやや明るくなってきた。
しかし、依然として風波は収まらない上、食料を運んでくるはずの直太夫も戻らず、
船団には、再び疲労感が漂い始めていた。
船底を叩くうねりも不規則になり、横揺れがひどくなってきた。こうなると、いかに

熟練した水主でも、うまく艪を漕げない。ふと横を見ると、常吉が腕だけで艪を操っている。

「手で漕ぐな。体で漕げ、ゆうたろが」

「ああ、はい」

手先から肩、肩から腰への動きを滑らかにして、全身を使って艪を漕ぐようにせねば、体力はすぐに消耗する。

その時、一番船の船尾に小休止の旗が揚がると、二番船と三番船が呼ばれた。

語らいである。

「捨《ふ》てるなんてゆわんよな」

沢太夫が万喜太夫に同意を求めたが、万喜太夫は「分からない」という意思表示か、弱々しく首を左右に振るだけである。本音では、鯨などさっさと捨てて帰りたいのだ。

風波の音が邪魔をして、語り合っている内容は聞こえてこないが、沖合たちの仕草からすると、鯨を捨てることになりそうである。

「もう手遅れです」

独り言のようにそう言うと、常吉は何かぶつぶつ唱え始めた。称名《しょうみょう》の類かと思ったが、よく聞いていると、「死にたくない。死ぬわけにはいかん」と聞こえる。

しかし沢太夫の関心は語らいに向けられており、常吉の独り言など聞こえていない。

「ああ、捨《ふ》てるんか」

沢太夫が舌打ちした。

辰太夫たちの様子から、旗を見ずとも結論は明らかである。

辰太夫の指示に応じ、持双船乗り組みの者たちは、鯨に取り付き、急場の食料用に表皮《ひょうし》をはぎ始めている。その作業が始まったということは、鯨の放棄は確実である。

これまでの苦労が水の泡となり、弥惣平は肩を落とした。それは皆も同じらしく、どっと疲れが出たように見える。

常の場合、沖合は船子たちが意気消沈することを恐れ、よほどのことがない限り、獲った鯨を捨てることをしない。しかし今は、その「よほどのこと」なのである。

――こんなん遠くでごねたかない。なといせ、はようせんのかの。

こうなってしまえば早急に鯨を切り放し、さっさと帰還する態勢を整えるべきである。ところが少しでも多くの表皮《ひょうし》をはごうとしているためか、持双船に乗り組む水主たちは、なかなか切り放し作業に移ろうとしない。

空が暗くなり始めた頃、ようやく鯨の体に取り付いていた水主たちが離れ、留綱が切り放された。しかし息が合わず、〝下どな〟の留綱を切り離すのが遅れ、それが持双柱に引っ掛かった。

鯨が生き返ったかのように、身をよじらせる。

二艘の持双船が大きく揺らぐ。そのあおりを食らい、四番船まで転覆しかける。

「この性悪め！」

「はよ、去《い》ねい！」

沢太夫と万喜太夫が罵り声を上げたが、次の瞬間、持双柱に引っ張られるようにして、左翼の持双船が横転しかけた。ばらばらと船子たちが海に落ちる。

「ああ、船が覆《かえ》る！」

船と船の間は太縄で結ばれているため、助けに行きたくとも行けない。

しばしの間、鯨は持双柱にすがりつくようにして身をよじらせていたが、遂にその重みに耐えきれず、留綱がちぎれた。

二艘の持双船は転覆せずに済んだが、鯨が離れた反動で持双柱が飛ばされ、海面に漂っている船子たちの頭上に落ちた。

風波の音の合間に悲鳴と怒号が聞こえる。

「この〝はっさい〟め、えれえことしくさりおって」

沢太夫が鯨を「お転婆」と罵った。

船団から離れたものの、鯨は生きているかのように、頭を上下に振り立てて泳いでいる。背美鯨は頭部に脂が多いため、死んでも姿勢が変わらないのだ。

「追ってこんでよ」

激しい風の音の合間に、万喜太夫の祈るような声が聞こえる。

——まっさか、生き返ったんか。

弥惣平でさえ、そう信じそうになったが、しばしの間、船団の後を追ってくるように見えた鯨は、突然、関心を失ったかのように頭を南東に向けると、うねりに押されて横倒しになり、瞬く間に離れていった。

おそらく鯨は、しばし海面を漂った末、ゆっくりと海底に向かうのだ。

——そう言えば、子鯨《こんぼ》はどしたかの。

子鯨のことを思いつつ海底に沈んでゆく母鯨、一方、懸命に母鯨を探し続ける子鯨という情景が頭に浮かんだ。やがて腹を空かせた子鯨も力尽き、この大海原のどこかに沈んでいく。

その時、ようやく母子は一緒になれるのだ。

弥惣平の脳裏に、幼い頃に聞いた母親の子守唄が聞こえてきた。

ねんねんよ　おころりよ　ぼんはよい子じゃ　ねんねしな
——おかはん。

弥惣平が幼い頃、母親は瘧《おこり》にやられて死んだ。それゆえ母の記憶といえば、風通しのよい縁に寝かされて聞いた、この歌だけである。

それから十八歳になるまで、弥惣平は納屋衆だった父親に育てられた。その父親も長患いの末、すでに鬼籍に入っている。

一人だけいた妹も昨年、嫁にやったので、ほかに兄弟もおらず、懸思《けんし》(恋人)もいない弥惣平は天涯孤独の身となった。

――わいが死んでも誰《だい》も悲しまん。

太地に生きる者は、常に誰かのために生きることを課せられている。それゆえ、それがなくなれば、己が生きる理由も見失う。

水主たちは皆、「なんまんだぶ、なんまんだぶ」と、口々に正信偈《しょうしんげ》や称名を唱えていた。

常吉のことは知らないが、そのほかの船子たちは皆、女房子供や兄弟など、何らかの係累がいる。

――なといせ、そんなん生きたいんか。

理由はよく分からないが、隣で艪を握る常吉も、皆と一緒に称名を唱えている。

その時、弥惣平は、皆よりも死の淵に近づいていることに気づいた。

――いがん。

弥惣平は己のために生きたいというよりも、水主としての責務を全うするために生きようと思った。

そうした共同社会に生きる者の義務感にすがる以外、弥惣平には、強い生存意欲がわいてこないのだ。

風はさらに上がり、うねりは山のように高まり、先端が逆巻くようになっていた。

神楽《かぐら》と呼ばれる大時化《おおしけ》の前兆である。

## 五

小半刻（約三十分）ほど経ち、ようやく救出作業は終わった。しかし持双船が龕灯《がんどう》や船篝で海面を照らしているということは、行方不明者が出たに違いない。

――えれえことになった。

鯨漁が死と隣り合わせなのは、弥惣平も承知している。

江戸幕藩体制健在なりし頃は、一年に一人か二人は死んだと聞いていたが、明治になってからは、県令の通達によって安全を期すようになったため、ここ十年ほど、鯨漁の最中での事故死は二人しか出ていない。

やがて捜索は打ち切られたが、鯨を捨てたことで、船団の士気は著しく低下していた。

再び語らいがあり、船どうしを堅固に結び付けろという指示が、太縄と共に回ってきた。

勢子船だけなら、石割風《いしわりかぜ》であろうと別当《べっとう》であろうと、東北に流れる下り一本潮の中を太地まで漕いでいける自信がある。しかし辰太夫は、網船も樽船も道具船《だんぺい》も、すべての船を帰還させる道を選んだ。それは一つ間違えば、すべての船が遭難する危険をはらんでいる。

刺水主の万喜太夫が、太縄を水押の留め金に閂《かんぬき》に結ぶと、艫押《ともおし》の徳右衛門《とくえもん》も、同様に太縄を艫に結び付けた。これで各船は前後を固定され、互いの艪がぶつからない程度に広がった。

閂結びとは、太地で編み出された絶対に解けない結び方である。つまり解く時は、太縄を切る以外にない。

「死ぬも生きるも一蓮托生」という辰太夫の気持ちは分かるが、こうした場合、一人でも多く生還させようと考えるのが沖合の務めである。年寄と年少者を見捨てても、体力のある若い衆を陸岸《おか》に帰すことで、鯨漁は継続でき、女子供が飢えることはないからだ。

沖合の命令は絶対であり、「帰れ」と命じられれば、たとえ子弟を見捨てることになっても、体力のある者は、自分たちだけで陸岸《おか》に戻らねばならない。それが、特殊な技能を生業《なりわい》とする共同社会を存続させる鉄則である。

――こいでええんか。

むろん口にはしないが、弥惣平は初めて辰太夫の判断に疑念を抱いた。

さらに風は上がり、うねりがひどくなってきた。先ほどまでの波長の長いうねりと違い、大きさが一定しない不規則なうねりが、その先端を互いに打ち合っている。

——こんなん見たこつない。

うねりどうしの衝突によって作られる飛沫《しぶき》が、ひっきりなしに降り注ぐ。これでは雨が降っているのと何ら変わらず、体温が急速に奪われていく。

それだけならまだしも、うねりの頂に押し上げられたかと思うと、谷間に叩きつけられることの繰り返しで、熟練した水主の中にも、嘔吐《おうと》しながら艪を漕ぐ者が出始めた。

それを見ていた弥惣平も、気分が悪くなってきた。

吐き気は、わずかに残った体力を底引き網のように奪っていく。

それでも弥惣平は何とか堪《こら》えていたが、常吉は、ふらふらしながら艪を握っている。

もう吐くほどのものが胃の中に残っていないのだ。

「弥惣平さん」

顔面を蒼白にさせた常吉が、苦しげに声をかけてきた。

「わたしたちは帰れるんでしょうか」

「そんなん知らん」

弥惣平が突き放すと、常吉が泣きそうな声で言った。

「わたしは死ねないのです」

「それは、みんな同じじゃ」

弥惣平は誰とも会話したくなかった。話したところで、この苦境から脱せられるわけではない。それなら、黙っているに越したことはない。

鯨の切り放しから、遭難者の捜索と打ち切り、各船の連結まで、優に一刻（約二時間）以上はかかっている。

その間、船団は流されるに任せていたため、勝浦半島からも七里（約二十八キロメートル）や八里（約三十二キロメートル）は離れているに違いない。

この頃になってようやく、母鯨からはぎ取った表皮や若干の肉が、船から船へと回されてきた。それを食べることで、腹は多少、落ち着いたが、空腹以外の事態は何も改善されていない。

漆黒の闇に包まれているため、海面の色は全く分からないが、黒潮の中に入ってしまった可能性もある。

「まだ結べんかのう」「はよせんか」といった会話が水主の間で交わされるようになってきた。すべての船を連結するのに手間取っているのだ。

すでに沢太夫にも、そうした水主たちの言葉をたしなめる余裕はなく、ただじっと一番船の艫に揚がる旗を待っていた。

「よし、揚がたで。西に山立てい」

ようやく漕走開始の旗が揚がった。

横一線に近い隊形となった船団は一路、太地を目指すことになった。最悪の場合でも三輪崎か勝浦湾に逃げ込めば、命だけは助かる。

――やったるで。

弥惣平の体に力がよみがえってきた。

しかし風はさらに上がり、潮の流れは明らかに逆で、漕走は困難を極めた。

艪を握る手に強い抵抗を感じる。潮に押されて風上に進めないのだ。

艪だこがふやけて柔らかくなっていた弥惣平の手からも、出血が始まった。傷口が潮に晒され、激痛が襲ってくる。

太地の水主は、できる限り素手で艪を握る。微妙な感覚を大切にするからだ。しかし出血が始まれば、手巾を巻くしかなくなる。

いったん艪から手を放した弥惣平は、素早く両手に手巾を巻いた。

ふと隣を見ると、常吉が顔を引きつらせて艪を漕いでいる。その手に巻かれた手巾は、すでに血で固まり、黒々としている。

その時、一番船から注意を喚起する法螺が吹かれた。旗が変わったのだ。

「刃刺はん、下筋（北東）に向かうとよ」

万喜太夫が龕灯に照らされた一番船の旗を読んだ。

「ああ、そんなようやな」

太地への帰還をあきらめた辰太夫は、北に向かう決断を下した。風波を正面から受けているのでは、船団がなかなか進まないため、左舷から潮と風を受けつつ、ごまかしごまかし陸岸《おか》に近づこうというのである。

運がよければ熊野大泊《おおどまり》の鬼ケ城《おにがじょう》か猪ノ鼻《いのはな》あたりに漂着できるが、運が悪ければ大王《だいおう》埼《ざき》か伊良湖崎《いらござき》まで流されてしまう。

それでも残る船子全員の命が無事であれば、言うことはない。

しかし船団が、東へ東へと流されているのは明らかであり、この状態が続けば、大王埼や伊良湖崎どころか、伊豆《いず》半島先端の石廊崎《いろうざき》付近まで流される。

――もしも石廊崎かすめたら、どうなる。

弥惣平は、その先のことを考えないようにした。

艫押の徳右衛門が「よおよい」と音頭を取ると、水主たちが「えーい」と和し、勢子船は加速していく。しかし何艘もの船を連結しているため、個々の力が減殺され、思うように前に進まない。

こうした徒労感もあり、水主たちの疲労は限界を超えつつあった。

これを見かねた沢太夫は「左右艪入れ替わり」の指示を出した。

風上艪となった弥惣平の負担は増したが、風下艪となった相方の常吉は、少しは楽になったようである。

空が白み始めた頃、二番左艪を受け持つ水主の菊兵衛《きくへえ》が力尽きた。

四十代半ばを過ぎた艫押の徳右衛門を除けば、四番船で唯一の三十代の菊兵衛は、いつも陽気で戯《ざ》れ言《ごと》ばかり言っている男だが、突然、前屈みになると「もう、いがん」と言って漕ぐ手を休めた。

菊兵衛は、先ほどから左腕をさかんに気にしていたが、右艪に替わっても、それが緩和されることはなかった。

これを見た沢太夫は菊兵衛を責めることなく、取付《とりつき》（雑用係）の倉平《くらへい》に交代を命じた。取付が担当していた脇艪の位置には、炊夫の竹助が就き、菊兵衛は竹助のいた位置まで下がり、左腕を押さえてうずくまった。

太地の水主にとって、誰よりも先に「艪を置く」屈辱はない。おそらく菊兵衛の腕は、限界を超えているに違いない。

やがて夜明けが訪れた。うねりは収まってきたものの、あいかわらず風は強い。

「風は大西《おにし》に変わったんか」

「いや、まだ乾《いぬい》（西北）にも振れとるのし」

風の音と水主たちの掛け声の合間に、沢太夫と万喜太夫の会話が聞こえる。

四方を見渡しても、見えるのは空との区切りが定かでない水平線だけで、陸岸《おか》どころか熊野の高峰さえ見えない。

「妙法はん、姿見せてよう」という、誰とも分からぬ声が聞こえた。

妙法とは標高七百四十九メートルの那智妙法山のことで、熊野の鯨取りたちが海上での位置を確認するため、目印としている山である。

押し殺したような声で、常吉が声をかけてきた。

「このまま行けば、まずいことになります」

「まずいこと――」

「見て下さい。海面のところどころに渦ができ始めています。黒潮本流に近づいている証拠です」

注意深く海面を観察すると、確かに不規則な渦のようなものが、各所で巻き起こっている。

「あれは、黒潮本流と反流がぶつかり合ってできるのです」

「なんやて」

「黒潮は海の中を流れる大河です。海底に山があれば、支流が生まれます。それが、陸地や海底山にぶつかれば反流になります。それらが錯綜してくると、海面に渦が浮いてきます」

「なといせわいつは、そんなんこつを知っとう」

そう問うた時である。

「おい、あれ見い！」

沢太夫が、身を乗り出すようにして沖を指差した。

「あっこらへん、色が変わっとう」

万喜太夫が泣きそうな声を上げた。

夜の間に、船団は黒潮本流の近くまで流されてきていたのだ。

弥惣平は、これまで黒潮支流の端まで来たことはあるが、本流など見たことはないし、生涯、見ることもないと思っていた。

ほぼ同時に一番船もそれに気づいたのか、西に向かうよう旗が揚がった。

「西に山立てい！」

沢太夫の指図により、艫押の徳右衛門が舵《かじ》を切ろうとしたが、うまく切れないらしく、手間取っている。

「舵が利かん」

潮の流れが不規則で舵が固定できないのだ。

どの船もそうらしく、次第に船団は、黒い帯のような流れに吸い寄せられていく。

やがて乱流に取り込まれた船団は、水押と艫をぶつけ合うようになり、それを避けようと、突っ張った艪の折れる音も聞こえる。

「おい、行けやん！」

「艪をたとめ。たとまんともじけるぞ！」

怒声が飛び交い、船団は恐慌状態に陥った。

――ええことになった。

隣の船との衝突を避けるには、艪で互いに押しやるしかない。しかし、うねりの斜面を下ってくる船を押しとどめることはできず、艪のいくつかは折れ、船は互いに船体をぶつけ合うようになった。

あまりの海の荒れ方に、海水が船の半ばまで入り、喫水が一気に下がる。

先ほどまで船尾でうなだれていた菊兵衛が、垢《あか》すりで懸命に水をかき出すが、とても追いつかない。

「刃刺はん、太縄解かんと、船、割るでえ！」

沢太夫はさかんに一番船を見ているが、一番船にも指示旗を掲げる余裕はない。

「あっ！」

次の瞬間、すぐ外側を走っていた六番船が、大きなうねりの頂から逆落としに落ちてきた。

「来んでよう！」

誰とも分からぬ叫びが聞こえたのを最後に、静寂が訪れた。

六

目を開けると青空が見えた。

――わいは、どこにおるんや。

上体を起こすと、皆と一緒に持双船に乗っていると分かった。しかし、先ほどまで乗っていたはずの四番船の姿はどこにもない。

記憶が錯綜し、どうしてここにいるのか、すぐに理解できない。ひどい嵐に襲われたような気もするが、今は風波も収まっており、凪いだ海の上を漂っている。

「目が覚めましたか。よかった」

常吉は左横にいた。

「皆、どしたん」

常吉に代わって、右横にいる万喜太夫が答える。

「わいつは、常吉に助けられたんで」

万喜太夫によると、六番船と衝突した四番船は、舷側が割れて転覆した。船子は全員、海に放り出された。

ほかにも何艘か被害が出たので、それぞれの刃刺の判断で、各船を結んでいた太縄が断ち切られた。

これにより救出作業が始まったが、気を失った者は、そのまま波にのみ込まれていった。

船縁《ふなべり》に頭をぶつけたらしく、気を失った弥惣平も、その一人だったが、幸いにして常吉に身を支えられていたため、持双船に拾われたという。

――旅水主に、とんだ借りを作ってしもうたな。

半ば照れながら、弥惣平が「あんがとな」と礼を言うと、常吉は「この前の借りを返しただけです」と答えた。

その時、万喜太夫が悲しげな顔で言った。

「粂蔵《くめぞう》と権六《ごんろく》は太地に帰《けえ》った」

その意味するところは問うまでもない。

頭の中が混乱し、整理がつかない。ただ、とんでもないことが起こっていることだけは理解できた。

四方に広がる大海原には何も見えず、海鳥さえいない。

海鳥は渡り鳥でもない限り、翼を休めることのできない沖を飛ぶことはめったになく、そのことからも相当、沖に流されていると分かる。

「黒潮は乗り切ったんか」

「分がらん。もしかしたら、わがらは黒潮のただ中におるのやもしれん」

黒潮は、海を引き裂いて流れる大河のようなものなので、流れの両側は大荒れになるが、流れの中は、さほど荒れていない。

つまり難所は切り抜けられたものの、黒潮の中に入ってしまった可能性があるのだ。

「ほかの船はどした」

「さっきまで最後の一艘が見えてたんやが、もうばらばらや」

船と船を結び付けていた太縄を断つことにより、各船は、それぞれの運命に身を委ねることになった。舵の壊れたもの、片面艪がすべて破砕したものなど、到底、船団を組んで沖上がりできる状態にないからである。

荒れた海では、損害を受けた船から動ける船へと乗り移ることもできず、航行に何らかの支障を来している船から脱落していった。

「去《い》んでよう」という声が聞こえる中、航行可能な船に乗った者たちは、航行に支障を来した船が東南東の方角に流されていくのを、成す術もなく見送るしかなかった。その中には親が子を、子が親を置き去りにせざるを得ないものもあり、とても言葉では表せないほどの光景だったという。

満足に航行できない船は、黒潮に乗せられたまま、どこまでも流されていくしかない。

万に一つの可能性だが、外洋を行く米国の捕鯨船にでも見つけられない限り、助かる見込みはない。

それでも日が中天に達する頃までは、動ける船は船団らしきものを組んで、北に向かっていた。しかし損害の度合いに応じて、航行能力に差が出てきているため、次第に船団は、ばらけていった。

同じ持双船に乗り組むことになった沢太夫、持双船刃刺の角太夫《かくだゆう》、六番船刃刺の弁太夫《べんだゆう》は語らい、あえてほかの船と共に行かず、風と潮がよくなるまで、体力を温存することにした。そのため十艘ほどとなった船団と袂《たもと》を分かち、流れに身を任せることになったという。

その判断が吉と出るか凶と出るかは、誰にも分からない。

――難しい思案《しわい》よの。

――こうなれば、運を天に任すしかないの。

同船者の頭数を数えると二十八人もおり、船内は立錐《りっすい》の余地もない。このままでは艪を漕ぐ空間も十分に取れず、風と潮がよくなったところで、勝負をかけられるかどうかは分からない。

「腹減ったよう」

誰かの声が聞こえたが、もはや刃刺たちにも、それを咎める気力はない。

「弥惣平さん、この船は卯辰《うたつ》（東南東）の方角に相当、流されています。このままでは、わたしたちは死にます」

「ああ、そんようだな」

弥惣平にしてみれば、「もうどうとでもなれ」という心境である。

「ただし、一つだけ助かる方法があります」

「なんやて」

「あれを使わせてもらえませんか」

常吉が船底に転がっているものを指差した。それは、矢縄とその端につなげられた葛《かずら》だった。矢縄とは銛の尾に付けられる綱のことで、葛とは鯨の潜水を妨げるための浮き樽のことである。

「あんなもん使ってどうする」

「おそらく、この船は伊豆近海まで流されるでしょう。伊豆に近づくにしたがい、黒潮は分岐していきます。その支流をうまく乗り換えていけば、伊豆の端か、その南に連なる島嶼《とうしょ》にたどり着くことができるかもしれません」

「そいとあれが、どうかかわるんや」

「あれを船尾から垂らし、北を流れる支流に入りかけたところで、懸命に漕ぎ、支流を乗り継いでいきます」

「できます。かつてわたしは、その方法を父から教えてもらいました」

常吉の言葉は確信に満ちていた。

「わいつは何者《なにもん》や」

「わたしですか」

口端に皮肉な笑みを浮かべつつ、常吉が生い立ちを語った。

常吉の父は、かつて品川で廻船問屋をしていた。千石積みの弁財船《べんざいせん》を何艘も連ね、酒、醤油、砂糖、油、紙などを運んでいたという。

御一新の好景気もあり、事業は拡大の一途をたどったが、借金をして二千石の船を注文したのがいけなかった。就航間もなく、この船が座礁し、父は多額の借財を背負った。折悪しく好景気も去り、たちまち事業は行き詰まった。その中の借金証文の一部が、渡《と》世人《せいにん》に渡り、その取り立てを苦にした父は、身を投げて死んだ。

子供の頃から弁財船に乗せられ、幾度となく航海に出たことのある常吉は、父や弁財船の船子たちから、海に関する様々なことを教わったという。

「渡世人から借財の返済を迫られ、致し方なく、最も給金のいい太地鯨組に潜り込んだという次第です」

「渡世人には、なんぼ返さなならん」

「そんなんできっか」

「三百円です」

「たいそうな額やな」

「そんなことより、黒潮の抜け方ですが――」

「そやったな」

刃刺三人がいる場所に這いずっていった弥惣平が、常吉の話をすると、三人の顔色が変わった。

三人に呼ばれた常吉が、理路整然と潮の抜け方を説明すると、ほかに打開策のない三人は、常吉に任せることにした。すでに三人も、思考能力が麻痺し始めており、誰かを頼りたくなっていたのである。

矢縄と葛を流すと、海中で誰かが引っ張っているかのような手応えがあった。

「おそらく、われわれは黒潮本流か、その大きな支流に乗せられています」

風波がやんでいるため、一見、海面は穏やかなように見えるが、船は激流に乗っているのだ。

やがて二十六日が暮れていった。

手応えに変化があったら起こすよう弥惣平に告げ、常吉は仮眠を取った。

同乗する者たちは、さしたる関心も示さず、皆、寝入ってしまい、矢縄を握る弥惣平も、うつらうつらしてきた。

深い眠りに誘い込まれそうになった時、母親の子守唄が聞こえた。

——いがん。

眠気を振り払って目を開けると、白い何かが船を追ってきている。

「子鯨《こんぼ》か」

あの時の子鯨に違いない。

子鯨は、母鯨を探して懸命に船を追ってきたのだ。

「なんまだぶ、なんまだぶ」

「どうしたのです」

常吉の声でわれに返った弥惣平は、已の握る矢縄の先を見た。それは、子鯨ではなく葛だった。

葛が左右に大きく揺れているため、生きているように見えたのだ。

「あっ」というや、常吉が矢縄を奪った。

「どした」

「潮の変わり目です」

しばし沈黙して矢縄を観察した後、常吉が声を上げた。

「乾の方角に向けて漕いで下さい！」

寝入っていた水主たちを叩き起こすと、配置に就かせた。

「間違いないだろな」

沢太夫の厳しい声が聞こえる。

弥惣平と常吉は、同時に「へい」と答えていた。

やがて漕走が始まった。

食べ物も飲み水もない中での漕走である。交代要員に事欠かないとはいえ、それぞれの体力は限界を超えている。ここで無駄な力を使うことはできない。

ちょうど空が白んできた。二十七日の朝である。

矢縄は引っ張られたりたるんだりしながら、左右に振られている。

やがて常吉が大きく手を上げると、「漕ぎ方やめ」と声を上げた。矢縄は再び直線的になっている。

「本流を抜けたんか」

「おそらく」

その言葉に水主たちが歓声を上げたが、常吉は険しい顔をして言った。

「黒潮は細かく分岐します。矢縄の動きを見誤れば、本流に戻されることもあります。まだ油断は禁物です」

再び常吉は、矢縄の動きを注視し始めた。

そのまま変化なく一刻（約二時間）ほどが過ぎた。船内には、再び弛緩した空気が漂い始めた。

「常吉さん」

気づくと弥惣平は、常吉を「さん」付けしていた。

「なんでしょうか」

葛から目を離さず、常吉が問い返す。

「前から、『死ねない』ゆうとったろ」

「はい」と答えつつ、常吉がゆっくりと顔を向けた。

「借金を返さなならんだけで死ねんのか」

「ああ、そのことで」と言いつつ、常吉がため息をつく。

しばしの沈黙の後、常吉が言った。

「母と妹を借金のカタに入れているのです」

「そういうこつか」

「来年の四月末までに東京に戻り、借金を返済しないと、母は下女に、妹は女郎屋に売り飛ばされます」

「そやかて、ここの給金だけでは、三百円なんて大金、一気に返せんやろ」

「はい。それでも借金の一部を入れれば、少しの間、待ってくれます」

一度《ひとたび》、借金した者は全額返済させずに生かさず殺さず金づるにしていくのが、渡世人の手口である。しかし弥惣平は黙っていた。それを教えたところで、何ができるわけでもないからである。

「わたしは絶対に死ねないのです」

常吉が唇を嚙んだ、その時、再び葛が揺れ始めた。

七

そんなことが繰り返され、二十七日も暮れたが、いまだ陸地は見えず、船内には絶望感が漂い始めていた。どうやら黒潮の支流は、常吉の手に負えないほど複雑らしく、常吉は舌打ちしたり、独り言を言ったりしながら矢縄を操っている。

その日の深夜、空気を引き裂くような潮声が突然、轟いた。近くに鯨がいるのだ。潮声は次第に歌声のようなものに変わっていった。繁殖期に、旋律に富んだ歌を歌うという座頭《ざとう》鯨の雄に違いない。その旋律は寸分違《たが》わず繰り返された。

それを直《じか》に聞くのは、弥惣平にとって初めてだが、ほかの船子たちも同様なのだろう。目を覚ました者は皆、厳粛な面持《おもも》ちで聞いている。その歌声は悲しげで、何かを探し求めているようにも聞こえる。

「あんな鯨が追うてきたんじょ」

「そうだ。祟《たた》り鯨のし」

誰かが騒ぎ出し、船が大きく揺れたが、沢太夫が「そんな与太話にうろたえよって、わいつらは太地の男か！」と怒声を飛ばしたので、すぐに落ち着きを取り戻した。

皆、すでに神経が参っており、正常な思考ができないようになっているのだ。

漂流開始から五日目となる二十八日の夜明けには、常吉の作業に関心を持つ者はいなくなり、漕走の合図をしても、お座なり程度にしか漕ごうとしなくなった。

残る者は正信偈を唱えるか、力なく横たわっているだけである。漂流が始まると、五日目くらいから消耗が激しくなると聞いたことがあるが、まさにその通りである。

とくに水分が足りないのは明らかで、頬がむくみ、粘り気のある唾が口の左右に付いている。また、どの顔も眉毛や頬髯に潮が吹き、老翁のように白くなり始めていた。

死は明らかに近づいてきていた。それは刃刺たちも同様で、すでに叱咤激励することもなくなり、皆と同様、だらしなく横たわっているだけである。刃刺が普段、ほかの船子たちに、そんな姿を見せることはない。しかし刃刺とて人間である。生命力が衰えるに従い、精神力も衰弱してきた。

それは弥惣平とて変わらない。

――わがらは、そろうてごねるんか。

徐々に死の影が迫ってきていることを、弥惣平は感じていた。このままいけば、衰弱とになる。

弥惣平は、最後の一人にだけはなりたくないと思った。

ふと横を見ると、常吉が、いまだ矢縄と葛を操りながら何事か呟いていた。まだ生きる希望を捨てていないのだ。だがそれとて、いつまで続くか分からない。

弥惣平は常吉と交代する気力もなくなり、生きるも死ぬも、成り行きに任せるようになっていた。

二十八日の夜のことである。心地よいあきらめの気持ちが次第に満ちてきた。先ほどまで堪えきれないほどだった渇きも飢えも、もはや感じなくなっている。

起きているのか眠っているのか、自分でも分からないが、これまでになくはっきりと、母親の子守唄が聞こえてきた。それは、ずっと忘れていた母親独特の喉のかすれや、湿った唇の擦過音を伴っていた。

――おかはん、もうそっちに行ってもええんか。

その時である。唐突に常吉の声が聞こえた。

「そうか。分かったぞ」

現実に引き戻された弥惣平が目を開けると、月明かりを頼りに、常吉は刃刺から借りた磁石を見つめていた。

「この船は回流に乗せられているのです」

「なんが分がた」

「回流やと」

「そうです。海の流れと書く海流ではなく、回すに流れと書く回流です」

常吉は生気を取り戻したように説明した。

「われわれは、さほど沖には流されていないはずです。遠州灘《えんしゅうなだ》と駿河《するが》湾の間には、瀬の海と呼ばれる浅瀬があり、それを巻くように潮流がめぐっているため、この船は、その周囲を回っているのです。つまり、最も艮《うしとら》（東北）に寄った時、勝負をかければ何とかなるかもしれません」

「そいで助かるんか」

「やってみるしかありません」

やがて夜が明けてきた。

これまでにないほどの快晴無風である。

いまだ勝負所は来ていないのか、常吉は何事か呟きつつ、じっと葛を見ている。

耳を澄ますと「死ぬわけにはいかん、死ぬわけにはいかん」と聞こえる。

――わいつは生きろ。わいはもうええ。

再びまどろみが襲ってきた。その時、横たわっていた水主の間から怯えたような声が上がった。

「おい、どした！」

「あんま、目え開けてよう」

夜の間に二人が死んでいた。

一人は衰弱の著しかった四十代の仙蔵《せんぞう》だが、もう一人は、昨夜まで皆を元気づけようと綾織歌などを歌っていた亀吉《かめきち》である。亀吉は二十代半ばの水主で、体に不調など来していたようには見えなかった。

弟の腕の中で、薄く目を開け、口端から粘着物を垂らしながら、亀吉は息絶えていた。

仙蔵はまだしも亀吉の死は、皆に衝撃を与えた。元気な者でも、いつ死が訪れるか分からないからである。

皆が称名を唱える中、二人の遺骸は海に流された。

「寄り道せんと、真っ直ぐ太地に帰《けえ》るんやぞ」

誰かの言葉に皆は声を上げて泣いた。

二つの遺骸は、しばしの間、船を追うように流れてきていたが、次第に離れていくと、視界から消えていった。

それを見届けた弥惣平は再び眠りに落ちた。

その日の午後、持双船乗り組みの嘉兵衛《かへえ》と旅水主の銀次《ぎんじ》も息を引き取った。亀吉ほどではないものの、二人ともとくに弱っていたようには見えず、皆の間には、「次は誰《だい》や」という空気が漂い始めた。

漂流を始めてから亡くなった者は、これで四人となり、残るは二十四人となった。

午後に亡くなった二人は、午前に亡くなった二人ほど丁重な儀式は行われず、海に流された。皆、葬送の儀を行う気力も体力も失せていたのである。

二つの遺骸は午前に亡くなった二人と変わらず、ゆっくりと船を追ってくるものと思われたが、海に流してすぐ、何かに引きずられるようにして海中に没した。

一瞬、何が起こったのか分からなかったが、誰ともなく「鱶《ふか》や」という声が聞こえた。午前に流した二つの遺骸を食った鱶の群れが、味をしめて船の後を追ってきているのだ。

――もうどうでもええ。

弥惣平は何も考えたくなかった。

どれくらいの時間が経ったのか分からないが、突然の声に弥惣平は目を覚ました。

「あれ、なんね」

「まっさか、山か！」

その声に皆が一斉に起き出した。

常吉も身を起こすと、はるか遠方の山らしきものを見つめている。

それは白布のような雪を、うっすらとまといながらも、ところどころに黒々とした山肌を見せていた。

やがて中腹に懸かっていた雲が晴れ、山容がはっきりしてきた。

「あれは山や！」

「助かるじょ！」

皆は手を取り合って喜んだ。

刃刺たちは、山の頂らしきものを見つめながら何事か語り合っている。その目は、責任ある者の厳しさを取り戻していた。

弥惣平の心にも、希望の灯がともりかけていた。

――わがらは助かるんか。

「やはり、思った通りだ」

突然、立ち上がった常吉が、その山を指差した。

「あれは富士山《ふじさん》です。今、わたしたちは回流の北辺にいます。勝負をかけましょう」

「よし」

二人は歓声に沸く船子たちの間を縫い、刃刺たちの許に這い寄ると、全力漕走を要請した。

「ようし分がた」と言うや、沢太夫は「帆を上げろ、艪を漕ぐぞ」と命じた。

早速、元気な者が艪に取り付き、威勢のいい掛け声と共に漕走が始まった。折よく、東からの微風が吹き始め、小さな帆も風をはらむ。

皆の顔に生気がよみがえってきた。

日は西に傾き始めていたが、富士山とおぼしき山嶺も徐々に大きくなってきた。

「もう駿河湾です」

常吉の顔にも明るさが増している。

漕ぎ手の交代が命じられ、弥惣平が艪を握った。これほど体力が残っていたとは思えないほど、力が溢れてきた。

しかし日が暮れた頃から、再び海が荒れ始めた。湾内にいるのは何となく分かるが、うねりは小さくなるどころか、逆に大きくなってきている。

東から吹いていた微風も収まり、しばし無風状態が続いた後、ちょろちょろと西風が吹き始めた。

弥惣平は嫌な予感がした。それは皆も同じらしく、誰しもが、希望に満ちていた先ほどとは見違えるばかりの険しい顔をしている。

しかし誰も、不安を口にしようとしない。それを口にすれば、現実のものとなってしまう気がするからである。

状況は悪化の一途をたどった。

海の荒れ方は、遭難時のようにひどくなり、西からの風雨も強まってきた。皆、雨と飛沫《しぶき》を浴びて濡れ鼠になりながら艪を漕ぐが、船が進んでいないのは明らかである。

「神も仏もおらんか！」

遂に誰かがそれを口にすると、嗚咽《おえつ》を漏らしながら別の誰かの声がした。

「お願《ねげ》えだ。帰《けえ》してくれよう」

「よさんか！」

沢太夫の一喝にいったん声は収まったが、少しすると、神仏に祈る声や泣き声が再び聞こえてきた。

ほんの短い間、三人の刃刺は語らいを持ち、遂に絶望的な命を下した。

「艪を置け」

懸命に艪を漕いでいた者たちは、くずおれるように船底に身を横たえた。

――こいでしまいや。

遂に終わりが訪れたのだ。

弥惣平は空に向かって大きく口を開け、雨水で渇きを癒すと、もう何をする気力もなくなった。

――もう、どうでもええ。わいのことは放《ほ》かしといてくれ。

弥惣平は、何もかも忘れて眠りに就きたかった。

目を閉じる寸前、常吉の姿が目に入った。常吉は、さも無念げに暗黒の海を見つめていた。

八

やがて夜が白んできた。三十日の朝を迎えたのだ。

海は相変わらず荒れていたが、雨は収まり、風も昨夜ほどは吹いていない。

皆、死んだように眠っており、どうやら最初に目を覚ましたのは、弥惣平のようである。

――わいは生きておるんか。

矢縄を握りながら、常吉も寝入っていた。

もう一度、寝入ろうと横になろうとした時、何かが視野を横切った。

それを追って空を見上げると、悠然と飛ぶ海鳥の姿が見えた。

慌てて周囲を見渡すと、真東の方角に、島とおぼしき黒い点が見えた。

「おい。あれ見い」

弥惣平がかすれ声を上げると、周囲にいた者たちが起き出した。

「どした」

万喜太夫が、目をこすって弥惣平の見つめる方角に顔を向けた。

「あっ、まっさか――」

続いて万喜太夫が絶叫した。

「島や、島やぞ！」

その声によって全員が起きた。

「ああ、やはり熊野の神さんはおったのう」

島に向かって、泣きながら手を合わせる者もいる。

「あれは――」

常吉が、宣託《せんたく》を下す巫女《みこ》のように言う。

「神津島《こうづしま》です」

「よし、向かうで」

皆は再び勇み立ち、気の早い者は、刃刺の命を待たずに艪を取ろうとした。

その時、険しい顔で常吉が言った。

「あの島に近づいてはいけません」

啞然とする皆に向かって常吉は言った。

「神津島の周囲は岩礁だらけです。島に近づけば、必ず磯で船は座礁します。磯といっても島までは五町（約五百五十メートル）以上もあり、岩礁を避けるようにして、激しいうねりの中を泳がねばなりません」

「じゃ、どうすればええ」

「神津島ではなく、北方の新島《にいじま》に向かうべきです」

「新島だと」

「はい。新島なら砂浜も多く、磯で座礁することなく船を寄せられます」

刃刺たちが顔を見合わせた。

「神津島から新島までは、どんくらい離れておる」

沢太夫の問いかけに常吉が答える。

「三里(約十二キロメートル)から四里(約十六キロメートル)です」

「無理や」

周囲から上がる声を抑えて、刃刺三人が語らいを始めた。

——ここが思案《しわい》のしどころやな。

弥惣平は他人事《ひとごと》のようにそう思った。

しばらくして三人がうなずき、沢太夫が決定を告げた。

「常吉さん、ここまでよう連れてきてくれた。けどわがらには、もう新島まで漕いでく力が残ってないんや。ここは一か八か、神津島に寄せようと思う」

刃刺たちには、船を浜に着ける自信があるのだ。

「それは駄目です。必ず磯で船を割ります」

「そいじゃ、神津島には、人が住んでおらんのか」

「住んでいます」

「ちゅうこつは、浜があるやろ」

「確かに浜はありますが、磯は神津島の周囲に広がり、とても浜まで近づけません」

「地場者《じばもん》は漁しとるやろ」

「それはそうですが、島の人たちは海の荒れていない日を選んで、岩礁の間を縫い、慎重に船を出すと聞きます」

話は平行線をたどった。

遂に沢太夫は、皆の総意で決することにした。

「神津島に向かうか」という沢太夫の声に、ほとんどの者が手を挙げた。

弥惣平は手を挙げなかったが、皆の気持ちも痛いほど分かる。

これで話は決まった。

「行くで」

「応！」

元気な者が艪を取り、船は一路、神津島に向かった。

「無茶だ」

口惜しげに常吉が呟く。

「そんなにいがんか」

「ええ、神津島の島民でも、たまに船を割ると聞きます」

「とは申してもな――」

それ以上、弥惣平には何も言えなかった。

ここまで来られたのは常吉のおかげだが、決定権は刃刺にある。しかも刃刺たちは、乗っている者全員の多数決によって神津島に行くと決したのだ。もはや決定を覆すことはできない。

しかし、神津島に向かうのも容易ではなかった。風向きが北東に振れ、潮の流れも複雑で、船はなかなか思った方角に進まない。

島影は大きくなってきているが、少しでも風が変わり、潮が強くなれば、島影をかすめて沖に出てしまうこともあり得る。

それでも夕刻になって、何とか島に近づくことができた。

皆は胸を撫で下ろしたが、勝負はここからである。

「弥惣平さん、船が座礁したら、いち早く海に飛び込むのです。どんなに苦しくても決して磯に近づいてはいけません。磯に上がれば、波に洗われて体はずたずたにされます」

「そんなん分がっとう」

弥惣平とて、荒れた海で磯に近づけば、「鬼おろしに掛けられる」ことくらいは知っている。

「ここらの島の磯はどれも、刃が切り立ったように鋭利だと聞きます」

常吉が震える声で言った。

島影が空を覆うばかりになってきた。

神津島の漁船でも出ていないかと探したが、あいにくの天候で見当たらない。

やがて岩礁地帯が近づいてきた。

それを避けるようにして島の周囲を少し回ると、わずかに灯火が見えた。すでに夜の帳は降り始めており、浜の位置は確かめられない。それゆえ灯の近くに浜があると信じ、一か八かの接近を試みることにした。

暗闇の中を手探りで進むことになるが、皆の体力と気力は限界を超えており、夜明けを待つことなどできない。

――せめて、飲料水《すまし》を一口でも飲んでから死にたいの。

弥惣平は、それだけのために生きようと思った。

水押に立った沢太夫は、前後左右に手を振りながら、艫押の徳右衛門に指示を出している。

船首には、暗礁を見分けようと、船を漕いでいない者たちが身を乗り出していた。さかんに誰かの声が上がり、暗礁の場所を知らせてくる。

次第に島の灯火が大きくなってきた。

皆の心に、「何とかなりそうだ」という気持ちが芽生え始めた時である。

突如として大波に襲われた。

「あっ」と思う間もなく、船はうねりに乗せられ、岩礁に激突した。

皆の悲鳴に続いて、船の割れる音が聞こえた。次の瞬間、弥惣平は船から身を躍らせた。

逆巻く波濤をかき分けるようにして、慌てて海面に浮かび上がると、逆舷にいた者たちが岩礁にしがみ付き、波に洗われているのが見えた。しかしそれも束の間のことで、次の大波にのみ込まれ、残らず消え去った。

岩礁に砕ける凄まじい波音の合間に、人を呼ぶ声と泣き叫ぶ声が、途切れ途切れに聞こえてくる。

――えらいことになった。

気づくと近くに誰かが浮いていた。ぐったりとして今にも沈みそうに見える。

「しっかりせい」

背後から体を支えてやると、常吉だった。

波が岩礁に砕け、またしても絶叫が聞こえた。

「ああ、弥惣平さん」

「どした。泳がんかい」

「左の足が動かないのです」

「なんやて」と言いつつ、常吉の左足をまさぐると、膝から先が外れて海中に漂っている。傷口付近を触ると、何かが突き出ていた。

――骨や。

常吉の大腿骨は断ち割られるように折れており、その先端が皮膚を突き破っていた。そこからは、大量の血が流れ出しているに違いない。

「常やん、ここであきらめたらいがんぞ！」

「分かっています。分かっていますが――」

「わいが連れてってやる」

そうは言ってみたものの、陸岸《おか》からは相当、離れており、常吉を連れて泳ぐなど到底、無理である。

――ここでわいもごねるか。

そう思った時、常吉が言った。

「わたしはもう駄目です。弥惣平さん、母と妹のことを頼みます」

「頼むゆうても、わいにどうせいゆうんや」

「わたしの給金を渡世人に渡して下さい。詳しいことは、納屋衆頭が知っています」

「やが、そいじゃ足らんのやろ！」

その問いに常吉は答えなかった。もう何も考えられなくなっているのだ。

「弥惣平さん、もういいのです。わたしを流して下さい」

「なんゆう！」

「このままでは、弥惣平さんまで巻き添えにしてしまいます。それでは母と妹は――」

波の音に遮られ、常吉の声が聞こえなくなってきた。

「弥惣平さん、どうか――」

最後の力を振り絞り、常吉が弥惣平の腕から逃れようとした時である。

またしても大波が押し寄せ、二人の体は離された。

「常やん！」

海面から顔を出し、周囲を見回したが、常吉の姿はない。

耳を澄ませても、聞こえるのは岩礁に砕ける波の音だけである。

「常やん、あんがとな。頼みは必ず叶えるで！」

暗闇に向かってそう怒鳴ったが、返事はない。それでも弥惣平は、常吉が己の声を確かに聞いたと思った。

「行くで」

常吉に声をかけると、弥惣平は灯火に向かって泳ぎ出した。

ここからは、ただ泳げばいいというわけではない。背後の大波を気にしていないと、岩礁まで流されてしまうからだ。弥惣平は大波が来ると分かれば体を沈め、それが去ってから再び泳ぐことを繰り返した。

漆黒の闇の中、灯火だけを目印に、弥惣平は岩礁の合間を縫うように泳いだ。その灯火の覚束ない明るさを思うと、陸岸《おか》までは相当の距離があり、泳ぎ着くなど、無理のような気がする。しかし、なぜか分からないが意識は冴えわたり、次第に体力も漲《みなぎ》ってきた。

――常やん、おるんか。

なぜか弥惣平には、傍らに常吉がいるような気がした。常吉は無言で、岩礁の隙間を示してくれる。それがいかに危うく見えても、なぜかそこだけは安全に通れるのだ。それに気づいた弥惣平は、命じられるままに狭い隙間にも、迷わず飛び込んでいった。

やがて波の割れる音が遠のき、周囲に空間が広がってきた。岩礁地帯を抜け出せたのだ。

先ほどよりもはっきりと、灯火が見えてきていた。その下には、砂浜らしきものが広がっているように感じられる。

――あれは人か。

先に泳ぎ着いたとおぼしき人影が見えた。

後は、波に身を任せていれば浜にたどり着ける。

そう思った時、突然、力が尽きた。

――常やん、どこや。

先ほどまで感じていた常吉の気配も失せていた。

――わいは一人になったのか。

喩《たと》えようのない孤独感が襲ってくると、体から力が抜け、弥惣平は逆巻く波濤《はとう》に身を任せるしかなくなっていた。

星空が反転したかと思うと、波濤の中で上も下も分からなくなった。

九

――おかはん。

弥惣平は母の胸に抱かれていた。

柔らかく大きな乳房に頬を擦り付けると、母の手が優しく背を撫でてくれた。

――わいはごねたんか。

徐々に冴えてくる意識が、それを知らせてきた。

――常やん、すまんかった。

常吉の願いを聞き届けられなかったことだけが、唯一の心残りである。

ゆっくりと目を開けると、眼前に母がいた。

——ああ、ほんにごねたんやな。

あの世とはどういうところかと興味がわき、身を起こそうとする弥惣平の肩を、白い腕が優しく押さえた。

「まだいがん」

「寝ておきい」

背後からも声がした。

二つの声は、母のものとは違っている。

「ここはどこや」

己が生きていることに気づいた弥惣平は、無理に半身を起こそうとした。しかし船の揺れに慣れた身に、揺れのない大地は、めまいを起こさせるだけである。

再び横たえた弥惣平の身に、前後から二つの裸身が擦り付けられてきた。

「なんも考えんで眠りや」

「そや、忘れてしまい」

——やっぱ、おかはんか。

弥惣平は再び深い眠りに落ちていった。

弥惣平が目覚めたのは、翌朝になってからである。

昨夜のことは夢ではなく、神津島の若い女たちが、体温によって弥惣平の体を温めてくれていたのだ。

神津島の人々は遭難者の救助に慣れており、焚火などで体を温めると、衝撃で死んでしまうことを知っていた。それゆえ女たちが身を擦り付け、遭難者の体温を徐々に戻すという方法を取っていた。

赤土を煮出したという苦い汁をすすりながら、弥惣平は、己のほかに七名の者が救われたと聞いた。それぞれ別の民家にいるという。

翌日、島長《しまおさ》を名乗る老人から詳しい話を聞くことができた。

三十日の夜、突然、叩き起こされた島民たちは、村の者総出で浜に向かった。

村まで知らせに来たのは、万吉《まんきち》と名乗る男だという。

――万喜太夫か。

弥惣平は、万喜太夫が生きていることを知った。

島の人々が浜に下りると、砂に埋まりかけた男の両腕を、左右から男たちが引っ張っていたという。

その近くには、頭の頂点だけ出して砂に埋まっている男もいた。

二人の男を引きはがした村人たちは、懸命に埋まっている男を掘り出した。

埋まっていたのは弥惣平だった。波が激しく寄せるため、波打ち際で力尽きた者は、すぐに砂に埋まってしまうのだ。

島長から聞いた生存者の名は、沢太夫、角太夫、万喜太夫、一太夫《いちだゆう》、光太夫《みつだゆう》、竹助、升《ます》次郎《じろう》である。

つまり、常吉はじめ十六名が、神津島の磯で海の藻屑と消えたのだ。

島までたどり着きながら死んでいった仲間のことを思うと、止《と》め処《ど》なく涙がこぼれる。

あの時、常吉の言を入れ、新島に向かえばよかったとも思うが、それで助かるという保証は何もない。しかし十六名も死んでしまうなら、ここまで正しかった常吉の判断に賭けてみるのも、手ではなかったかと思う。しかし今更、それを言っても始まらない。

——那智権現《なちごんげん》はん、あんがとな。

せめて八人だけでも生き延びたことを、弥惣平は天に感謝した。

やがて食べ物は赤土から重湯《おもゆ》へ、さらに薄粥へと変わっていった。

遭難者に、すぐに米の飯を食べさせると死んでしまうという島の人々の経験から、食事には細心の注意が払われていたが、体力が回復するにつれ、弥惣平は腹が減って仕方なかった。

五日目、ようやく外に出ることを許された。

弱って床から出られない沢太夫、角太夫、升次郎を除く五人は、再会を喜び合うと、三人の許へ見舞いに行った。

あの精悍《せいかん》な沢太夫が、まるで老人のようにやつれていた。

一人ひとりの手を取り、沢太夫は「いがったな、いがったな」と言っては涙をこぼした。

明治十二年(一八七九)の正月を神津島で過ごした弥惣平らは、正月中旬、沢太夫ら三人を島に残し、下田《しもだ》に向かった。

下田では、たまたま寄港していた紀州《きしゅう》鵜殿《うどの》の便船に乗せてもらうことができ、二十二日、五人は太地に戻ることができた。

遭難から約一月《ひとつき》後の帰郷である。

すでに生存をあきらめていた家族の喜びは、ひとしおだった。

共に帰ってきた四人が家族に囲まれて泣き濡れる中、一人、それを見つめる弥惣平の背に声が掛かった。

「あんま」

振り返ると、たった一人の肉親である妹のゆいが、顔をくしゃくしゃにして立っていた。

「あんま、よう帰《けえ》ってきたな」

「おう、今、帰《けえ》ったぞ」

胸に飛び込んできたゆいを、しかと抱き締めた弥惣平は、共に涙を流しつつ再会の喜びを嚙み締めた。

三月、神津島に残っていた三人が戻ったのを最後に、生還する者は途絶えた。

沖合の辰太夫をはじめとして、海上で離ればなれになった仲間たちのほとんどは、帰らなかった。

遭難した二百名以上の船子たちの中で、生還できたのは七十名ほどで、未帰還者は百三十五名に及んだ。その中には、幼水主《すなり》の少年たち全員も含まれていた。

この国内でも未曽有《みぞう》の海難事故は、誰とはなしに「大背美流れ」と呼ばれるようになる。

これにより、多くの熟練した鯨取りを失った太地の古式捕鯨は終焉を迎え、これ以上の事業継続が困難となった棟梁の太地覚吾も破産した。

救援活動の終了により、明日にも借金取りが押し寄せてくると聞いた弥惣平は、勇を鼓して覚吾の許を訪れ、常吉のおかげで八人の命が救われたことを伝え、三百円を貸してほしいと頼み込んだ。

沢太夫が口添えしてくれたこともあり、覚吾は「どうせ借金取りに見つかれば取られる金だ。そいなら二人のために使ってやれ」と言って、三百円をぽんと出してくれた。

それを懐に入れた弥惣平は一路、東京に向かった。

東京で渡世人の許を訪れると、すでに太地の事故を聞いていた渡世人は、受け取った三百円の中から百円を取り出し、「見舞金だ」と言って返してくれた。

渡世人の人情に感謝しつつ、弥惣平が母子に別れを告げると、母子には行くところがないという。弥惣平は、仕方なく二人を太地に連れ帰った。

太地に戻ると、覚悟とその家族は忽然《こつぜん》と姿を消していた。

それからしばらくは、別の経営者によって三輪崎や古座から経験者が集められ、古式捕鯨は続けられたが、業績は赤字続きで、数年の後には途絶えることになる。

銛と網だけで命を張って鯨を獲った古式捕鯨は、瞬く間に歴史の闇にのみ込まれていった。


大背美流れを生き抜いた者たちは、ある者は鯨への思いを断ち難く、海外へと活躍の場を求め、ある者は太地に残って漁師となった。

弥惣平は太地に残り、小さな船で近海魚を獲って生計を立てた。自然な流れで常吉の妹を娶《めと》り、子を四人まで成した。

やがて老いて海に出られなくなると、燈明崎の山見番所の跡まで通うのが、弥惣平の日課となった。

終日、海を見つめ、少しでも怪しい雲行きになると、弥惣平は鐘撞台《かねつきだい》に上って鐘を鳴らした。

その大半は騒ぐほどのこともなかったが、五年に一度くらい、その鐘のおかげで救われる船もあった。

人は「弥惣平爺の取り越し苦労」と言って笑ったが、弥惣平は燈明崎に通って鐘を鳴らし続けた。

弥惣平の鐘は、昭和の初め頃まで太地の海に鳴っていたという。

## 参考文献（著者の敬称略）

『元禄の鯨「鯨分限」太地角右衛門異聞』南風社　浜光治
『熊野の太地　鯨に挑む町』平凡社　熊野太地浦捕鯨史編纂委員会
『熊野太地浦捕鯨史』同右
『鯨取り絵物語』弦書房　中園成生・安永浩
『くじらの町太地　今昔写真集』太地町　太地町公民館編
『太地角右衛門と鯨方』私家版　太地亮
『鯨方遭難史　―その史実の論考と検証―』私家版　太地亮
『熊野・太地の伝承』工作舎　滝川貞蔵
『クジラとイルカの図鑑』日本ヴォーグ社　マーク・カーワディーン
『クジラ・イルカ大図鑑』平凡社　アンソニー・マーティン
『鯨舟　形と意匠』太地町立くじらの博物館　櫻井敬人
『鯨者六鯨ト申候　企画展「熊野灘のクジラ絵図」』三重県立熊野古道センター
『奇跡の生還へ導く人　極限状況の「サードマン現象」』新潮社　ジョン・ガイガー

都道府県の自治体史、断片的に利用した論文等は省略させていただきます。

また、同行取材や資料提供等でご協力をいただいた太地町歴史資料室学芸員の櫻井敬人氏に、深く感謝いたします。


なお、戸川幸夫氏の作品に同タイトルのものがありますが、内容等に一切のかかわりはありません。

戸川氏の作品に敬意を表し、一言、付け加えさせていただきます。

# 解説

林《はやし》 真理子《まりこ》
（作家）

伊東潤《いとうじゅん》さんと、文学賞のパーティーでちらっと言葉をかわしたことがある。堂々たる体軀の美丈夫で驚いた。作品の印象と著者本人とがこれほどぴったり重なることは珍しい。

『城を噛ませた男』『国を蹴った男』とスケールの大きな話題作を次々発表してきた著者であるが、この『巨鯨の海』でさらなる可能性を見せた。鯨とそれを獲る人々の物語という非常に難しいテーマに挑み、成功しているのである。

これを書くにはまず、遠近感が必要であろう。二十トンの暴れる動物と、荒ぶる海を刻明に描写する力がなくてはならないが、それだけではドキュメントで小説にはならない。浜で暮らす人間たちが、どう魅力的に動き出すかが重要である。

物語の舞台は和歌山の太地《たいじ》。この名前には見憶えがある。この何年か、「未だ鯨殺しをやっている野蛮な土地」ということで、世界中の保護団体から非難されている漁村だ。この太地に取材したドキュメンタリー映画が、アカデミー賞を授《さず》かったのも記憶に新しい。

もちろん日本側は、

「鯨を食べることは古くからの日本の文化」

と反論している。

伊東さんのこの小説は、ひとつ間違えば捕鯨で生きてきた人々の、プロパガンダととらえられかねない。しかし著者は同列にちゃんと鯨側の〝言い分〟も描いているのである。

鯨がこれほど賢く、情が豊かな動物だということを初めて知った。「死にたくない」と何度も叫ぶという。老いた鯨は子どもの若い鯨を助けようと船の近くを離れない。

「許してやってけれよう」

「わいを代わりにしてけれよう」

とも聞こえる声をずうっと発し、それは漁師たちも耳を覆いたくなるほどだという。

一度に一頭しか子どもを生まない鯨は、親子の絆が非常に強く、〝母子鯨〟は狙わないのがきまりだ。もしそれを破ると、子どもを殺された母親は〝恨み鯨〟となって戻ってくる。そして波を立て、網を破り、船団に復讐を遂げようとするのだ。

このあたりの伊東さんの描写はあまりにもうまく、ねちこくて、血のにおい、狂ったような鯨の悲鳴がページからとび出してきそうだ。動物愛護団体に属し、そちら方面には気の弱い私など、正直ページをめくるのがつらくなってくるほどである。

そして鯨はなかなか死なず、仕とめるまでお互いの体力勝負である。太地では毎日〝殺戮《さつりく》〟ではなく、巨大な〝殺人〟が行なわれているようなものであろう。このために太地では、時間と知恵をかけて、技能集団としてのヒエラルキーをつくっていく。技と勇気を持つ者たちがリーダーとなり、命を下していくのであるが、少しでも和を乱した者は〝廃人〟となるほどの制裁を受ける。当時ここまで庶民の集団というものが発達し、完成した土地は他にはなかったに違いない。漁師になれない者には別の職場が用意され、漁で死んだ者の家族には、後々まで厚い手当てがつくのである。

とはいっても、人間のやることである。必ず綻びが出てくる。『巨鯨の海』は、こうした者たちに丁寧なスポットライトをあてていくのだ。

私が特に好きなのは、病気の母親を救おうと禁を犯す少年の物語である。香料をとろうと勝手に鯨の腹を探ることは、共同財産を盗むことである。犯人は左手首を切り落とされ追放と決まっている。少年はどうしたか。あくまでも太地の男として落とし前をつけようとするのである。

ところでこの『巨鯨の海』は、江戸末期から明治の太地が舞台となっている。やがて時代の風は、この藩の武士も介入出来なかった〝独立国〟へも吹いてくるのだ。太地で生まれた者は、太地で生涯を終えるというきめられた人生に、疑いを持つ少年が出てくる。

徳川政権が終わり、どこかで新しい支配者が出てきた。こんな時、「自分はどう生きていったらいいのか」

という近代的自我に目ざめた少年が生まれてきても不思議ではない。彼は、「ないとせ、大人しゅう海で暮らしとうもんを無理に殺して連れてくるんや」と考える。彼は無理やり鯨の解体を見せられてからというもの、生の鯨肉を食べると必ず吐くのである。当然鯨獲りという仕事には嫌悪を持っている。小説は彼を別の方向へ導いていくのであるが、こういう少年が出てくること自体、やがて太地は終焉《しゅうえん》を迎えようとしていたのである。

最後の章は、大遭難事件を描いている。これは歴史的事実だろう。母子鯨を獲ってはいけないという禁を破った船団は、やがて黒潮に巻き込まれ八日間漂流した揚句、なんと百三十五名の死者を出す。これによって太地の古式捕鯨は消えていくことになるのだ。現在は本当に細々と伝わっていくだけだという。

あの〝殺人〟は、米国などの大型船により、もっと沖合で行なわれるようになった。小さな船で体を張ることもない、もっと合理的な方法で。

しかしもはやそれも失くなろうとしている。ここで捕鯨の是否を問うのは全く場違いなことで、著者の意図も別のところにある。鯨は近くまでやってきてその巨体を見せた。

村は貧しく、漁師たちは獲らずにはいられなかった。が、彼らの殺すものはあまりにも大きく、あまりにも豊かな感情を持っていたので、畏怖する気持ちは強くなった。彼らは鯨を「夷様《えびす》」と呼び、さばく時は袴をつけ正装をした。

太地がそんな場所であったことを、伊東さんの小説を読むまでは知らなかった。そして本来、捕えるということはそういうことだったろうと思わずにはいられない。私たちの先祖が、すぐ最近まで海で大地で、多くのものと戦って生きてきたということ。この小説は興奮と同時に、何か大きなものに対しての敬虔をもたらしてくれるのである。

初出（全て光文社刊「小説宝石」）
「旅刃刺の仁吉」　二〇一二年一月号
「恨み鯨」　二〇一二年七月号
「物言わぬ海」　二〇一二年四月号（『もの言わぬ海』を改題）
「比丘尼殺し」　二〇一二年十月号
「訣別の時」　二〇一三年一月号
「弥惣平の鐘」　二〇一三年二月号

単行本　二〇一三年四月　光文社刊

文庫化にあたり加筆、修正をしています。
※この作品はフィクションです。実在の人物・団体・事件などとも一切の関係はありません。

光文社文庫


巨《きょ》鯨《げい》の海《うみ》

著者　伊《い》東《とう》潤《じゅん》

2015年9月20日　初版1刷発行
2025年2月5日　2刷発行

発行者　三宅貴久
印刷　大日本印刷
製本　大日本印刷

発行所　株式会社　光文社
〒112-8011　東京都文京区音羽1-16-6
電話(03)5395-8149　編集部
8116　書籍販売部
8125　制作部





落丁本・乱丁本は制作部にご連絡くだされば、お取替えいたします。
ISBN978-4-334-76974-1　Printed in Japan





組版　萩原印刷

光文社時代小説文庫　好評既刊

急報　上田秀人
総力　上田秀人
破斬　決定版　上田秀人
熾火　決定版　上田秀人
秋霜の撃　決定版　上田秀人
相剋の渦　決定版　上田秀人
地の業火　決定版　上田秀人
暁光の断　決定版　上田秀人
遺恨の譜　決定版　上田秀人
流転の果て　決定版　上田秀人
惣目付臨検仕る　抵抗　上田秀人
術策　上田秀人
開戦　上田秀人
内憂　上田秀人
霹靂　上田秀人
意趣　上田秀人
幻影の天守閣　新装版　上田秀人

夢幻の天守閣　上田秀人
鳳雛の夢（上・中・下）　上田秀人
本懐　上田秀人
傾城徳川家康　大塚卓嗣
半七捕物帳（全六巻）新装版　岡本綺堂
中国怪奇小説集　新装版　岡本綺堂
修禅寺物語　新装増補版　岡本綺堂
若鷹武芸帖　岡本さとる
鎖鎌秘話　岡本さとる
姫の一分　岡本さとる
父の海　岡本さとる
二刀を継ぐ者　岡本さとる
黄昏の決闘　岡本さとる
鉄の絆　岡本さとる
相弟子　岡本さとる
五番勝負　岡本さとる
果し合い　岡本さとる